RUSSISCH BLAUW

Van dezelfde auteur:

De waterdame
Oesters
Oefeningen in manhaftigheid
Rico's vleugels
Alle verhalen
Een Spaans hondje
Dooi
Wie scheep gaat
Verfhuid
Stadse affaires

Rascha Peper

RUSSISCH BLAUW

roman

Nieuw Amsterdam *Uitgevers*

Vijftiende druk

Omslagontwerp Annemarie van Pruyssen
Auteursfoto Chris van Houts
ISBN-10 90 468 0195 0
ISBN-13 978 90 468 0195 6
NUR 301
www.nieuwamsterdam.nl

HOOFDSTUK 1

Altijd als Lex Grol op de springplank zijn armen strekte voor de eerste duik flitste hetzelfde beeld door zijn hoofd: er zat geen water in het zwembad en dat zag hij pas nadat hij zich afgezet had. Met een keurige boog dook hij de uitgedroogde, gebarsten mozaïektegeltjes tegemoet. Voor de laatste seconden was zijn lichaam intact, soepel, ongeschonden, dan volgde de doffe klap tegen de bodem. Eigenlijk kwam hij aan de klap zelf nooit toe, voor het zover was stokten zijn gedachten en verdween het beeld. Je zou het een dwanggedachte kunnen noemen, maar hij had er geen last van. Integendeel, het leek of dat schrikbeeld iedere keer weer nodig was om zich door het water te laten ontroeren. Alsof de zachte koelte des te weldadiger was als hij zich eerst het ontbreken ervan had voorgesteld.

Hij dook, zwom onder water naar de andere kant van het bassin, greep de rand beet en keek over het wateroppervlak naar de blauwe dolfijn onder de duikplank, die vanaf dit punt gezien vrolijk de door zijn duik veroorzaakte golfjes doorkliefde. Dit was het best bewaard gebleven exemplaar van allemaal. De snavelachtige snuit, het gespleten staartje en de puntige rugvin waren nog vrijwel gaaf; aan het hele dier ontbraken maar zes, zeven tegeltjes en omdat die kant van het zwembad op het noorden lag, waren de kleuren ook het minst verbleekt.

Dit bassin was gelijk met de bouw van het huis in 1920 aangelegd en geïnspireerd op de minoïsche vondsten van Arthur Evans op Kreta, die destijds veel aandacht trokken. Op de vier hoeken stonden stenen dolfijnen opgesteld met hun snuiten naar elkaar toegekeerd. Drie daarvan waren nog in redelijk goede staat, de vierde viel amper meer te herkennen; als door een meteoriet getroffen stond hij, enkel nog staart, op zijn sokkel. De mozaïekdolfijnen in het bad zelf, zo'n twintig stuks, moesten ooit hemelsblauw geweest zijn en hadden witte buikjes ingelegd gekregen, waarvan de nu haast voorbije eeuw echter weinig overgelaten had. De witte tegeltjes waren zo afgesleten – voor zover ze er nog zaten – dat ze niet meer afstaken tegen de gelige ondergrond van het bad, wat als optisch effect had dat de buitelende vissen veel dunner leken dan hun schepper bedoeld had. Pas als je goed keek, bijvoorbeeld naar het exemplaar onder de duikplank, zag je hun blanke onderkant en werden ze ineens dubbel zo dik.

Tussen de dolfijnen zwommen kleine visjes, sommige nog helemaal gaaf. Tegen de noordwand waren wel tien rode scholletjes te zien, een paar torpedovormige donkere visjes en één puntgaaf aaltje. Door dat alles heen slingerden zich resten van groene en zwarte waterranken, die hier en daar als guirlandes samenkwamen om een bloem boven de waterlijn uit te tillen, een soort lelie; de drie forse meeldraden die eruit omhoogstaken waren nog op een paar plaatsen te onderscheiden. Toen Lex zes weken geleden het bassin gevuld had, had hij erop toegezien dat de bloemen inderdaad net op de waterlijn kwamen te drijven, maar intussen hield hij daar al geen rekening meer mee. Het bad was zo lek dat het water gestaag in de grond zonk. Om de drie dagen moest je er de tuinslang inleggen, waarbij hij dan de bloemen nog wel als peil aanhield: als de meeldraden onder water stonden, draaide hij de kraan uit; als de groene guirlandes boven water kwamen was het tijd om weer bij te vullen.

Hij zwom in schoolslag rond, totdat hij zich genoeg losgezwommen had om Esschers wentelteefje uit te voeren. De armen kruiselings voor de borst geslagen rolde hij zich zo goed mogelijk op, hoofd tussen de knieën, en begon rond te draaien. Het ging erom als een zo compact mogelijke bal door het water te rollen, uitsluitend voortbewegend op handkracht. Zijn handen aan weerszijden werden razende vinnetje die met driftige schepbeweginkjes het rollen op gang moesten houden. Niet dat hij ooit ver kwam – zinken viel niet te voorkomen en voor je het wist moest je je al naar lucht happend ontvouwen – maar hij hield het al een stuk langer vol dan zes weken geleden, toen hij ermee begonnen was, en rollend, vechtend en uit de koers rakend slaagde hij er toch in een zeker 'traject' af te leggen in het bassin.

Als kind had hij wel gedroomd op deze manier, ineengerold als een slangemens, heuvels af te suizen, lichtjes met de linker- of rechterhand bijsturend, zoals andere kinderen op de slee wel met hun voeten deden. Sleeën noch heuvels afrollen had hij ooit kunnen doen en het was de grote bekoring van het water dat de dreigingen en gevaren van het vasteland er niet bestonden, irreëel waren, opgelost als een suikerklontje in de thee.

Kalm zwom hij een paar rondjes op zijn rug en liet zich toen drijven. Een mooiere junidag was niet denkbaar. Het was elf uur in de ochtend, al vijfentwintig graden en wolkeloos blauw. Op het eentonige slaan van een merelpaar dat zijn broedsel het nest uit wilde lokken en het gedruis van de nabije snelweg na was het volmaakt stil in de tuin. Boven hem trok een onhoorbaar vliegtuig een krijtwitte streep, die zich langzaam in wattige kringeltjes oploste, en er dwarrelden neusjes van de gouden regen omlaag. Iedere dag zwom hij een rondje met de zeef om ze uit het water te vissen.

Hij sloot zijn ogen en keerde tot zichzelf in als een scholletje in het zand. Het drijven in dit oude zwembad in deze stille tuin raakte de kern van alle dingen. Als hij ooit het gevoel had een bestemming te hebben, dan was hij die op dit moment dicht genaderd, in dit verweerde bassin dat buiten het leven leek te liggen en geen deel had aan het eind van de twintigste eeuw – snelweg en vliegtuigen ten spijt – alsof het hier voorgoed 1920 was. Een bestemming die er simpelweg in lag hier te zijn en te blijven; zorg te dragen voor dit bad waaraan de voorbije decennia niets dan verval, vervaging, mos en melancholie hadden toegevoegd, maar dat in zijn gloriedagen, toen het mozaïek nog gefonkeld had in het zonlicht en de stenen dolfijnen nog glad en ongeschonden op de hoeken stonden, niet zo mooi had kunnen zijn als nu. Hij hield van het zwembad en het zwembad had hem nodig. Sweder, die hier met een lap-top op schoot in een tuinstoel hing of met zijn benen in het water Miami intoetste op zijn draadloze telefoon, pestte hem er graag mee. Dan zei hij dat hij in een tijdschrift een hartvormig, kunststof inbouwbad had gezien dat hier uitstekend zou passen, of iets dergelijks.

Van de kant van de snelweg klonk nu een reeks doffe slagen: palen die de grond in geslagen werden. Hij kwam weer in verticale positie. De schafttijd was kennelijk voorbij. Al een paar weken was de gemeente bezig haar meest kapitaalkrachtige inwoners te gerieven door een geluidswerende wal op te richten en in de afgelopen dagen waren ze de tuin zo dicht genaderd dat het lawaai van de werkzaamheden er doordrong. Van hieraf zag je er niets van, want de snelwegkant van de tuin was door zware, oude coniferen afgesloten, maar voor het eerst klonk het slaan van de palen nu echt dichtbij: lawaai voorafgaand aan de komende stilte. Hij was benieuwd naar het effect. Het eentonige snelweggedruis, toch al getemperd door de bomen, had hem nooit zo gehinderd, maar het kon er alleen maar beter op worden.

Voordat hij het water uit ging, speurde hij gewoontegetrouw nog een keer de bodem af naar ongerechtigheden: over de rand gevallen slakken die gingen liggen rotten, gezonken neusjes, verdronken insekten. Eén keer zelfs had hij een nog wild fladderende vleermuis uit het water geschept en op de dakrand van het tuinhuis gezet, waarvandaan het dier na opdrogen gewoon weggevlogen was. Er was zelden iets wat aan zijn aandacht ontsnapte, ondanks het feit dat het mozaïek-patroon van de bodem was geteisterd als een maanlandschap, waarop een oneffenheidje meer of minder niet zo opviel. Door alle vorst, hitte, uitdroging, modder, rottende bladeren en harde bezems van de twintigste eeuw was de vloer van het bad verbrokkeld en vervaald. Dolfijnen en andere vissen waren niet eens meer te herkennen. Kleur zat er amper meer op en daarom werd zijn aandacht nu getrokken door een minuscuul lichtblauw stipje op de bodem. Wat was dat? Een hoekje van een tegeltje dat hem nooit eerder opgevallen was?

Hij dook naar de bodem om het van dichtbij te bekijken en zag een klein turkooizen steentje met een gebogen zilveren haakje eraan. Een oorbel. Een oorbel in zijn zwembad!

Van Wendela, was zijn eerste gedachte, nog voor hij ermee boven kwam; een onzinnige gedachte natuurlijk. Sweder was de enige die hier wel eens zwom en die droeg geen oorbellen. Ondenkbaar ook dat dit ding er al lang in lag, dan had hij het al eerder zien liggen. Nee, dit was er gisteren in terechtgekomen. Gistermiddag was hij in het ziekenhuis geweest. Maar toen was de tuinman er! Stel nu dat er een kennis was langs gekomen (onwaarschijnlijk, maar je wist nooit), een vriendin van mevrouw Veere bijvoorbeeld, die, toen ze zag dat het zwembad weer gevuld was, even was gaan zwemmen; zou de tuinman daar dan niets van tegen hem gezegd hebben? Of wacht eens: de tuinman kon zélf mensen uitgenodigd hebben. Zijn kleinkinderen bijvoorbeeld, die wel vaker op de fiets langs kwamen rijden als opa aan het werk was. Spring er maar lekker in, jongens, er is toch niemand thuis. Daar trekt dat dikke meisje dat hij wel eens gezien had, staande op de rand, met haar hemdje ook het belletje uit haar oor. Waar het terechtkomt, ziet ze niet. Belletje niet meer te vinden. Opa er maar niet over gerept bij zijn thuiskomst.

Hij zwom naar het trapje en klom het bassin uit. Kleinkinderen? Die vent kon zijn hele familie hier wel hebben laten zwemmen!

Hij legde het belletje op de verweerde stenen bank naast het bad, wreef zijn haar droog en tuurde intussen spiedend rond, alsof er zich iemand tussen de struiken verborgen kon houden. Maar er scharrelden slechts merels op het gras, en de bemoste boeddha tussen de hazelaars mijmerde zelfgenoegzaam voor zich uit. Een specht begon tegen een stam te roffelen, alsof hij door het heien van de palen op een idee gebracht was en even wilde laten horen hoe het sneller kon.

Een vreselijke gedachte kwam in zijn hoofd op. De bouwvakkers! De bouwvakkers hadden het zwembad ontdekt. Die hadden hier gisteren gezwommen toen hij al weg was en de tuinman nog niet gearriveerd. Iedere bouwvakker droeg tegenwoordig een oorbel, zelfs in Elsteren.

Wantrouwend staarde hij naar de coniferen aan de andere kant van de tuin. Achter die coniferen stond een schutting, maar die was in slechte staat en op één plaats zo kapot, dat je er gemakkelijk doorheen kon. Stond je dan eenmaal tussen de coniferen, dan zag je het zwembad zo liggen.

Hij zag voor zich hoe ze elkaar in schafttijd hadden staan opstoken. 'Die lui zijn toch niet thuis. Effe een baantje trekken met die hitte, joh!' Daar slopen ze door de tuin, gooiden overalls en onderbroeken uit en sprongen in het water met hun bezwete lijven en stoffige haren. De gangmaker, zo'n type met vet haar in een staartje, probeerde de anderen aan hun benen naar beneden te trekken, tot ze hém te grazen namen, waarbij de oorbel uit zijn lel scheurde.

Onzin. Zulk soort oorbellen droegen mannen niet eens. Dit ding was van een vrouw of een meisje.

Goed, dan waren hun vriendinnen langsgekomen in schafttijd. Tuinman nergens te bekennen. Die zou om een uur komen, maar kwam pas tegen drieën. Wist toch al dat hij die middag weg was. 'Doe goed veel zonnebrandolie op, Angelique! Je schouders verbranden.' Glibberend van het vet sprongen die meiden erin. En achter de struiken gaan zitten als ze moesten plassen? Ben je gek, het was hun zwembad niet. Stoeipartijtjes in het water. Gangmaker drukt zijn pik zowat door Angelique d'r bikinislip heen. Dat ze een oorbel kwijtraakt, merkt ze niet eens.

Met argusogen bekeek hij het water waar hij zojuist uitgekomen was. Nog geen scheutje chloor zat erin. Alg-aanslag verwijderde hij met een schuursponsje zodra het ergens groen zag, en een beetje alg was trouwens zo erg niet. Vet, stof, huidvuil, zweet, pis, sperma... je moest er niet aan denken.

Niet zo doordraven. Een kleindochter van de tuinman, dat was nog het meest waarschijnlijk. Volgende keer gewoon aan de tuinman vragen. Wie laat zijn dag bederven door een onnozel oorbelletje? Hij stapte in zijn tuinmocassins, liep naar het huis, legde de oorbel in een schaaltje in de keuken en ging de trap op naar de badkamer. Hij moest nog spuiten.

Maar het kleine, turkooizen oorhangertje bleef een smet op deze vlekkeloze ochtend, een hinderlijk scherp korreltje op het satijn van de dag. Overdreven natuurlijk, kleinzielig. Maar liever vond hij zijn auto opengebroken of een dronkelap in het tuinhuis dan dit. Een onbekende in zijn dolfijnenbassin. Onverdraaglijk.

Nauwelijks had hij zich met een beroemd maar ongelezen standaardwerk over de Amerikaanse Burgeroorlog aan zijn tafeltje onder de lindeboom gezet of in huis ging de telefoon. Het dichtstbijzijnde toestel stond in de hal, hij moest rennen om nog op tijd te zijn.

'Dag Lex. Met Frits Schürkenbrett.'

Schürkenbrett?!

Hij was een moment sprakeloos. Nooit gebeurde hier iets en nu opeens twee dingen op één dag.

Mijn bul deugt niet, vloog het door hem heen. Mijn tentamens waren om de een of andere reden ongeldig. Ja, het spijt ons erg, na vijf jaar, heel vervelend, maar je zult toch het een en ander over moeten doen. Of je titel teruggeven natuurlijk.

'Helemaal niet verbaasd dat ik bel zeker! Dz-zz-zz-zz.'

Het Schürkenbrettlachje.

Het quasi goedmoedige Churchillgezicht met de twee onderkinnen stond hem helder voor de geest, alsof ze elkaar vorige week nog tegengekomen waren. Gele tanden op het stalen mondstuk van een pijp kluivend. Slimme, priemende oogjes. Vijftien jaar jonger dan hij eruitzag.

'We hadden hier het nummer van je ouderlijk huis nog op het instituut. Dus ik heb je moeder gebeld en die zei dat ik hierheen moest bellen. Je hebt je weer in het graafschap gevestigd?'

'Tijdelijk. Ik pas hier op een huis.'

'Aha. En vertel eens, wat voer je uit tegenwoordig?'

'Ik geef les,' zei hij. 'Dat wil zeggen: ik héb les gegeven de laatste jaren, maar nu ben ik me op iets anders aan het richten. Het onderwijs bevalt me niet meer zo.'

'O. Wat ga je dan doen?' vroeg Schürkenbrett gemoedelijk, alsof het de gewoonste zaak van de wereld was dat befaamde hoogleraren zo af en toe eens uit het oog verloren studenten opbelden om te vragen hoe het met ze ging.

'Ik denk erover om samen met een vriend een bureau voor historische reizen op poten te zetten,' zei hij. 'De Maginotlinie langs, alle memorials van de Amerikaanse Burgeroorlog bekijken, de plekken waar Byron in Griekenland op de rotsen gestaan heeft, dat soort dingen. Goed gedocumenteerd en met een prima gids. Daar is tegenwoordig veel belangstelling voor.'

Hij stond zelf verbluft van de vlotheid waarmee de verzinsels hem de mond uitrolden. Maar wat moest hij anders zeggen tegen Schürkenbrett, die de ene spraakmakende publikatie na de andere deed, gewiekste relaties met de pers onderhield, om de haverklap voor de televisie de ontwikkelingen in Oost-Europa toelichtte? Mijn laatste rector heeft me aangeraden er maar mee op te houden? Nu heb ik een uitkerinkje, lees uit de bibliotheek en borstel het mos van andermans dolfijnen?

'Dzz-zz-zz,' zei Schürkenbrett. 'Maar wat ik vragen wil, Lex, moet je eens luisteren...'

Hij luisterde. Met stijgende verbazing. Met ongeloof en trots – hij kreeg er zowaar een kleur van, zag hij in de halspiegel – maar ook met twijfel en verwarring, en toen hij uiteindelijk de telefoon neerlegde, had hij het gevoel door Schürkenbrett als een schildpad uit zijn schild getrokken te zijn. Met goede bedoelingen en je mocht je vereerd voelen, maar daar stond je dan in je blootje.

Van de Amerikaanse Burgeroorlog kwam niets meer die middag. Hij liep rusteloos de tuin door, knipte met zijn nagels gedachteloos uitgebloeide margrietjes van de stengels en hing, turend naar het wateroppervlak, tegen de trap van de duikplank. Het enig nuttige dat hij deed was met een plastic zakje naar het weilandje verderop lopen om een maaltje jonge paardebloembladeren onder de molshopen uit te graven: salade voor het avondmaal.

Uiteindelijk haalde hij zijn oude Volkswagen uit de garage en reed naar het gedeelte van Elsteren dat aan de andere kant van de dorpskern lag: de patatbuurt. Dit was een direct na de oorlog gebouwde wijk, zo genoemd omdat de kleine drie-onder-een-kap woningen oorspronkelijk voor de werknemers van de aardappelmeelfabriek neergezet waren. Nu woonde er van alles door elkaar, maar de huizen waren nog steeds zo aan elkaar gelijk, dat de bewoners zich alleen door middel van vitrage, vensterbankprullaria of de inrichting van het voortuintje van elkaar konden onderscheiden. Dat werd dan ook met overtuiging gedaan. Nergens in het dorp zag je zoveel rotspartijtjes, kabouters aan vijvertjes, beschilderde molens, barokke raamdraperieën, stenen poezen en pierrots achter de ramen als hier.

Zodra hij zijn auto voor het op een na laatste blok in de Wethouder Tesselinkstraat had geparkeerd en het voortuintje in liep, verscheen de buurvrouw achter haar gordijnen en zwaaide. Ook de verveloze houten eend onder zijn moeders raam – ooit een geschenk van een figuurzagende partijgenoot en de enige frivoliteit in deze tuin – draaide ter begroeting piepend een vleugeltje rond. Dat zijn moeder niet thuis was, had hij al gezien. De schuur stond open en de brommer was weg. Voor de zekerheid belde hij nog aan, maar direct daarna opende hij de voordeur met zijn eigen sleutel.

In het halletje hing een geur van kool, wc-verfrisser en oude kokosmat. Hij liep de trap op naar boven en voelde meteen zijn achillespees pijnlijk trekken. Zijn linkervoet wilde niet omhoog, zodat hij asymmetrisch, zijn linkerbeen hoger heffend dan zijn rechter, naar boven klom. Eigenaardig, hij had de laatste tijd zelden last van zijn spitsvoet. Het lag natuurlijk aan de trap, die hier veel steiler was dan de brede draaitrap in het Veerehuis, maar het leek wel alsof hij het huis van zijn moeder niet binnen kon komen zonder aan alle bloedingen herinnerd te worden waarmee hij hier gelegen had – een kuitbloeding in dit geval, die voorgoed zijn linkerkuitspier verkort had.

Op de kamer boven was het warm en benauwd; de zon stond de hele dag op de achterkant van het huis. Hij deed het raam open. Kindergegil drong binnen. In de tuin van de buren rechts sloeg een kleuter in een opblaasbadje een andere kleuter met een gietertje op het hoofd. Een jonge man met donkerbruin verbrande nek en een spierwitte buik zat ernaast op een tuinstoel te slapen. Een vrouw in roze bikini kwam de keuken uit, mepte het ene kind met een theedoek om de oren en trok het andere mee naar binnen.

Hij ging in de vensterbank zitten en keek het kamertje van zijn jeugd rond. Het geblokte zeil op de vloer. Het grenehouten schrijfbureau met drie plankjes voor pockets erboven, waarop nu alleen nog een paar oude zwemdiploma's lagen. De magazijnstelling tegen de muur, waarin vroeger zijn boeken hadden gestaan, maar waarin zijn moeder nu stapeltjes oud linnengoed en kleren bewaarde. Het ledikant met de sprei met opgestikte oude auto's, 'echt een leuke jongenssprei', door zijn moeder bij een loterij gewonnen. Naast het bed stonden verhuisdozen opgestapeld.

Hij maakte er een paar open. De derde doos was degene die hij hebben moest en daarmee verliet hij de kamer en liep de trap af. Bij de voordeur weifelde hij een moment. Een briefje achterlaten voor zijn moeder? Maar hij liep naar buiten, zette de doos in de auto en reed de straat uit.

Op de terugweg stopte hij bij 'Demse's sigarenmagazijn'. Achter in de zaak stond mevrouw Demse met de armen over elkaar in de deuropening tussen winkel- en woongedeelte naar een televisieprogramma te kijken waarvan het geluid de winkel in schalde. Ze pakte meteen zijn merk sigaretten uit het schap toen ze hem zag.

'Vliege...' klonk het uit de achterkamer.

'Het blijft maar zomeren, hè?' zei mevrouw Demse.

'Valle...'

Hij liep om de toonbank heen en stak zijn hoofd om de hoek van de woonkamer.

'Hai, René.'

Een grote, logge man van zijn leeftijd, die met zijn bovenlijf heen en weer wiegend voor een kolossaal televisietoestel zat, keek even op, maar wendde zich direct weer naar het scherm, waar Mr Bean ontredderd papieren vleugels van zijn armen stond te scheuren.

'Boos worde...'

'Zeg 's gedag, René,' zei mevrouw Demse.

De man vertrok zijn mond in een goedige grijns in Lex' richting.

'Dag Geertje...'

'Is het leuk?' vroeg Lex.

'Stampe...' riep René. De komiek stond driftig op de resten van de vleugels te springen. 'Stampe, stampe, stampe...'

Ze hadden nog bij elkaar in de klas gezeten. Dat wil zeggen: een paar jaar lang had mevrouw Demse haar zoon iedere ochtend op de gewone basisschool in het dorp afgeleverd, waar René autootjes heen en weer reed en de zonnewering omhoog en omlaag mocht doen.

'Er is niets mooiers dan Mr Bean,' zei mevrouw Demse, 'die praat niet, weet je.'

Ze glimlachte naar hem; een weduwe van in de vijftig met een eenvoudig, rond gezicht en grijsblond haar, heel gewoon eigenlijk, maar met een prachtige, droevige, sensuele glimlach. Het was een ongeschreven wet in het dorp dat men sigaretten niet in de supermarkt, maar bij de weduwe Demse kocht, en misschien had die wet meer met deze glimlach dan met de ongelukkige zoon te maken.

❧

Toen alle boeken op de keukentafel opgestapeld lagen, twijfelde hij opeens weer hevig. Daar lagen ze, als stille getuigen van een voorbij tijdperk, in de grote woonkeuken van het Veere-huis, waar ze nooit eerder geweest waren. Boeken waarvan hij afscheid genomen had, voor 'altijd', afscheid uit eigenbelang, om niet langer de schimmen na te jagen die voorgoed het verleden toebehoorden. Daar lagen ze nu, en iedere titel, iedere rug riep herinneringen op.

Bovenop lag een oud schoolboek. Hij kon niet laten het op te pakken, en kijk, daar had je het al: het viel vanzelf open op de goede plek. Hoe lang dat boek ook in de doos gezeten had, de knik in de rug gaf meteen de bladzij prijs waarop het jarenlang opengeslagen had gelegen.

Een foto uit het begin van de eeuw. Zeven personen rond een bankje voor een houten hut. Op het bankje een knappe, ernstig kijkende vrouw in een lange witte jurk, die haar linkerarm om de schouder van een tengere jongen heeft geslagen. De jongen draagt een matrozenpak waarvan de pet – met cyrillische letters op de rand – op zijn knieën ligt en zit erbij alsof hij direct na de klik die pet weer op zijn hoofd zal zwaaien en van de bank zal opspringen. Achter hen staat een bebaarde man in een simpel, kraagloos hemd, een soort boerenkiel, die hen beiden omvat. Hij heeft een sympathiek, dromerig gezicht en kijkt als iemand die alles wat op aarde waarde heeft om zich heen verzameld weet. Terzijde van deze drie staan vier meisjes, drie links en een rechts, met identieke zomerjurken aan. De buitenste van de drie, de kleinste, nog met pijpekrullen, tilt lachend een spaniel van de grond, die er wat ongelukkig bij hangt met zijn buik naar de fotograaf en, naar de vage achterpoten te oordelen, op het moment van afdrukken nogal protesteerde tegen deze manier van poseren. Het meisje naast haar valt op door een scheur in haar jurk van middel tot knie, die ze provocerend lachend openhoudt, en de derde heeft haar beide handen plus kin op een knoestige pelgrimsstaf gelegd, vanwaar haar knappe gezichtje hooghartig op de camera gericht is. Het vierde meisje, aan de andere kant, staat gedeeltelijk onder de schaduw van een boom. Haar witte jurk is bespikkeld met zonnevlekjes. Ze glimlacht. Van haar opgestoken haar heeft een strengetje losgelaten. Aan de rand van de foto is nog juist het boeket veldbloemen zichtbaar dat ze in haar hand houdt, alsof ze eigenlijk al op weg was die bloemen in een vaas te zetten, maar nog net werd geroepen voor de foto. Het plaatje heeft ook een onderschrift: 'Dat de lang verbeide troonopvolger aan hemofilie leed, drukte een zwaar stempel op het tsarengezin en verklaart grotendeels de fatale macht die gebedsgenezer Raspoetin aan het Russische hof kreeg.'

Dit was de eerste foto van hen die hij gezien had, gewoon tijdens een geschiedenisles op school. Vooral vanwege die lotgenoot had hij er de hele les naar zitten kijken. Hij zag nooit andere jongens met hemofilie, of het moesten de jongens zijn die hij in de wachtkamer van de hematoloog wel eens gadesloeg zonder ooit met hen te spreken. De geschiedenisleraar had amper over de mensen op de foto gesproken. De les ging over de Russische Revolutie. De macht van de tsaren moest gebroken worden, wilde men een nieuwe weg kunnen inslaan, zei de leraar. Toen Lenin eenmaal aan de macht was, had hij de tsaar en zijn gezin laten doodschieten. Tragisch, want de laatste tsaar was de beroerdste niet geweest, maar zo ging dat bij revoluties.

Lenin, die kende Lex heel goed! Lenin, van wie je wel mocht voetballen, maar niet tennissen. Van wie je wel konijnen of postduiven mocht houden, maar geen Ierse setter, zelfs niet al kreeg je hem cadeau. Lenin, die goedkope kleren uit de markthal voorschreef als je de zelfgemaakte kleren van je moeder niet meer wilde dragen. Van wie men maar één bepaalde krant mocht lezen, de enige krant die de waarheid bevatte, waarvan slechts vier exemplaren in het hele dorp rondgebracht werden door een mistroostige man op een Solex die zomer en winter een lange, leren motorjas aanhad. Dank zij Lenin was hij vroeger wel, als het goed met hem ging, naar zomerkampen geweest, vol bleke pestkoppen uit Amsterdam en Rotterdam. Drie keer in de week zijn moeder op bezoek om het infuus aan te leggen, maar nooit voortijdig mee terug. De Lenin van zijn familie. Dat deze Lenin zich ook had beziggehouden met het doodschieten van idyllen in zomerjurk en matrozenpak was hem nooit verteld.

Hij sloeg het boek dicht en gooide het terug op tafel. Dat ging hij nu niet bekijken. Het avondeten moest bereid worden.

Hij schilde drie aardappels en deed ze in een steelpan, schudde de molsla uit de plastic zak in een vergiet, zette de kraan aan om de blaadjes te wassen, maar bedacht zich, deed de kraan weer dicht en zocht een ander boek, om een foto te zien die hem in gedachten haarscherp voor de geest stond. Het lag boven op een schrift waarop in vulpen 'Verzen voor Olga' geschreven stond en dat hij haastig helemaal onder op de stapel schoof. Hij bladerde het boek door; de foto stond achterin.

Vier meisjes. Ze staan in het bos tegen een berkestam geleund, dat wil zeggen: twee leunen elk aan een kant, een staat half achter de boom en eentje zit ervoor met haar benen in een greppeltje en naast zich een mand met paddestoelen. Ze hebben alle vier dezelfde degelijke, dikke wollen vesten aan – van die deugdzame, door een vrome tante gebreide vesten – en zien er vrolijk uit, ze zijn graag in het bos. Vanavond eten ze paddestoelenragoût. Smakelijk, gezond en het spaart vlees uit, en wie er niet van houdt, krijgt toch niets anders; er wordt spartaans opgevoed ten paleize. Ze mogen blij zijn dat ze van de honger niet de was uit hun relikwie-kruizen hoeven te peuteren, zoals hun vader toen hij zo oud was, omdat in zijn jeugd de kinderen aan tafel als laatste bediend werden, terwijl hun borden weggehaald werden zodra de eersten uitgegeten waren.

Dit is een van zijn lievelingsfoto's, maar er staan er zoveel in dit boek. Aleksej, van de punt van zijn neus tot zijn tenen in een deken gerold op een ligstoel. Maria aan het kalligraferen, tongpunt van inspanning uit de mond. Olga, rolschaatsend op het dek van de Standart, die haar adjudant vastgrijpt om niet te vallen. Nicolaas te midden van een kring ernstig zingende soldaten. Nicolaas en Aleksej, naast elkaar in een loopgraaf aan het front. Olga en Tatjana zittend op een balustrade, slap van het lachen om Pierre Gilliard, de Zwitserse huisleraar, die met gestrekte arm een boek voor zich uit houdt en kennelijk staat te declameren. Aleksej in een modderbad. Aleksej met een gestreept badpak aan tot zijn knieën in de golven. Olga, die...

Hij zette de aardappels op, waste de molsla, staarde naar het zanderige water dat de afvoer in liep, draaide de kraan dicht, droogde zijn handen af en greep weer een ander boek.

Een groepsfoto uit 1914. Het hele gezin op bezoek bij de koning van Roemenië, zogenaamd een uitstapje, omdat ze tijdens de vakantie toch in de buurt zijn, in werkelijkheid omdat de Roemeense kroonprins in Olga geïnteresseerd is en men de jongelui met elkaar wil confronteren. Olga staat helemaal achteraan met een kwaaie onderkin. Ze wil die Roemeense kroonprins niet. Ze wil in Rusland blijven en vindt haar achterneef Dmitri tien keer leuker, dus mooi dat dat huwelijk niet doorgaat! En als ze alles van tevoren had geweten? Als ze had geweten dat door dit huwelijk háár lijk zou ontbreken aan de bloederige hoop lichamen die nog geen vier jaar later in een hobbelende vrachtwagen naar een verlaten mijn in een stil bos gereden werd? Dan nog niet. Sterker: dan helemaal niet. Want zo was Olga.

Nicolaas aan het houthakken. Aleksej weer op bed. Twee meisjes in een roeiboot. Nicolaas ingegraven aan het strand, baard boven het zand uit, vijf glunderende kinderen met een schep in de hand ernaast. Vier meisjes in rouwkleding vanwege Raspoetins dood. Het in de mijnschacht gevonden kunstgebit van dokter Botkin...

Hij kon niet ophouden met bladeren. Hij bekeek alle foto's in alle boeken, als iemand die zoekgewaande familiealbums heeft teruggevonden en nu de tijd vergeet.

Het begon naar aangebrande aardappels te stinken. De molsla lag slap in het vergiet.

❧

De nachttuin is anders dan de dagtuin. Nacht is het trouwens nog niet; er scheren nog vleermuizen door de lucht en aan de rand van het weiland verderop zit nog een koekoek te roepen, die zowaar zijn echo vindt in een andere koekoek, veel verder weg. Maar de bomen staan als een oerbos tegen de donkerblauwe lucht en witte bloemen lichten op in het duister.

De dolfijnen op de hoeken van het bassin zijn versteende wachters rond een toverspiegel. Dit is een vrijplaats, een ontmoetingspunt voor geesten, een transferium voor levenden en doden. Je kunt het ritselen van japonnen horen, het kraken van knoopschoentjes, het onderdrukte lachen van wie hier verstoppertje spelen voor het slapengaan. Tussen de zwarte coniferen springt een jurkje weg. Bij het zwembad ruikt het naar Rose-thé van Coty, een populair parfum uit het begin van de eeuw, het parfum van de oudste dochter van de tsaar bijvoorbeeld.

In de tuin staat een levende. Een bloedverwant, een zoon, een broer, een voorbestemde maar misgelopen minnaar. Hij denkt aan een geheimzinnige oorbel, in het zwembad gevonden, een oorbel die een teken was. Een teken van leven, een groet van gene zijde. Hij staat bij het zwembad en heeft een onbedwingbare lust zoel water rondom zich te voelen en de plek aan te raken waar die oorbel lag. Hij kleedt zich uit, beklimt de trap van de duiktoren en ziet zichzelf vanuit de tuin opeens op de duikplank staan, want het duister heeft vele ogen.

Daar staat, spiernaakt, de jongen met de Romanov-gekte. De jongen die zich eens voor een quiz zou moeten opgeven, dan verdiende hij er nog wat aan. Vijf jaar lang heeft hij zijn boeken niet ingekeken, heeft hij zich rigoureus van hen afgewend, want wat bleek toen hij na het zien van die eerste foto in zijn geschiedenisboek alles over de geportretteerden te weten gekomen was wat er maar te weten viel? Toen waren ze nog even dood als altijd. Dood, verloren, verzonken in de tijd. Toen bleef hun hermetische kring van zeven nog steeds gesloten en zou nooit meer opengaan om nummer acht toe te laten. Zij bleven voorgoed en uitsluitend met elkaar verbonden, blind, doof, gevoelloos voor wie hen riep vanuit een ander leven. Op den duur viel dat niet meer te verdragen.

Vandaag heeft hij de boeken, waarvan hij afscheid genomen had, toch weer opgehaald. Hij is negenentwintig intussen, bijna dertig, mislukt als leraar, zonder baan, zonder huis, zonder vrouw, maar hij heeft een besluit genomen: het is tijd voor een afrekening, een vertaling van dromerij in wetenschap. Een laatste saluut.

Hij duikt en boven zijn hoofd brengt zijn duik een reeks uitdijende O's teweeg in de donkere spiegel. Waarom daarbij meteen aan de O van Olga denken? Waarom niet van 'ommekeer' of 'overwinning' of 'opbloei'? Van 'Oktoberrevolutie' desnoods. Waarom trouwens ergens aan denken? Water kan niet anders dan O's vormen. Wie duikt, vormt altijd en overal O's. Wat voor betekenis zou je daaraan hechten?

HOOFDSTUK 2

De hangmat, ach, ja, de hangmat. Hier staat het weer, in een van de nieuwe boeken. Een brief van Nicolaas aan Alix, vanuit de trein naar het front (het is november 1914), in het Engels, want de tsarina heeft nooit goed Russisch geleerd.

'I shall try to write very often, as, to my amazement, I have come to the conclusion that I can write while the train is in motion. My hanging trapeze has proved very practical and useful. I swung on it many times and climbed up it before meals. It is really an excellent thing for the train, it stirs up the blood and the whole organism.'

En verderop, in een brief van ene Konstantin Sjeboldajev, voormalig ambtenaar onder Lenin:

'Toen ik in Swerdlowsk aankwam, lieten ze mij het Ipatjevhuis zien. In die tijd was het al een bezienswaardigheid voor revolutionairen. Bezoek het huis waar de tsaar doodgeschoten is! Vlak bij de omheining lieten ze me de plaats zien waar zijn hangmat had gehangen. Toen hij aankwam, had hij die meteen vastgeknoopt en was begonnen te schommelen. Zijn voeten zwiepten hoog over de schutting. Op dat moment beslisten ze direct dat er een hogere schutting gebouwd moest worden.'

Lex keek op van het boek en grinnikte. Nicolaas de Bloeddorstige, door zijn vijanden naar zijn laatste gevangenis overgebracht, en wat is het eerste dat hij doet? Hij hangt zijn hangmat in de tuin. Om buiten Tsjechov te lezen of de bijbel. Men moet er het beste van zien te maken. Vluchten? Een tsaar die uit Rusland vlucht? Geen haar op zijn hoofd. Blijven vertrouwen op de Allerhoogste, dat is het enige wat erop zit. Daar schommelt hij. Zijn peper- en zoutbaard rust op zijn borst. Zijn ogen – alle militair vertoon ten spijt de zachtaardigste ogen van heel Rusland, de ogen van het offerlam – lezen de regels. Zijn voeten wippen boven de schutting uit. De commandant van het Ipatjevhuis geeft een spoedbestelling planken en spijkers door.

Vanuit de schaduw van de linde keek hij de tuin rond, die in de blakende zon lag. Het was rond het middaguur. Daarnet was met veel getoeter en gebel de zaterdagse rijdende winkel langsgekomen, maar nu was het weer zo stil als in een bos.

In een soortgelijke stilte had Nicolaas in de voorzomer van 1918 in zijn hangmat geschommeld. Dat moest in mei geweest zijn, hoogstens begin juni, want daarna mochten ze amper meer naar buiten, werd er slechts eventjes gelucht in de tuin en dan was het weer binnen zitten voor de rest van de dag. Later mochten ze helemaal niet meer naar buiten. Nog later mochten de ramen niet meer open. En uiteindelijk werd het enige raam dat nog uitzag op de tuin dichtgeschilderd.

Maar in mei schommelde de tsaar nog tussen de bomen. Daar ligt hij in zijn hangmat, in een loshangende soldatenjas waar de onderscheidingen van afgehaald zijn, boek op de borst.

En wat doen de anderen?

Aleksej ligt op bed. Net opgeknapt van een wekenlang ziekbed in Tobolsk, de vorige gevangenis, stootte hij de dag na aankomst in Jekaterinenburg zijn knie en zou de rest van de gevangenschap in bed doorbrengen. Hij leest in *Ivanhoe*, hoewel hij dat vrijwel uit zijn hoofd kent, hoopt dat hem straks een glas melk gebracht zal worden en vooral dat het het keukenknechtje zal zijn die het brengt, dat is een jongen van zijn leeftijd. Maar er is niet vaak melk in huis, althans zij krijgen het niet vaak, en als het er is, moet een van zijn zusters het meestal komen halen; de burgers Romanov moeten niet denken dat ze nog bediend kunnen worden.

Aan het voeteneind ligt het piepkleine schoothondje van Anastasia, bij hem op bed gezet voor de gezelligheid en intussen in slaap gevallen. Af en toe gaan er schokjes door het tengere hondelijf en piept het diertje alsof het in zijn droom de toekomst al ziet.

De tsarina zit naast het bed met een handwerkje. Haar haar is grijs, haar mond strak gesloten. Daarnet heeft ze de latrines moeten bezoeken, waar obscene tekeningen over haar en Raspoetin op de wand gekalkt staan. Vader, vergeef het hun, zij weten niet wat ze doen, dwingt ze zichzelf te denken iedere keer als zij daar is. O, hoe ver en onbereikbaar is de heilige man en hoe zwaar drukt zijn laatste voorspelling op haar hart.

Waar zijn de meisjes? Olga en Maria zitten in het gras onder de pereboom ondergoed te verstellen, heel netjes, want hun moeder kijkt alles na en laat de boel rustig uithalen als het niet deugt. Tatjana zit ernaast een Frans gedicht te kopiëren op een blad papier dat met een boek eronder op haar knieën ligt, zo verschrikkelijk keurig, alsof hun aller lot van haar kalligrafeerkunst afhangt. Anastasia ligt op haar buik naast Olga en werpt barricades van zand en takjes op voor de mieren.

Deze plek in de tuin is de enige waar zij niet in het directe zicht van de soldaten zitten en waar ze dus de minste kans op schimpscheuten en smerige handgebaren maken. Alle vier hebben ze een donkere, linnen rok aan en een witte blouse. Hun hoofddoeken dragen ze niet, want het is warm. Hun korte haren glimmen in het getemperde zonlicht. Het is al flink gegroeid sinds ze de zomer tevoren kaalgeschoren zijn vanwege de mazelen. Ze hebben gehoord dat kort haar in Europa in de mode is, dus voor het geval ze nog naar Engeland mogen vertrekken, zullen ze daar misschien niet zo'n gek figuur slaan.

'Waar ik zin in zou hebben...' begint Maria.

Niemand zegt iets.

'In die pistachemarsepein die tante Xenia altijd meebracht.'

Anastasia kijkt op.

'Daar zouden we het niet meer over hebben, stomme koe!'

Maria pakt een blaadje van het gras, doet alsof ze ervan eet en sluit verzaligd haar ogen.

'Hmmm... zoet!'

Haar zusje komt nu helemaal overeind en trapt haar tegen een heup.

Tatjana kijkt verstoord op.

'Je moet ook niet zo vervelend doen,' zegt ze tegen Maria. 'Daar zouden we het inderdaad niet meer over hebben.'

Maria lacht.

'Jullie kunnen nergens tegen.'

Anastasia gooit zich weer op haar buik en begint met een stokje de mieren dood te prikken.

Olga heeft niets gezegd. Ze steekt haar hand uit en begint Anastasia's kuit te strelen totdat haar zusje het stokje weggooit, haar hoofd op haar armen legt en doet of ze slaapt. Olga is drieëntwintig, Anastasia zestien, dat is het verschil.

Het is stil in de tuin, af en toe knerpt het touw van de hangmat over de schors van de bomen en verderop klinkt gedempt gepraat van twee wachten in het Lets, dat zij niet kunnen verstaan. Maar Olga legt haar achterhoofd tegen de stam van de boom en kijkt starend naar de lucht alsof ze iets hoort.

Wat kan ze horen? Hoe de golfjes van de Irtysj het verminkte lijk omspoelen van de bisschop van Tobolsk, die tegen het verbod van de regionale sovjet in een mis voor hen heeft opgedragen toen zij nog in die stad verbleven? En die als straf daarvoor levend aan het rad van een stoomboot gebonden is?

Hoort zij haar tante Ella – haar beeldschone en toch vrome, ja, haast heilige tante Ella – psalmen zingen vanuit de verlaten mijnschacht in het nabije Alapajevsk? De mijn waarin zij, gemarteld maar nog niet dood, geworpen is samen met Nicolaas' neven Ivan Konstantinovitsj, Konstantin Konstantinovitsj, Vladimir Pavlovitsj Palej, Sergej Michailovitsj – de enige die de genade ondervond er als lijk ingegooid te worden – plus een bediende en een non? Dat was niet 's middags, maar 's nachts, maar wel in dezelfde meimaand, en boeren uit de omgeving hebben de psalmen de hele volgende dag nog gehoord. Pas 's avonds stierf het weg.

Hoort zij hier in de tuin van het Ipatjevhuis de voetstappen van de vluchtende knecht Volkov, de oude dienaar van de Romanovs die hen in gevangenschap volgde, maar niet tot het huis werd toegelaten – net zomin als de hofdames Gendrikova en Schneider plus enkele anderen – en naar een gewone gevangenis werd gebracht? Toen ze van daaruit op een avond het bos in geleid werden, wist Volkov als enige van het clubje getrouwen weg te rennen. De Rode Garde offerde nog wat schaarse munitie aan hem op, maar hij werd niet geraakt. Om het verlies aan kogels weer enigszins terug te winnen, sloegen ze de hofdames toen maar de schedel in, in plaats van ze neer te schieten.

Maar al deze dingen kan Olga niet weten. Het is mei 1918, een van de laatste dagen dat zij met haar rug tegen de pereboom kan zitten en door het gebladerte omhoog kan kijken. Die dingen doemen slechts op in het hoofd van de historicus die meer dan driekwart eeuw later haar beeltenis nog zo helder voor ogen heeft, dat het is alsof hij haar gisteren nog heeft zien zitten (alsof hij haar óóit heeft zien zitten), een witte directoire op schoot, maar de handen werkeloos in haar rok. Haar hals is gestrekt – daar slikt ze juist – de ronde kin steekt naar voren...

Er remde een auto af bij het hek. Twee lichte claxonstootjes.

Hij schrok op. Daar was Sweder.

‘Van die prachtbanden, weet je wel, waar het snob-appeal vanaf walmt. Zes, zeven delen, hoogglanspapier, uitvouwbare illustraties, de hele rataplan. Als de eeuw op zijn eind loopt, schijnt iedereen die te willen hebben, je kunt er nu al op intekenen. Hij doet de hele Russische geschiedenis, opkomst en ondergang van het communisme, en daar valt de laatste tsaar ook onder. Hij zegt dat hij daar niks van weet, tenminste, niet van wat er de laatste jaren allemaal boven water gekomen is. Het zijn niet alleen die skeletten die ze nu eindelijk gevonden hebben, en het hele gedoe met dat DNA-onderzoek en al die theorieën over wie er ontbreekt en zo, maar ook alle brieven en dagboeken en memoires die nu gepubliceerd worden, sinds ze in Rusland de Romanov-fobie aan het kwijtraken zijn. Daar zit hij niet in. Nou, ik ook niet meer, dat heb ik meteen gezegd. Maar daar tilde hij niet zo zwaar aan. Ben je mal, dat viel bij mij allemaal in een gespreid bedje, kwestie van een weekje bijlezen. Dus ik kon meteen een tas boeken inladen. Allemaal werk van de laatste vier, vijf jaar. Ik lees me suf op het ogenblik.’

Sweder, met de armen om de knieën geslagen op de rand van het zwembad zittend, floot zachtjes.

‘Wat verrekte leuk. Dat hij daarvoor aan jou dacht!’

‘Ja, je snapt het niet. Voor zo’n prestigeobject. Wie schakelt daar een werkloze schoolmeester voor in, hè? Hij moet wel erg omhooggezeten hebben!’

‘Ik bedoel, zeikerd,’ zei Sweder effen, ‘hoe lang heeft hij jou al niet gezien? En nu doet hij al die moeite om je op te sporen. Je hebt kennelijk indruk op hem gemaakt.’

‘Ach, die vent heeft een speciaal talent om iedereen voor zijn karretje te spannen. Volgens mij houdt hij een administratie bij van studenten met een bijzondere belangstelling voor het een of ander, louter omdat-ie ze later nog eens nodig kan hebben.’

'Nou, wat is daartegen? Dat is toch handig?'

'Ja. Maar op die manier komt hij dus aan mensen die voor een habbekrats het arbeidsintensieve werk doen en zelf gaat-ie met de eer strijken.'

'Komt je naam dan niet op dat boek te staan? Ben je geen mede-auteur?'

'Ben je gek! Er zal wel weer zo'n ellenlang voorwoord in staan, uitlopend op: "Met dank aan...", en dan twee bladzijden met namen die geen hond leest.'

Sweder haalde zijn schouders op.

'Je moet het zien als startpunt voor iets anders. Wie weet waar het toe leidt. Het is in elk geval nuttig om zo bij de universiteit weer een voet tussen de deur te hebben.'

Tijdens Sweders bezoeken was Lex zich altijd veel scherper bewust van zijn eenzaamheid dan wanneer hij hier in zijn eentje was, maar dat was helemaal geen onaangenaam gevoel. En hoezeer ze ook uit elkaar gegroeid waren de laatste jaren, Sweder was de enige wiens gezelschap hij verkoos boven het alleen zijn. Hij had het graag dat zijn vriend een weekendje 'strontlucht op kwam snuiven'; met Sweder vielen dingen te bespreken waar hij anders met niemand over sprak.

'Waar het toe leidt...' zei hij. 'Nou, tot een boek bijvoorbeeld. Een eigen boek wel te verstaan. Míjn versie van de Romanovgeschiedenis plus een overzicht van de theorieën die er de afgelopen eeuw over zijn verkondigd.'

'Echt waar?' vroeg Sweder verrast.

Hij knikte.

Sweder kwam overeind en ging in de stoel naast hem zitten. Hij was het altijd geweest, vroeger, die gezegd had dat je een passie produktief moest maken. Maar Lex had de zin van een boek schrijven nooit ingezien. Er waren al kastenvol boeken over de laatste tsaar, iets nieuws had hij niet te melden, althans niet in wetenschappelijk opzicht, en hij kende geen Russisch, dus kon hij niet bij de bronnen komen. De gedichten die hij erover geschreven had – door drie literaire tijdschriften teruggestuurd – en de na een jaar tobben in de steek gelaten roman... daar wist zelfs Sweder niets van.

'Kijk,' zei hij, 'het is nu weer interessant geworden, met zoveel nieuwe feiten. En er is weinig in het Nederlands, het is allemaal vertaald. Het blijft misschien een hachelijke zaak om je als niet-slavist met het onderwerp in te laten, maar... het zou voor mij een mooie afsluiting van de zaak zijn. Een soort afrekening, zo zie ik het. Zeg maar: een afrekening door exploitatie.'

'Natuurlijk,' zei Sweder. 'Moet je doen! Niet bij plannen laten! Ben je al begonnen?'

'Nog niet met schrijven, wel met denken over hoe ik het zal aanpakken.'

'Nou, dat wordt dan in elk geval een reis naar Rusland binnenkort. Daar ontkom je nu niet aan. Je moet toch eindelijk Sint-Petersburg eens met eigen ogen zien. Die paleizen, de Hermitage, hoe wil je een geloofwaardig boek schrijven als je er zelf nog nooit geweest bent! En dat huis waar ze doodgeschoten zijn, in hoe-heet-het-ook-alweer...'

'Jekaterinenburg. Diep in de Oeral.'

'Daar moet je ook heen.'

'Dat huis ligt allang tegen de vlakte. Niks meer te zien. Ze zijn een kathedraal aan het bouwen op die plek.'

'Goed, dan heb je toch de stad gezien.'

'Ik zal mijn uitkerinkje 's natellen.'

Sweder fronste geïrriteerd zijn wenkbrauwen.

'Doe niet zo benepen! Daar valt wel iets op te bedenken. Wat moet moet. Dat je geen Russisch spreekt is al een nadeel, maar dat je zelfs niet gezien hebt waarover je schrijft, dat is toch helemaal van de gekke! Ik kan je eventueel wat lenen. En trouwens, dat heb ik je nog niet eens verteld...'

Hij schonk het laatste beetje pils in zijn glas.

'Ik moet ook naar Sint-Petersburg in het najaar. We zijn in onderhandeling met een groot telecommunicatiebedrijf in Rusland over een soort joint venture. Ze willen een supernetwerk opzetten, met westers kapitaal natuurlijk, en dat biedt ons geweldige perspectieven. Het is nog lang niet rond, maar het zou me niet verbazen als het zeer interessant werd, en dat reisje staat wel zo'n beetje vast. Ha, ha, onderhandelen met de Russische mafia, daar zie ik naar uit!'

Hij dronk in twee slokken zijn glas leeg.

'Dus wie weet wat we kunnen combineren. Ga je gewoon met mij mee. Aan een voordelig ticket kom je wel en een kamer extra in het hotel kan het probleem niet zijn.'

Nee, dat kon het probleem niet zijn. Niets was ooit een probleem voor Sweder. In Sweders leven bestonden geen problemen, alleen uitdagingen en die werden stuk voor stuk aangegaan en overwonnen.

'Zou leuk zijn,' zei Sweder tevreden. Hij leunde achterover in zijn stoel, richtte zijn gezicht naar de zon en sloot zijn ogen. 'Wij tweeën samen naar Rusland.'

Het plan bracht Lex in verwarring, trok hem aan en stootte af tegelijk. Zoiets moest je natuurlijk met beide handen aangrijpen en het kon ook geen toeval zijn dat Sweder al de tweede persoon deze week was die over zo'n reis begon. Ook Schürkenbrett had, tijdens het gesprek op het Historisch Instituut, verondersteld dat hij zelf gids was op 'zijn historische reizen naar Petersburg', wat hij maar wijselijk in het midden gelaten had.

Maar hij wilde niet naar Rusland. Hij wilde niet zien hoe het moderne Petersburg eruitzag, hij wilde geen hamburger eten in de nieuwe cafetaria in het Winterpaleis en met een bus naar Tsarskoje Selo rijden, dat nu om de een of andere reden Poesjkin heette, om langs gespannen touwen door de gerestaureerde privé-vertrekken van de tsaar te lopen. Hij wilde de witte balustrades, waarop de achterwerken van de meisjes zich afgetekend hadden, niet herkennen – als ze nog bestonden, want het kleine paleis was in de Tweede Wereldoorlog door de Duitsers in bezit genomen en grondig vernield. Hij wilde het berkenbos niet zien waarin ze achter de honden aan hadden gerend en paddestoelen hadden gezocht, want hij had een voorgevoel dat ze dan doder en verder weg dan ooit zouden zijn. Hij gaf de voorkeur aan een gedroomd Rusland.

'Maar wat dat boek betreft...' zei Sweder en kwam weer overeind. 'Wees nou slim en neem in een vroeg stadium contact met een uitgever op. Als je een contract krijgt, al is het maar een intentie-contract of hoe zoiets mag heten, dan heb je een stok achter de deur. Bovendien: voor je het weet, komt er een ander op hetzelfde idee en dan zit jij met je pil die bijna af is en waar je geen uitgever meer voor kunt vinden. En je moet meteen melden dat je voor Schürkenbrett werkt, hè? Anders heb je geen binnenkomer. Niemand kent je nog.'

Lex knikte.

'Zet alles op papier. Maak een synopsis en ga ermee de boer op. Of laat die Schurk anders eens zijn best voor je doen, die heeft invloed. Misschien kan hij je bij zijn eigen uitgeverij introduceren. Kan hij toch best doen? Niet te bescheiden zijn, daar heb je niks aan.'

'Nee. Ja.'

'Ik controleer je, hoor. Ik hou je in de gaten. Enne...'

Hij sloeg even tegen Lex' been.

'...beetje afstand houden, hè? We laten ons niet meeslepen, denk erom!'

Lex keek opzij, maar Sweder zat weer met zijn ogen dicht naar de zon gekeerd.

De opmerking ontroerde hem tegen wil en dank. Dit zou niemand anders kunnen zeggen dan Sweder. Die gedichten van vroeger... die hadden misschien toch wel eens op zijn kamer rondgeslingerd.

'Wat denk je wel? Ik ben geen negentien meer.'

'Nee, maar nog wel een idioot natuurlijk.'

'Het wordt een degelijk boek. Bevlogen en toch degelijk, dat staat me voor ogen.'

'Dan is het goed,' zei Sweder en hij begon te lachen, 'want 't is wel prettig als je nog kunt blijven lopen. Kun je nog 's naar Parijs bijvoorbeeld.'

❧

Een werkweek met de eindexamenklas. Op het plan dat hij toen ten uitvoer had gebracht, had hij weken lopen broeden. Niet dat het speciaal Parijs moest zijn – al leende die stad, waar Nicolaas en Alix nog met de tweejarige Olga rondgereden hadden, zich prima voor zijn doel – nee, het moest vooral ver van huis zijn. Ten eerste voor het dramatische effect, ten tweede omdat zijn moeder dan niet kon ingrijpen. Hij had het koelbloedig aangepakt en de avond voor vertrek expres nog gespoten. Het moest niet direct de eerste of tweede dag gebeuren; eerst nog wat van Parijs zien, anders ging hij eigenlijk voor niks mee. Maar de derde dag was het ook meteen raak. Al kort na het opstaan stootte iemand met een koffer tegen zijn knie, niet eens hard, en hij wist direct dat Parijs voor de rest van de week verkeken was.

Daar lag hij dan met een steeds pijnlijker wordende, steeds dikker opzwellende knie. Niet in een paleiskamer vol ikonen en een bordurende tsarina naast zijn bed, maar in een jongensslaapzaal van een Parijs jeugdhotel met een vloer vol vuil ondergoed en een overspannen lerares Frans, die een broodje kwam brengen. De toenemende pijn, vooral in de avond en nacht, gaf zijn verbeelding een ongekende luciditeit.

Het was 1915. Hij lag in het noodhospitaal in het Winterpaleis, waar zijn twee oudste zusters ziekenverzorgster waren. Om hem heen sliepen de soldaten die in de veldslag in Mazoerië gewond geraakt waren. Dat de zoon van de tsaar tussen hen in lag, symboliseerde de grote verbondenheid van het Russische volk met het huis Romanov.

Dan weer lag hij, in een plaid gewikkeld, op de veranda van Tsarskoje Selo en luisterde naar het gegil van Anastasia, die met een van de spaniels voor op de fiets rond de bloemperken reed, tot hij na verloop van tijd wegdoezelde en in halfslaap kraanvogels hoorde overvliegen.

Soms deinde zijn bed als een boot: dan was hij aan boord van de Russia en werd als gevangene van Tobolsk naar Jekaterinenburg gebracht. De deur van zijn hut – de deuren van alle hutten – moest open blijven staan, zodat de scherpschutters van de Rode Garde te allen tijde naar binnen konden kijken. Hij hoorde gebral, gelach en gestommel en probeerde uit de geluiden op te maken of ze de hutten van zijn zusters binnengingen. Soms mompelde de oude Volkov, in een stoel naast zijn bed in slaap gevallen, onverstaanbare woorden. Was de heilige man er nog maar, dacht hij, maar die was dood en kon hen niet meer helpen.

De tweede dag liet de lerares Frans een arts komen. Die schold hem uit en liet hem meteen naar een ziekenhuis overbrengen, waar alle fantasieën verdwenen en de onverkwikkelijkheid van de situatie de overhand kreeg. Boze leraren naast zijn bed. 'Vergeten?! Hoe kan iemand in godsnaam zulke medicijnen vergeten!' Sweder was de enige die er iets van snapte.

Toen hij een paar dagen later met een nog steeds gezwollen knie op de achterbank van de bus naar huis lag en bij ieder hobbeltje in het wegdek zijn tanden op elkaar moest zetten, verwenste hij Aleksej, de hele keizerlijke familie en zichzelf het meest, maar toch bracht het voorval hem dichter bij de tsarevitsj. Hijzelf had destijds al de nodige ellende achter de rug, van simpele knie- en elleboogkwetsuren tot complete psoas- en maagbloedingen toe, maar altijd was het stollingsmiddel direct voorhanden geweest. Voor het eerst had hij nu meegemaakt hoe het was zonder medicijn te moeten leven, en de foto's van het bleek vertrokken gezicht van het tengere knaapje met matrozenpet zeiden hem sindsdien meer dan tevoren.

Hij dacht met schaamte aan het voorval terug: die exaltatie, die dweperige aanstellerij. Maar hij had het toch maar gedurfd! Hij, die tegenwoordig het openbaar vervoer meed vanwege de stangen waar je tegenaan kon smakken of die rotlussen die je een pols- of okselbloeding bezorgden, als de chauffeur wat temperamentvol uitgevallen was; die in een café onmiddellijk de plaats opzocht waar de minste schoenpunten, ellebogen en langszwaaiende dienbladen te verwachten waren... hij had zich toch maar willens en wetens een bloeding op de hals gehaald om dichter bij zijn bloedbroertje te zijn.

❧

'Ik duik er nog even in,' zei Sweder.

Lex keek toe hoe hij zich loodrecht voorover in het zwembad liet vallen en naar de overkant crawlde, in trage rugslag terug, heen en weer. Als hij op zijn rug zwom, lag zijn gezicht bruin en glinsterend in het water. Zijn haar plakte in Caesarlokken om zijn schedel. Nat of droog, lang of kort, Sweders haar viel altijd goed, de perfecte coupe zat hem simpelweg in de genen. Hij droeg een knalrode zwembroek, met een patroon van pinguïns en toch niet belachelijk. Al Sweders kleren bezaten dezelfde natuurlijke vanzelfsprekendheid. Wat voor jasje of shirt hij ook aanhad, wat voor kleurencombinaties hij ook koos, het harmonieerde altijd. Soms probeerde Lex wel eens net zo'n overhemd of net zo'n colbertje te kopen, maar wat bij Sweder losjes en zwierig was, werd bij hem flodderig; wat bij Sweder een gloedvolle kleur was, werkte bij hem na een dag op zijn zenuwen.

Hij pakte het rapport op dat naast Sweders stoel lag. 'De platte organisatie op de turbulente markt.'

Midden in het bad draaide Sweder zich ineens om.

'Dat vergeet ik helemaal! In september ga ik naar Los Angeles. Wendela gaat trouwen.'

De mededeling overviel hem. Zijn ademhaling stokte een

moment, alsof iemand een vinger op zijn luchtpijp hield.

'Die vlam van haar heeft in de herfst een grote overzichtsexpositie. Met een catalogus van honderd dollar en dat soort geintjes. Daar willen ze nu een trouwerij aan vastkoppelen. Een driedaags feest als ik het goed begrepen heb. Of we maar komen opdraven met de hele familie.'

'Doe maar niet net of je 't niet leuk vindt.'

'O, 't is wel leuk. Al moet ik er een seminar voor missen waar ik verdomd graag heen gegaan was.'

Hij dook onder en kwam weer boven.

'Met hém zijn we intussen wel verzoend.'

Wendela's minnaar, een man van in de zestig met een cynisch, gegroefd gezicht, was een succesvol Amerikaans schilder. Ook in Nederland hing werk van hem.

'Natuurlijk. Hoe lang zijn ze nu al samen? Minstens een jaar of vier toch?'

'Zoiets.'

'Feliciteer haar van me als je haar spreekt.'

'Doe ik. Ik moet haar toch binnenkort bellen.'

Lex pakte de lege bierflesjes en stond op.

'Ik haal nog een pilsje.'

Hij liep naar de keuken, zette de flesjes op het aanrecht en keek door het raam naar het dolfijnenbassin, waar Sweder net uit klom, een handdoek van een stoel greep en woest zijn haar begon droog te wrijven.

Een ogenblik vlamde er een bittere haat in hem op. Tegen Sweder, tegen Wendela, tegen de hele familie Veere. Hij was goed om op het huis te passen. Om de tuin te sproeien. Om de vieze troep uit het zwembad te vissen. Een aardige jongen was hij, een betrouwbare jongen, echt een uitkomst voor als je op reis moest. En verder niets.

Hij liep naar de spiegel in de hal en keek naar zijn magere gestalte in zwembroek.

'Problemen, frustraat?' zei hij hardop in de stille hal.

❧

’s Avonds reden ze naar Zutphen, waar minstens twee aangename cafés waren. Het was er stampvol. Op deze warme zaterdagavond stond het tot op de stoepen vol bierdrinkers, en in Sweders gezelschap vond Lex dat ontspannend. Na het vierde of vijfde café reden ze in een lacherige stemming naar huis, heel langzaam en toch nog een keer half in een greppel rakend, waarbij Sweder de stelling poneerde dat iemand die terugkeert naar zijn geboortedorp nooit een ongeluk krijgt, tenzij hij zelf voor de dood kiest, wat in hun geval niet van toepassing was.

Om een uur of twee lagen ze op bed, maar tegen vieren werd Lex alweer wakker, onrustig en met een dorst die zich niet liet afschepen met lauw kraanwater. Hij liep twee trappen af om in de keuken een glas koud mineraalwater in te schenken en ging met het glas in de hand voor het raam staan.

Het zwembad spiegelde in het maanlicht.

❧

Was hij zestien of zeventien? Hij had Sweder die avond een schrift moeten terugbezorgen; daaruit had hij op school iets overgeschreven en het toen gedachteloos in zijn eigen tas gestoken, zodat Sweder een proefwerk voor de volgende dag niet kon leren. ‘Gooi het maar door de bus,’ had Sweder door de telefoon gezegd, ‘want we gaan nu net naar de Italiaan. Ik vind het wel als we thuiskomen.’

Het was herfst. Onderweg ging het stevig regenen. Hij reed het openstaande hek binnen tot bij de voordeur, trok het schrift onder zijn natte jack vandaan en wilde het in de grote, verticaal uitgehouwen sleuf naast de glas-in-loodramen gooien, toen hij zenuwachtig gejank hoorde, een langgerekt piepen: de setters stonden achter de deur. Hij liet het schrift weer zakken. Een week tevoren hadden de honden een net bezorgde krant in repen gescheurd. En Sweder had al eens een in de hal rondslingerend paar schoenen moeten weggooien omdat ze totaal kapotgebeten waren. Wat hier door de brievenbus gegooid werd, hoorde weliswaar in een postkastje te vallen, maar het deurtje daarvan stond meestal open, zodat de post regelrecht op de vloer viel. Straks vond Sweder zijn schrift in snippers terug.

Zou hij het schrift onder de overkapping van het voordeurportiek leggen? Maar de boogvormige kap was ondiep en de wind stond erop. Je werd al nat als je hier stond. De keukendeur? Die had geen brievenbus. Hij scheurde een lege bladzij uit het schrift, viste een ballpoint uit zijn zak en schreef: 'Sweed, schrift ligt in tuinhuis.' Hij vouwde het blaadje op, stak het hoog in de kier van de deur en liep om het huis heen.

Zelfs op regenachtige herfstavonden was de tuin hier mooi. Het voorgedeelte bestond uit oude, grillig gevormde bomen, die het huis goeddeels aan het zicht onttrokken en nu druipend in de schemering stonden, maar liep je om het huis heen, dan vouwde de achtertuin zich als een waaier open. Het glooiende grasveld, nu bezaaid met gevallen bladeren, lag in een halve cirkel om het huis. Op verschillende plekken lichtten nog doorbloeiende rozen en andere bloemen op en het witte tuinhuis stond als een sprookjeshuisje tussen de hazelnotestruiken. In dit tuinhuis verrichtte Sweder, die toen nog chemie had willen studeren, scheikundige proeven en ook zaten ze hier wel bandjes af te spelen en Nescafé te drinken. De deur was nooit op slot. Hij legde het schrift op de werkbank en liep de tuin weer in, maar niet rechtstreeks terug zoals hij gekomen was. Hij liep naar het mysterieuze dolfijnenbassin in de rechterhoek van de tuin. Het bad was leeg in deze tijd van het jaar en volgewaaid met bladeren waar de regen dof op neerdruiste.

Hij ging op de rand staan, bekeek de dolfijnen in het duister en had plotseling een onbedwingbare lust om de duikplank op te gaan en het zwembad en de tuin van bovenaf te bezien. Wat lette hem, alleen en onbespied? De regen in elk geval niet, daar probeerde hij zich niet eens meer tegen te beschermen.

Hij beklom voorzichtig het trapje en bleef, met zijn handen wat krampachtig om de ijzeren leuning, op het achterste gedeelte van de duikplank staan om bad en tuin te overzien: de stenen dolfijnen op hun sokkels, de rozenperken met de laatste, natte rozen, de oude lindeboom met z'n gelende, hartvormige bladeren op de hoek van het huis, het reusachtige pannendak van de villa... en stelde zich voor dat hij hier geboren was. Dan was je alleen daardoor al een ander mens. Niet eens door het geld, door het werk van je vader, door het andere soort mensen tussen wie je opgroeide, maar louter en alleen door zo'n huis, zo'n tuin, zo'n zwembad. Hij keek naar de donkere ramen van Sweders kamer, waarachter vaag de opgehangen zeppelin viel te onderscheiden, naar de ramen van de kamers daarnaast, dan naar beneden waar de driekantige uitbouw van de keuken was... en verstijfde van schrik.

Daar achter het donkere keukenraam bewoog iemand! Daar stond iemand naar hem te kijken! Hij staarde een paar tellen bewegingloos terug. Wie het was viel niet te zien, maar nu werd naast de lichte vlek van het gezicht een hand opgestoken die naar hem zwaaide.

Onhandig begon hij achterwaarts het trapje af te dalen, koortsachtig een verklaring zoekend voor zijn vreemde gedrag, en liep op de keuken af. De deur ging open en daar stond Wendela in een veel te grote gestreepte badjas.

'Wat sta jíj daar nou te doen?' vroeg ze direct.

'Ik heb... ik wou... ik heb een schrift van Sweder in het tuinhuis gelegd. En toen dacht ik opeens: ik klim even op het trapje.'

Hij voelde zijn gezicht gloeien.

'Ik dacht dat jullie niet thuis waren.'

Daarmee maakte hij het nog erger. En als jullie niet thuis zijn, kom ik hier in het donker op de duikplank staan, zweefde er nu onuitgesproken tussen hen in.

'Ze zijn bij Casa Roma gaan eten,' zei Wendela, 'maar ik had geen zin.'

'Nu kan ik dat schrift net zo goed aan jou geven. Wacht even.'

Blij een zinnige handeling te kunnen verrichten, haastte hij zich terug naar het tuinhuis, greep het schrift van de werkbank en liep langzaam terug. Uitgerekend Wendela! Maakte hij zich hier onsterfelijk belachelijk, was het juist Wendela die het zag.

In de keuken was nu het licht aangedaan. Wendela was bezig een ketel water op te zetten. Ze had rode wollen sokken onder de badjas aan, met omgeslagen boorden; het leken de laarsjes van de kerstman wel.

'Ik ga net thee maken,' zei ze. 'Wil je ook?'

'Ik moet weer weg,' zei hij, schichtig het schrift op tafel leggend. 'Ik moet nog veel doen. Morgen proefwerk.'

Juist op dat moment kletterden de druppels met dubbele kracht tegen de keukenramen.

'Het kan mij niet schelen, hoor,' zei Wendela, 'maar wie niet even wacht tot deze bui over is, is gek.'

Hij ging aan tafel zitten, stootte zijn knieschijf tegen een tafelpoot en kamde nerveus met zijn vingers door zijn natte haar. Wendela zette theepot en bekers klaar en leegde een langwerpig kokertje chocolaatjes in een schaaltje.

'Of wil je een negerzoen?'

'Nee, nee,' zei hij afwerend.

Negerzoenen waren hun favoriete lekkernij in die tijd. Als mevrouw Veere ze niet in huis had, kochten Sweder en hij ze van hun zakgeld. Na schooltijd in het tuinhuis vraten ze in een mum van tijd een doos leeg. Uitgesloten echter om in Wendela's aanwezigheid een negerzoen te eten. Ze dronken thee; hij nam ook geen chocolaatje.

Wendela zat met haar ellebogen op de keukentafel gesteund, haar handen om de theebeker als grillige schutbladeren om een exotische bloemkelk. Zij was Sweders oudste zuster en ze was ook Rosemary uit de film *Rosemary's Baby*. Dezelfde tengere gestalte, hetzelfde kortgeknipte jongenskopje met zo'n kinderlijke wanglijn, hetzelfde waas van droefheid over het transparante gezicht. Anders dan met de gemoedelijke, sportieve Carolien en het giechelige nakomertje Eva praatte hij nooit met haar. Want ondanks haar frêle, jongensachtige uiterlijk was Wendela een vrouw. In haar gezelschap voelde hij zich kinderachtig, lomp en onhandig. Hoewel ze op dezelfde school zat, slechts een klas hoger, was haar wereld een totaal andere dan die van Sweder en hem: een elegante wereld, vol zwier en verfijning, die ongetwijfeld grote liefdes en mysterieus, bitterzoet verdriet voor haar in petto had. Toch was zij het soort meisje dat je in de gangen van de school gemakkelijk over het hoofd zag en op straat onopgemerkt voorbij zou lopen, maar zág je haar eenmaal, dan raakte je volledig in de ban van haar delicate gezichtje en werd ze steeds mooier, als een foto die onder het ontwikkelen diepte krijgt. De afgelopen zomer had hij haar een paar keer in tenniskleren gezien, en was getroffen geweest door de manier waarop haar blanke armen uit het mouwloze tennisshirtje staken... Die armen riepen een intimiteit op die nauwelijks voor zijn ogen bestemd leek. Sindsdien waren het altijd die armen die hij 's avonds in bed om zijn hals voelde en waarvan hij de moedervlekjes kuste, een voor een. En nu zat hij hier met nat haar en een warm gezicht met Wendela aan de keukentafel en staarde naar zijn theebeker.

Niet alleen had zij geen zin gehad om mee te gaan eten, vertelde Wendela, zij moest voor morgen ook nog een opstel afhebben, waaraan ze nog niet eens begonnen was. 'Kinderangst' was het onderwerp. Het moest een jeugdherinnering zijn, maar ze wist niets te bedenken, niets goeds in elk geval. Mee in de zak van Sinterklaas of in je eentje de donkere zolder op, dat was zo algemeen. En leraren Nederlands kregen toch al zoveel afgezaagde opstellen onder ogen; iets bijzonders scheelde direct een paar punten.

'Weet jij niets?' vroeg ze. 'Het maakt niet uit of het mijn angst is of die van een ander. Dat weet toch niemand. Als het maar iets geks is.'

Er schoot hem ogenblikkelijk iets te binnen.

'Iets geks. Nou, ik weet niet of je het gek genoeg vindt, maar ik had vroeger een oud boek van mijn moeder, met Russische sprookjes. Mijn moeder komt namelijk uit Rusland.'

Dat laatste voegde hij er niet argeloos aan toe. Een Russische moeder was interessant, dat was op school wel gebleken. Een Russische moeder vormde een tegenwicht voor de patatwijk.

'Ja,' zei Wendela dan ook meteen, 'dat heeft Sweder wel eens verteld. Spreekt ze nog Russisch?'

'Helemaal niet meer. Ze is als kind al naar Nederland gekomen. Vier was ze. Dat boek is ook in het Nederlands, hoor, dus ik kon het lezen toen ik zo'n jaar of acht was, en daar staan verhalen in over de heks Baba Jaga en haar hutje op kippepoten. Daar was ik ontzettend bang voor, voor dat hutje dan. Daar dacht ik altijd aan op bed of buiten in het donker.'

Wendela keek hem aan en zweeg. Ja, hij moest wel wat bloemrijker uit de hoek komen natuurlijk.

'Die sprookjes gingen altijd over arme kinderen, of ook wel over verstoten of ondergeschoven prinsen of prinsessen, weet je wel. Die waren in moeilijkheden geraakt en kregen te horen dat er maar één was die hen kon helpen: de verschrikkelijke Baba Jaga. Dat was een machtige tovenares die in het bos woonde. Maar ze was ook heel gevaarlijk en wreed tegenover iedereen die niet rechtvaardig was of eh... rein van hart of zoiets. Een soort menseneetster was het. Zo'n kind ging dan in het bos op zoek en zocht de hele dag. En altijd pas tegen de avond, in de schemering, kwam er over een heideveld of tussen de bomen door een hutje aanrennen, een hutje op kippepoten. In hoog tempo. Dat was het vooral: dat dat hutje zo snel rende! Dat het zo snel naderbij kwam!'

'Net als van die grote spinnen,' zei Wendela, 'die zouden ook maar half zo eng zijn als ze niet zo snel renden.'

'Ik ben niet bang voor spinnen.'

'Nee, maar jij bent ook een man.'

'Spinnen zijn nuttige beesten. Je zou omkomen in de vliegen en muggen als er geen spinnen waren,' praatte hij over zijn verwarring heen. 'Maar goed, vlak voor dat kind hield het hutje halt en dan gebeurde er eerst nog niks. Dat vond ik ook zo ondraaglijk, dat er niks gebeurde. Dan eindelijk ging er een deurtje open en werden er een paar afgekloven botten naar buiten gegooid. En dan klonk er een stem: kom binnen wie daar buiten staat! Dus dat kind het hutje in. Binnen was het donker en het rook er naar paddengebraad. Dat heb ik altijd onthouden: naar paddengebraad rook het.'

'Waar waren die botten dan van?' vroeg Wendela. 'Padden hebben toch geen botten?'

'Dat weet ik niet. Dat stond er niet bij. Enfin, dan vroeg dat kind Baba Jaga om raad. En die gaf in alle sprookjes hetzelfde antwoord: ga nu slapen, de ochtend is wijzer dan de avond. Het kind ging in een hoek liggen slapen en als het 's morgens wakker werd, lag het op het mos onder een boom met andere kleren aan of met een bijzondere ring om zijn vinger of er zat een kraai naast hem op een tak, die iets zei. Het hutje was verdwenen, nergens meer te zien, maar die kleren of die kraai bleken wonderen te doen.'

'Maar die heks? Hoe zag die heks eruit?'

'Daar staat me niets meer van bij. Het ging mij om dat hutje op kippepoten. Nooit van kippen gehouden trouwens. Bij mijn oma in de keuken hing wel eens een dooie kip aan een haak, aan de poten vastgebonden. Van die sterke, gele, geschubde poten waar ze van die diepe voren mee uitkrabben in het zand. Altijd de pest gehad aan zulke poten.'

Wendela knikte met haar kin in haar handen.

'In elk geval maakten die verhalen zo'n indruk, toen ik een jaar of acht was, dat ik doodsbang was voor dat hutje. Weet je de Vlierweg? Die daar achter het tankstation het dorp uit loopt? Daar woonde een vriendje van me op een boerderij, nogal afgelegen. Op een keer had ik bij hem gespeeld en het was al zo laat dat ik door het donker naar huis moest. Misschien de eerste keer dat ik alleen in het donker naar huis ging. Nu heb je daar aan weerskanten van de weg een berkenbosje en toen ik daardoorheen moest, werd ik zo vreselijk bang dat het hutje eraan zou komen, dat ik er zonder op of om te kijken doorheen gerend ben. Dat komt: die berken staan daar zo wijd uit elkaar, zo'n hutje zou er gemakkelijk doorheen kunnen zigzaggen. Ja, ik geloof eigenlijk dat ik altijd dát bosje in gedachten had als ik die verhalen las.'

'Kijk,' zei Wendela, 'zoiets bedoel ik nou. Vind je het goed dat ik dat neem?'

'Natuurlijk.'

'Dan pik ik jouw angst in! Hou daar wel rekening mee als je volgend jaar Schouten krijgt en hij geeft dezelfde titels. Die vent onthoudt alles. "Ach meneer Grol, wat een toeval..."'

Ze deed de sarcastische neusstem van haar leraar Nederlands na.

'...dezelfde kinderboeken gelezen als juffrouw Veere?'

'Dan neem ik wel wat anders.'

'Angsten genoeg?'

'Nee, dan verzin ik wel wat.'

'Volgens mij heb jij veel fantasie.'

'Helemaal niet!'

Dat moest ze nu niet denken. Fantasie was iets voor kinderen.

Even later fietste hij naar huis. Of het nog regende kon hij zich niet meer herinneren, maar al had hij door een Siberische sneeuwjacht naar huis gemoeten, hij zou er niet eens zijn jack voor dichtgeritst hebben. De thee gloeide na in zijn borst als een toverdrank die hem voor altijd bleef verwarmen. Hij reed niet rechtstreeks naar huis, maar nog een heel eind om, het dorp uit en met een lus weer terug, toevallig de Vlierweg over en het berkenbosje door, waar de witte stammetjes oplichtten in het donker, alsof ze door de verkeerspolitie met witte verf bespoten waren.

Hij had het gevoel dat zijn leven vanavond een wending genomen had, een belangrijke wending. Wendela, het lag al in de naam besloten. Die naam wentelde en buitelde van zijn lippen en ontrolde zich als een papieren feestfluitje. Een naam licht als een veer, soepel als een jong katje, een naam op vlinderwieken. Deze avond was het begin van iets nieuws, iets geweldigs. Hier reed hij, warm en opgetogen in het donker, en aan de andere kant van het dorp zat Wendela op haar kamer en schreef zijn verhaal op, zijn herinnering, nooit eerder aan iemand verteld en nu door haar gebruikt en bewerkt. Een teder geheim dat zij samen deelden, een intimiteit die een band schiep. Door zich een stukje van zijn verleden toe te eigenen was ze zijn leven binnengeglipt en hij het hare. Vanaf nu hád hij iets met Wendela.

Wendela zelf scheen dit niet zo te beseffen. Ze groette hem nadien niet anders dan ze altijd gedaan had. Eén keer had ze hem op school op zijn arm getikt toen ze elkaar voorbijliepen tijdens het wisselen van de uren en gezegd: 'Ik had een zeven voor mijn opstel. Dat is hoog bij Schouten!'

En hij had niets anders weten te zeggen dan: 'O, da's mooi.'

Om halfzeven werd hij opnieuw wakker met een volle blaas en een onbehaaglijk gevoel, dat hij aanvankelijk toeschreef aan zijn tong, die als een lap leer in zijn mond lag, maar dat bij nader inzien door jeuk over zijn hele lichaam veroorzaakt werd. Hij was meteen klaarwakker. Een galbultaanval!

Hij ging overeind zitten en bekeek zijn lijf in het ochtendlicht dat door de gordijnen viel. Zijn armen, benen en buik zaten vol rode bulten. Hij voelde ze ook in zijn hals en zijn linkerooglid jeukte. Hij stapte uit bed en keek in de wastafelspiegel: zijn oog zat dicht, de bulten zaten tussen zijn baardstoppels, zijn haar plakte op zijn hoofd.

Hij piste in de wasbak, nam een flinke dosis Tavegil, dat toevallig niet beneden in de badkamer lag, maar hier op het plankje voor de spiegel, ging weer op bed liggen en hield zich doodstil. Hij kwam nergens aan. Als er iets was wat hij geleerd had in de loop der jaren, was het wel om niet te krabben, niet te wrijven, er zelfs geen nagel in te zetten. Zo bleven de bulten het kleinst en waren ze het snelst over; in twee dagen kon je eraf zijn. Waar het de galbulten betrof, had hij een kalmte ontwikkeld waar menig oosters Zenmeester jaloers op kon zijn. Hij wílde niet eens meer krabben, zoals iemand met een schaaldier-allergie op den duur niet meer taalt naar de garnalen waar hij vroeger zo dol op was.

Hij sloot zijn ogen weer en probeerde nog wat te slapen. Wat moest je uit bed doen om halfzeven zondagochtend?

HOOFDSTUK 3

De badkamer zag er anders uit dan anders. Overal stonden grote schalen met salades en hapjes, zeker hier neergezet om in de keuken meer ruimte te hebben. Het tafeltje waaraan hij de profylaxe altijd uitvoerde, was in beslag genomen door een reusachtige, uit drie verdiepingen bestaande taart, zodat hij eigenlijk beter ergens anders kon gaan zitten, maar dat deed hij niet. Hij legde alle spullen op het overgebleven randje en begon aan de behandeling. Hij koos zijn handrug, wat hij in jaren niet gedaan had, bond af, maakte een vuist, zodat de ader niet weg kon rollen en prikte. Het vlindervormige plastic handgreepje boven aan de naald had de helderblauwe kleur die sommige vlindersoorten in het echt hebben; als je je hand zo optilde dat het slangetje niet te zien was, leek het alsof er een vlinder op je hand was neergestreken, een azuurblauwtje.

Van beneden in het huis klonken stemmen en gelach, een kind klepperde op houten muilen door de gang; van buiten kwam muziek die telkens ophield en opnieuw begon: een band die op het grasveld stond te oefenen.

Sweder kwam binnen. Hij droeg een smoking met een grasgroen strikje, trok een krukje bij en ging tegenover hem zitten. Hij begon een verhaal over iets wat beneden gebeurd was, maar Lex volgde het niet goed. Ik heb geen smoking bij me, dacht hij; ik wist niet dat dat moest. Opeens besloot hij dat het wel genoeg was, hoewel het flesje nog niet halfleeg was. Hij trok de naald uit zijn hand, legde hem op de tafelrand naast de taart en begon het wondje dicht te drukken. Sweder zat druk orerend op het krukje en maakte brede handgebaren bij zijn verhaal. Zo meteen slaat hij in de naald, dacht Lex, en amper had hij het gedacht of Sweder gaf met beide handen een kolossale maat van iets aan en sloeg met de linkerhand zo vol in de naald, dat die in zijn handrug bleef hangen. 'Au, verrek,' zei hij, maakte de naald los, wreef over zijn hand en ging verder met zijn verhaal. Nu heeft hij hepatitis C, dacht Lex. Het kan nog tien jaar duren voor hij het merkt, maar vanaf nu wordt hij langzaam gesloopt.

Ze liepen samen de badkamer uit en de trap af, Sweder voorop. Halverwege de trap echter kwam Sweder opeens niet meer vooruit. Zijn rug kromde zich, hij klemde zich aan de leuning vast en kronkelde ertegenaan om niet te vallen. Lex schoof langs hem heen en ondersteunde zijn schouder en arm. Sweders gezicht was asgrauw en vreselijk mager. Wat gaat dat snel bij hem, dacht hij, wat gaat dat ongelooflijk snel. Tree voor tree daalden ze af, er kwam maar geen einde aan de trap. Sweder hing helemaal over hem heen en toen ze eindelijk beneden waren, hing hij levenloos in zijn armen. Hij bezweek onder het gewicht van zijn vriend en samen vielen ze onder aan de trap op het Perzische tapijt neer. De geluiden van het tuinfeest weerklonken in de hal. Wat moet ik zeggen, vroeg hij zich opeens panisch af. Wat moet ik in vredesnaam tegen iedereen zeggen?

Hij keek op zijn horloge. Acht uur. De galbulten jeukten en leken nog in aantal toegenomen. Waarom droom ik dit, dacht hij. Ben ik bang dat er zoiets gebeurt? Wil ik het juist? Is het een omkering en zie ik hoe hij *míj* binnenkort naar beneden zeult? Is dit het soort droom dat je in de terminale fase wel schijnt te hebben, zo'n droom waarin je je familie en vrienden rond het graf ziet staan? Dan ben ik er vroeg bij.

Hij stond op en verliet de zolderkamer.

Niets zo weldadig bij een galbultaanval als in koel water zwemmen. Meestal zwom hij niet zo vroeg, zeker niet voor het ontbijt, maar nu kwam het goed uit: Sweder sliep nog wel een tijdje en in de roodgevlekte staat waarin hij verkeerde had hij geen deelnemende blikken nodig. Hij legde de kleren die hij straks wilde aantrekken in de badkamer neer, liep in zwembroek en met een handdoek om de nek naar beneden, draaide voorzichtig – Sweders kamer lag hier pal boven – de keukendeur van het slot en liep de tuin in.

Amper was hij de linde voorbij of hij hoorde een plons in het zwembad. Hij verstarde een moment, rende toen over het gras naar de rododendronstruiken en gluurde erlangsheen naar het dolfijnenbassin.

Daar zwom een meisje! Ze had een gifgroen badpak aan en rossig haar dat boven op haar hoofd met een plastic klem van hetzelfde gifgroen was vastgezet en gleed glad en soepel door het water als een exotische salamander.

Er zwol in zijn hoofd een ontzaglijke woede aan, een dierlijke territoriumdrift, een regelrechte haat tegenover die groene indringster, en zijn woede werd nog gevoed door het besef dat hij er zó, onder de rode bulten en met een dicht oog, niet op af kon gaan. Zo wilde hij niemand onder ogen komen en zeker geen meisje, al was het nog zo'n brutale bitch, die blij mocht zijn als ze er zonder trap onder haar kont vanaf kwam. Hij moest nu snel in de badkamer zijn kleren gaan aantrekken en zijn zonnebril opzetten, dan naar het zwembad terug, liefst op een moment dat ze van hem af zwom. Plotseling aan de rand staan met een sarcastische opmerking. Geeft het Sportfondsenbad geen reductie vandaag? Zoiets.

Maar op het moment dat hij zijn voornemen ten uitvoer wilde brengen, was het meisje bij het trapje aangekomen en begon het bad uit te klimmen. Als ze nu wegging, had hij dan wel genoeg tijd zich helemaal te gaan aankleden? Grote kans dat ze al weg was als hij weer beneden kwam en op die manier zou hij niet kunnen zien hoe ze de tuin verliet: aan de voorkant over het hek klimmend of aan de snelwegkant door het gat in de omheining waardoor hij in zijn verbeelding de bouwvakkers had zien binnendringen. Hij aarzelde, bleef staan en trok rafelige scheuren in de rododendronbladeren.

Het meisje kwam het zwembad uit. Ze was dun, een beetje sprieterig en zeer blank van huid, een en al sproet, dat was op afstand al te zien. Ze trok direct de klem boven op haar hoofd los, schudde het halflange, sluike, rossige haar, liep op een handdoek toe, die achter de duiktoren bleek te liggen, en begon zich af te drogen. Ze leek inderdaad haast te maken, bukte zich naar een stapeltje kleren en verdween daarmee tussen de hazelnotestruiken. Kijk, kijk, madame hield er dus rekening mee dat ze gezien kon worden. In feite maakte dat haar brutaliteit nog groter: doodgemoedereerd een tuin binnendringen en daar gaan zwemmen in het volle besef dat de bewoners gewoon thuis en al wakker kunnen zijn. Hoe vaak had ze dit al gedaan? Minstens twee keer, gezien het oorbelletje, maar wie weet hoeveel vaker al? Hij was weliswaar haast altijd thuis, maar nooit erg vroeg op. Kwam zij in alle vroegte?

Ik krijg je nog wel, onbeschaamd kreng, dacht hij.

Het meisje kwam weer te voorschijn. Ze droeg een spijkerbroek, waarvan ze de riem nog dichtsnoerde, en een zwart T-shirt. Zittend op de rand van het zwembad trok ze haar gympen aan, haalde vervolgens een spiegel uit een tasje en kamde haar vochtige haar naar achteren. Ze had een smal gezicht en een lange, tere neus, die van onderen iets opliep. Met dat uit het gezicht weggekamde haar deed ze hem aan een vos denken. Een vos, een dier dat zich zelden laat betrappen of het moest op de vroege zondagochtend zijn.

Het meisje stond op, rolde het gifgroene badpak in de handdoek en keek rond of ze niets vergeten was. Toen boog ze zich licht voorover, kuste, één gymschoen een tel in de lucht, de dichtstbijzijnde dolfijn op zijn stenen snuit – waarbij zijn boosheid zakte, of hij wilde of niet – en liep het grasveld op. Hij dook weg, maar ze liep in de richting van het gat in de omheining, zoals hij al gedacht had. Toen hij weer boven de struiken uitkeek, zag hij haar met verende passen over het gras lopen en achter de coniferen verdwijnen.

Hij kwam te voorschijn, maar bleef de coniferen in de gaten houden, alsof het meisje nog op haar schreden zou kunnen terugkeren, en liep om het zwembad heen als een dier rond zijn aangeraakte nest, weifelend of het zijn jongen zou likken of verstoten. Hij speurde het wateroppervlak af naar veranderingen, ongerechtigheden, vette kringen, maar zag niets en ten slotte daalde hij langzaam het trapje af tot het water hem tot borsthoogte kwam en rook aandachtig. Er viel niets te ruiken. Wantrouwig nog liet hij zich achterovervallen, zwom een baantje op zijn rug en liet zich toen drijven. Het koele water was een weldaad aan zijn jeukende huid, maar al drijvend voelde hij nog steeds zijn hart heftig kloppen. Van zwemmen kwam niet veel en van het wentelteefje al helemaal niets.

Zou hij Sweder hiervan vertellen? Welnee. Dat hij er niet op afgestapt was en zich als een preutse jongejuffrouw achter de rododendrons had verborgen, viel aan Sweder niet te verkopen. Dat wílde hij ook helemaal niet vertellen, hij schaamde zich voor zijn laffe voyeurschap. Bovendien zou Sweder erom lachen. Was ze leuk, zou hij vragen en zich er absoluut niet druk om maken. Dat een wildvreemde hier de tuin binnendrong, het dolfijnenbad ontheiligde, de ascetische rust bedreigde, dat was iets waar Sweder niet om maalde. De Veeres wilden hun bezit bewaakt hebben tegen inbrekers en brandstichters, maar een illegaal zwemstertje, daar glimlachten ze om – en terecht natuurlijk.

Hij kwam langzamerhand tot rust, zwom nog een beetje, verliet toen het zwembad, depte zich lichtjes met de handdoek af om het jeuken niet te activeren en liep het huis in. In de badkamer kleedde hij zich aan – flodderige katoenen broek en wijd overhemd met lange mouwen – en ging vervolgens in de keuken ontbijt klaarmaken.

Door het raam heen wierp hij af en toe een blik op het zwembad, zoals het daar doodstil in de ochtendzon lag. Sereen, onberoerd, onverschillig.

❧

Zo stralend als de Siberische lente kan zijn. Die van 1918 in Jekaterinenburg tenminste was voorbeeldig en ging over in een lange, warme zomer.

'1 mei 1918. Ter gelegenheid van de eerste mei was er een parade, waarvan we de muziek konden horen. We mochten vandaag niet naar buiten. Het was prachtig weer, de zon scheen de hele dag. Ik heb frisse lucht opgesnoven door een kapotte dakpan.'

Daar staat hij, voormalig tsaar aller Russen, en snuift frisse lucht door een gat in het dak. Dat hij slecht te eten krijgt, daar hoor je hem niet over. Dat de bewakers het water afsluiten als hij zich wil wassen, ontlokt hem slechts de verzuchting dat zijn 'hygiëne te wensen overlaat'. Dat de helden van de revolutie er eer in stellen burger Nicolaas Romanov te beledigen, te pesten, te kleineren... het dagboek rept er nauwelijks over. Maar dat hij niet naar buiten mag, niet door de bossen kan lopen, 'waar God is', weiden kan doorkruisen, blootsvoets aan de rivieroever kan staan, de zweefvluchten van de roofvogels kan volgen... of ten minste nog de tuin van Ipatjevhuis op en neer mag wandelen en in de hangmat liggen... dat vreet aan hem.

'22 juni 1918. Vandaag kwamen er rond theetijd zes mannen binnen, waarschijnlijk van de regionale sovjet, om te kijken welke ramen er eventueel open mogen. Ze beraden zich daar nu al bijna twee weken over. Regelmatig komen er allerlei mensen binnen die, in onze aanwezigheid, zwijgend naar de ramen gaan staan kijken. De geur van de tuinen rondom het huis is overweldigend.'

Hij heeft oorlog met Japan gevoerd. Overeenkomsten gesloten met Engeland en Frankrijk over Perzië, Afghanistan, Tibet, de Bosporus. Hij heeft Servië gesteund in de strijd tegen Duitsland en persoonlijk het opperbevel op zich genomen. Onderhandeld met de eerste, de tweede, de derde en de vierde Doema. En dit zijn zijn laatste onderhandelingen: of het raam open mag.

Op 10 juli schrijft de wachtcommandant in een rapport: 'Verzoek van Nicolaas Romanov de ramen te mogen openen om de kamers te luchten. Hetgeen afgewezen is.'

Ramen potdicht. Gelukkig was die kapotte dakpan er nog. Of zou die al vervangen zijn? 'De geur van de tuinen is overweldigend.'

Er wordt een nog hogere schutting gezet om het tuingedeelte waarop hun ramen uitkijken. De boomtoppen zijn niet meer te zien. Ze zitten binnen en lezen, spelen bezique, borduren, verstellen kleding, bidden gezamenlijk en kopiëren gedichten. Brieven schrijven heeft geen zin, die kunnen niet verstuurd worden. Ze bezoeken de latrines en staren naar het briefje dat de tsaar daar persoonlijk opgehangen heeft: 'U wordt verzocht het toilet net zo schoon achter te laten als u het aangetroffen heeft.'

De kok – hun eigen kok – leert de meisjes brood bakken met de ingrediënten die hij in huis heeft. Hun gelach en geredder vult de keuken.

Het keukenknechtje Sednev heeft niets te doen en gluurt Aleksej's kamer binnen. Aleksej veert overeind. Wil hij de platen in het Ivanhoe-boek zien? Dat wil de jongen wel. Aleksej bladert zelf het boek door en geeft toelichtingen. De jongen kijkt zwijgend toe. Hij ziet de wapenrusting van de witte ridder blinken in de zon. Hij ziet de schichtige oren en de wijd opengesperde ogen achter het hoofdmasker van het paard dat over de kloof springt. Hij ziet de schurkentronie van de samenzweerder, als die eindelijk het vizier opent. Dat? Mooi, hè? Dat heet een maliënkolder. Daar kun je je beter in bewegen dan in zo'n zwaar harnas. Nee, niet even sterk natuurlijk, da's weer het nadeel.

Opeens staat de wachtcommandant in de kamer en maakt een hoofdbeweging naar de jongen, die naar de deur schiet en verdwijnt. De commandant verlaat de kamer en Aleksej leunt teleurgesteld terug in de kussens. Maar ze hebben heel wat platen bekeken en de rest komt misschien een andere keer. Toch een onverwacht leuke middag!

In de grote slaapkamer boven knipt Alix Nicolaas' haar en baard bij. Hij kijkt naar haar, zoals ze met kritisch keurende blik, schaar in de hand, om hem heen draait. Zij is zesenveertig, grijzer dan hij, alleen haar wenkbrauwen, haar mooie, rechte wenkbrauwen zijn nog donker. Haar mond is een smalle streep, ze lacht zelden meer, maar in haar wangen zijn fijne adertjes gesprongen, wat haar altijd een lichte blos geeft. Het raam in het Winterpaleis schiet hem te binnen, het raam waar hun namen ingekrast staan: Alix en Nicky. Hoe oud was ze toen? Vijftien? Zou dat raam er nog in zitten?

Hij legt zijn handen op haar heupen.

'Je moet wel stil blijven staan,' zegt ze.

'Je had ook je achterneef Friedrich kunnen nemen,' zegt hij. 'Dan zat je hier nu niet.'

'Hoe kun je dat zeggen,' zegt ze bits.

Van zulke grapjes houdt ze helemaal niet.

Hij tikt met wijs- en middelvinger tegen het hangende pareltje in haar oorlel, het enige paar oorhangers dat ze mocht houden. Het lijken wel dezelfde als uit hun verlovingstijd.

'Blijf toch eens rechtop staan,' zegt ze.

Hij staat rechtop, stram alsof hij een militaire parade inspecteert, de brede, gespierde nek gestrekt, de korte benen recht naast elkaar, schouders naar achteren, en kijkt haar streng aan. Nu glimlacht ze. Langs zijn oor knippend, draait ze langzaam om hem heen en knipt de achterkant van zijn hoofd. In de spiegel ziet hij haar ogen ernstig op zijn nek gericht.

'God heeft ons een rijk leven geschonken, Sunny,' zegt hij. 'Een mooi, rijk leven, met de kinderen.'

Hij ziet haar halsspieren trekken. De schaar valt stil. Hij draait zich om en slaat zijn armen om haar heen. De schaar prikt ongemakkelijk in zijn borst. Zo staan ze even. Dan maakt zij zachtjes zijn armen los, laat hem zich weer omdraaien en gaat verder met knippen.

'Volgens mij kan Baby binnenkort wel eens een bad nemen,' zegt ze. 'Als hij voorzichtig is en wij hem ondersteunen.'

'Dan moet er wel water zijn.'

'Ik heb gedacht,' zegt ze, 'als we nu eens rechtstreeks tegen die assistent van Joerovski zeiden dat de jongen in bad wil. Dat lijkt zo'n nette jongeman, heel anders dan de anderen. Misschien wil hij er wel voor zorgen dat ze het water niet afsluiten.'

De nieuwe wachtcommandant Jakov Michailovitsj Joerovski heeft een verse ploeg mannen meegebracht. Zijn persoonlijke assistent is Grigori Nikoelin, een welgemanierde jongeman, met een prettig, gladgeschoren gezicht, verstandige, heldere ogen en een beschaafde stem. Vorige week heeft hij alle juwelen in huis op tafel uitgespreid, tot in detail beschreven en daarna ingepakt. Kreeg mevrouw twee armbanden niet af? Ach, ze moest maar niet te veel moeite doen, zo dadelijk bezeerde ze haar hand nog; die twee hield ze dan maar om. Een keurige jongeman. Zijn voornaam was dan ook Grigori, dezelfde voornaam als die van de heilige man, dus hij had direct al een streepje voor. Gezegend waren alle Grigori's.

'Dat kunnen we doen,' zegt hij.

Het hele huis geurt nu naar vers gebakken brood. De meisjes hebben het uit de oven gehaald en op de keukentafel gezet om af te koelen, maar zo lang kunnen ze niet wachten. Met een vlijmscherp kartelmes snijden ze er zo recht mogelijke sneden vanaf. Warm, geurend brood, dat aan het mes blijft plakken. Ze delen het aan iedereen uit en iedereen zegt dat het heerlijk is, het OTMA-brood*.

'En zulk leuk werk,' zegt Anastasia, 'als we weer thuis zijn, moeten we het blijven doen!'

De anderen lachen. Nou, daar houden ze haar aan. Die Tutu. Die kleine sjwibzik.

Nadat de broodblikken zijn afgewassen, loopt Olga de slaapkamer in, gaat aan het kleine schrijftafeltje voor het raam zitten en kijkt naar buiten. Tsarskoje Selo staat haar helder voor ogen, alsof het daar voor haar op de schutting geprojecteerd staat.

De leskamer waarvan de balkondeuren wijd openstaan, de geur van gemaaid gras die naar binnen waait. Ze is een jaar of elf, twaalf en zit tegenover monsieur Gilliard, de huisleraar, een werkwoordoefening te maken.

'Hebben is de koning van de werkwoorden,' zegt ze tegen hem. 'Hebben is het belangrijkste. Dat gebruik je het meest!'

'Hmm,' zegt monsieur Gilliard, 'en zijn dan?'

'Nee, hebben! Hoor maar. Ik héb een vader en moeder. Ik héb drie zusjes en een babybroertje. Ik héb een oma, ik héb tante Ella. Ik héb twee honden. Ik héb een fiets en rolschaatsen. Ik héb een kamer... nou ja, samen met Tatja dan, die hééft hem ook. Ik héb lichtbruin haar en ik héb grijze ogen. In de winter héb ik het koud en in de zomer héb ik het warm. Als iets leuk is, dan héb ik plezier en als iets naar is, dan héb ik verdriet. Ik héb honger, ik héb dorst, ik héb muggebulten, ik héb kriebel op mijn rug. Ik héb gewoon gelijk: met hebben kun je alles zeggen! En daarom mag ik dit laatste koekje hébben!'

Monsieur Gilliard strijkt met zijn pen zijn mooie, Franse snor op.

'Mon Dieu...' zegt hij. 'Misschien héb je wel gelijk. Maar nu ik een keertje. Hier ís Olga. Zij ís de oudste dochter van

* OTMA: aanduiding voor de vier zusters samen, gevormd uit de beginletters van hun voornamen.

haar vader en moeder. Ze ís een lieve, slimme meid. Ze ís gezond. Ze ís een eigenwijsje. Soms ís ze vrolijk of gelukkig, soms ís ze boos of treurig. De goede God ís haar leidsman. Rusland ís haar vaderland. Alle mensen en dieren en dingen waarvan ze houdt, zíjn om haar heen. Over een paar jaar ís ze groot. Dan zal er iemand zíjn die haar liefste ís en zij ís zijn liefste. Later zal ze misschien moeder zíjn, dan ís ze trots en dankbaar. En later, als ze oud zal zíjn, dan denkt ze na over alles wat wás... en ís... en nog zíjn zal...'

'Ja,' roept zij, 'zo kan ik het ook! Als je zegt: je zult moeder zijn, kun je net zo goed zeggen: je zult kinderen hebben.'

'O. Ja,' zegt monsieur Gilliard.

'Ja toch!'

En ze schrijft in keurig schoonschrift onder haar oefening: 'Hebben is de koning der werkwoorden.'

Monsieur Gilliard glimlacht. En terwijl hij haar schrift nakijkt, zit ze na te denken. 'Ik heb kinderen' of 'ik ben moeder', 'ik heb een vader' of 'ik ben de dochter van mijn vader'. Moeilijke gedachten voor een twaalfjarige, gedachten die ze nooit zou kunnen navertellen aan Tatja bijvoorbeeld, die snapt daar niks van, maar plotseling is het alsof ze een glimp opvangt van de geheimen der diepzee, terwijl ze tot nog toe slechts de tuinvijver kende.

'Ik heb nog iets vergeten,' zegt ze, trekt monsieur Gilliard het schrift onder zijn handen vandaan en schrijft onder 'Hebben is de koning der werkwoorden': 'En zijn is de keizer.' Dan legt ze het koekje op het schrift en schuift het naar hem terug.

Monsieur Gilliard heft zijn hoofd en kijkt haar zwijgend aan.

De schutting golft, terwijl de soldaten hem toch zo kaarsrecht opgericht hebben.

'Waar kijk je naar?' vraagt Maria, die binnenkomt.

'Er zat een vogel op de schutting,' zegt Olga. 'Een blauw vogeltje met een kuifje.'

‘We gaan met z’n allen *De kersentuin* lezen,’ zegt Maria. ‘Kom nou, dan kunnen we de rollen verdelen.’

Er zijn nog een paar dagen te gaan.

Er komt een priester voor het laatst de vespers lezen.

Op 11 juli worden er ijzeren tralies voor de ramen geslagen.

Op 13 juli maakt Nicolaas de laatste aantekening in zijn dagboek: ‘Zaterdag. Aleksej heeft zijn eerste bad genomen sinds Tobolsk. Met zijn knie gaat het beter, hoewel hij hem nog niet ver kan buigen. Het weer is warm en aangenaam. We hebben geen nieuws van buiten.’

Hij is vijftig jaar. Dit is zijn eenenvijftigste notitieboek en het is slechts tot de helft gevuld. Maar hij heeft alle bladzijden van tevoren al genummerd, helemaal tot aan de laatste bladzij.

Het keukenhulpje Sednev wordt de dag tevoren weggehaald. Wat gaat gebeuren is minder geschikt voor kinderen.

Die dag ook komt een groep werksters alle vloeren van het huis boenen. De vier groothertoginnen moeten meehelpen, de handjes van de Romanovdochters zijn niet teerder dan die van hun volkse zusters. Dat vinden ze zelf ook; ze werken netjes en gewetensvol mee.

Alix heeft tot op de laatste avond doorgeschreven in haar dagboek. ‘16 juli 1918. Played bezique with Nicky. 10.30 to bed. 15 degrees.’

Daarna heeft ze nog een likje nachtcrème over haar gezicht verdeeld, zuinigjes aan, het is het laatste potje. ‘Cold cream. Hofapotheek van Zijne Majesteit.’

Het wachtwoord voor die nacht was ‘schoorsteenveger’. Men moet dat symbolisch zien. De vuile schoorsteen van de geschiedenis werd die nacht geveegd.

❧

Sweder kwam naar buiten, gapend, ongeschoren en wat grauw ogend. Hij droeg alleen een spijkerbroek.

'Brrr, dat valt niet mee. Ben jij al lang op?'

'Al uren. Ik heb slecht geslapen.'

'Ik voel me net alsof ik de hele nacht met mijn kop tegen de muur heb liggen bonken. Maar niks aan de hand, hoor. Twee aspirientjes en een stevig ontbijt, da's de beste remedie. Ik ga een pan eieren bakken. Wil je ook?'

'Nee.'

'Jij ziet er anders ook uit of ze je net van het kruis getild hebben!'

'Ik heb een galbultaanval.'

'Klote. Ik dacht dat je daaraf was.'

'Dacht ik ook. Ik heb het zelden meer, maar áls ik het heb, is het drie keer zo erg als vroeger.'

'Da's efficiency. Dat moet je waarderen.'

Sweder ging de keuken binnen en de geluiden van koffie zetten en pannen op het fornuis klonken tot onder de linde door. Hij las verder totdat Sweder weer naar buiten kwam, een pannekoekbord vol brood, gebakken eieren en salami op het leestafeltje neerzette, mok zwarte koffie ernaast, en begon te eten. Zelfs overgebleven aardappeltjes uit de koelkast had hij meegebakken, zag Lex.

Hij trok een goudbruin randje ei los.

'Ja, het ís je aangeboden,' zei Sweder, 'maar je bent eigenwijs. Hoe zijn die dagboeken van de tsaar?'

'Ach...'

Hij bladerde wat door de paperback.

'Hier. Ik zal je wat voorlezen. 4 maart 1917. Een paar dagen na zijn abdicatie. In een treinwagon mag hij nog één keer met zijn moeder praten, voordat hij gevangengezet wordt. De laatste keer dat ze elkaar zien. Dan schrijft hij: "De middagmaaltijd..."'

Hij onderbrak zichzelf en voegde eraan toe: 'Moet je je die ontmoeting voorstellen. Zijn moeder was, na zijn vrouw, de belangrijkste persoon in zijn leven. In zijn jonge jaren had hij altijd naar zijn moeders pijpen gedanst. Een ongemakkelijke tante, hoor, weduwe van die imposante Alexander III, die glorie straalde nog op haar af. Op en top autocrate. En nu had hij zijn eigen abdicatie getekend! Ze zou hem liever gecastreerd hebben willen zien, of desnoods helemaal dood, dan tsaar af! Twee ingestorte levens, de bolsjewieken aan de macht, en de laatste keer dat ze elkaar zagen. Nou ja, dat wisten ze niet, maar daar zullen ze ongetwijfeld een vermoeden van gehad hebben. En wat schrijft hij? "De middagmaaltijd gebruikte ik bij mama in haar wagon. Na het eten ben ik tot 4.30 uur bij haar gebleven, daarna nam ik afscheid van haar en van Sandro, Sergej en Boris. Om 4 uur 45 ben ik uit Mogiljov vertrokken. Velen begeleidden me. Allen waren diep ontroerd. Vier leden van de Doema rijden in mijn trein mee." Punt uit. En zo is het met alles.'

'Mmm. Pakkend,' zei Sweder tussen twee happen door.

'Zo nietszeggend. Net een bord lauwe Brinta, waar geen eind aan komt.'

'Die man had het razend druk natuurlijk,' zei Sweder. 'Een overvol leven. Hard werken, veel verplichtingen, weinig tijd voor een dagboek. Het is al opmerkelijk dat hij er een bijhield!'

'Eén? Vijftig dagboeken vol heeft-ie geschreven. Het was gewoon een discipline die hij zich oplegde. Zo was hem dat aangeleerd in zijn jeugd en zo bleef hij dat doen. Een aristocratische gewoonte. Hij verplichtte het zijn kinderen ook. Maar wat zo gek is: hoe weinig persoonlijks er ook in staat, hij was waanzinnig gehecht aan die dagboeken. Toen ze in Tobolsk gevangenzaten, hebben ze allemaal hun dagboeken van jaren her verbrand, want die konden toch alleen maar in verkeerde handen vallen, maar Nicolaas weigerde dat. Hij vond wel dat de rest van de familie het moest doen, maar zijn eigen dagboeken verbranden, dat kreeg hij niet voor elkaar. Hij heeft ze allemaal meegenomen naar Jekaterinenburg, zijn leven in vijftig boekjes. Eénenvijftig.'

'En van die andere, van de rest van de familie, is dus niks overgebleven?'

'Een paar wel. Er zijn nog wat oude dagboeken van de kinderen, maar dat waren geen schrijvers, die maakten zich er makkelijk vanaf. Dat gaat zo van: vanochtend ontbijt, vanmiddag gefietst, thee bij Anja, om negen uur naar bed. Klaar. Aleksej presteert het om dagenlang alleen maar op te schrijven: als gewoonlijk. 6 maart: als gewoonlijk. 7 maart: als gewoonlijk. 8 maart: als gewoonlijk. 9 maart: communie op bed. 10 maart: als gewoonlijk. 11 maart: biecht op bed. 12 maart: als gewoonlijk. Pijnlijk gewoon. Het klinkt haast als protest en dat was het misschien ook wel. Als hem niets mankeerde en hij met zijn matroos naar het park ging of iets dergelijks, dan staat er: ben in het park geweest, daar speelden kinderen. Met zo'n zinnetje roept hij dan een heel beeld op, want meespelen, dat was er niet bij, snap je. Maar verder maak je er niks uit op.'

'Valt dus tegen, die dagboeken,' resumeerde Sweder.

Ze hingen nog een poosje loom in hun stoelen. Het was rond het middaguur en alweer flink warm. Sweder moest nog werken, maar hij wilde eerst zwemmen, volle maag of niet. Hij trok zijn spijkerbroek uit, sprong over een hoge pol hosta's en verdween achter de rododendrons, waarboven alleen de duikplank uitstak. Even later zag je hem snel en behendig het ijzeren laddertje beklimmen, als een elektricien een hoogspanningsmast. In twee passen was hij aan het eind van de plank. Nu springt hij eerst een paar keer op en neer, dacht Lex. Hijzelf bleef altijd stil op de punt van de duikplank staan en liet zich dan met gestrekte armen naar voren vallen, want de plank was oud en veerde abominabel, maar dat kon Sweder niet schelen. Die sprong twee, drie keer hoog op, waarbij de plank akelig kraakte, schoot dan loodrecht omhoog, knakte in een hoek en gooide zijn benen omhoog.

Sweder sprong op...

❧

De eerste dag op het vreemde, angstaanjagende lyceum in de vreemde, angstaanjagende stad. De kinderen die zich verdrongen voor het lokaal dat op zijn papiertje vermeld was, waren dus zijn nieuwe klasgenoten. Iedereen stond met iemand te praten. Iedereen kende elkaar al. Hij ging zwijgend, de zware, nieuwe tas voor zijn buik geklemd, terzijde van de groep een paar posters aan de muur staan bekijken, totdat hij in het gelach en gepraat om zich heen een stem hoorde die hem deed opkijken. Te midden van een rumoerig groepje stond een stevige, blonde jongen die net iets beweerd had waar de anderen erg om moesten lachen. Hij herkende hem direct: de jongen van koninginnedag! Die zat dus bij hem in de klas!

De jongen zag hem op hetzelfde moment en riep 'hai' in zijn richting. De andere jongens uit het groepje draaiden zich om en keken naar hem.

'Hai,' wilde hij terugroepen, maar zijn stem was zo hees dat er vrijwel geen geluid uit zijn keel kwam.

Koninginnedag was altijd een verwarrende dag geweest. Iedereen vierde feest, behalve zijn moeder, die de dag geheel veronachtzaamde en alleen maar voorbereidingen trof voor de dag daarna, waarop zij al vroeg met zijn tweeën in de bus naar Utrecht stapten om in familieverband 1 mei te vieren. Koninginnedag bestond niet voor zijn familie en 1 mei bestond niet voor de rest van de wereld, zodat die dagen hem zijn gehele jeugd door een vervreemdend gevoel van asynchronie hadden bezorgd.

Op de koninginnedag in het laatste jaar van de basisschool was er voor de vier scholen van het dorp een spelprogramma georganiseerd waarvan de 'Supermanjacht' het belangrijkste onderdeel vormde. Die jacht bestond eruit dat men, door het dorp fietsend, tien verschillende Supermans moest ontdekken, die door een klein detail in kleding of gedrag herkenbaar waren. Wie zo'n Superman ontmaskerde, kreeg van hem een stempeltje op een kaart en wie het eerste zijn kaart vol had, was winnaar. De meeste Supermans waren gemakkelijk herkenbaar: onderwijzers in blauwe maillots, vaders die met een rode cape over hun jack of een S op hun T-shirt door de winkelstraten liepen, het was haast gênant je in het gedrang te mengen voor een stempeltje. Men had echter kennelijk besloten er ook een paar moeilijke gevallen tussen te stoppen. Na acht stempels op zijn kaart kon Lex geen enkele nieuwe held meer vinden en ook de meeste andere kinderen fietsten nog speurend rond.

Op zeker moment was hij wat aan de buitenkant van het dorp terechtgekomen en hij reed langs een van de kleinere gereformeerde kerken die het dorp telde, toen hij een grote, breedgeschouderde man in een grijs pak om de kerk heen zag lopen. Een vrij jonge man nog, met donker, geplakt haar in een scheiding en een bril met een zwaar, zwart montuur. Hij klemde een aktentasje tegen zich aan, sprong lenig de drie, vier treetjes van de kerktrap op en verdween door de ingang.

Dat was nog eens een goeie stunt! Superman zoals hij er in de film in het dagelijks leven uitzag, met pak, bril en aktentas. En *hij* was misschien wel de eerste die het ontdekte! Niemand kwam op het idee in deze buitenwijk te zoeken.

Toch aarzelde hij. De man was zonder op of om te kijken de kerk binnengegaan, op de manier van iemand die daar iets te doen heeft. Zou de geraffineerde vermomming zover doorgevoerd zijn dat deze Superman geen sjoege gaf als hij een kind naar zich zag kijken, maar in dat geval juist gehaast een kerk binnenstapte? Een kerk nog wel. Lag het in de bedoeling van de ongetwijfeld bijbelvaste organisatoren dat je Superman tot in de kerk achternazat?

Hij was overgestoken, had zijn fiets tegen de kerktrap gelegd, maar durfde niet goed naar binnen te gaan en terwijl hij daar stond, stempelkaart in de hand, was er een groepje jongens van een andere school aan komen fietsen, die hem zagen staan en vroegen 'of er soms een in de kerk zat'. Hij had hun verteld over de man die hij gezien had. Weliswaar was het eervolle van de ontdekking eraf als anderen gelijktijdig met hem een stempel zouden krijgen, maar daar stond tegenover dat hij zich toch veiliger voelde in een groep dan in zijn eentje.

'In een kerk, dat doen ze niet!' zei een van de jongens. 'Daar kunnen we toch niet zomaar binnenlopen!'

Maar een blonde, laconiek ogende jongen met een gerafeld houthakkershemd aan duwde de zware kerkdeur open en zei: 'Waarom niet? Voor zover ik weet, zijn kerken publiek toegankelijk, hoor.'

Er ging een nonchalante zelfverzekerdheid van hem uit, die Lex direct imponeerde en nog nooit had hij iemand van zijn leeftijd 'publiek toegankelijk' horen zeggen. Dit waren vast jongens van de school aan de andere kant van het dorp, een villa met een rieten dak en eigen sportvelden ernaast.

Zo waren ze achter elkaar aan via een verlaten portaal de kerk in gelopen en één ogenblik was Lex vergeten wat ze hier kwamen doen. Het was voor het eerst in zijn leven dat hij een kerk van binnen zag en hij werd totaal in beslag genomen door de schokkende lelijkheid van het interieur. Het was een modern gebouw, halverwege de jaren zestig neergezet, en het uitbannen van schoonheid en intimiteit leek de voornaamste doelstelling van de architect geweest. De ruimte was haast pijnlijk kaal. Gloednieuwe gebrandschilderde ramen vol plompe, abstracte figuren wierpen een schreeuwerig, bont licht over lange rijen roodbruine stoelen die onthutsend vloekten met een hoekige tafel van geel hout, die aan het eind op een verhoging stond. Op die tafel lag een dik, opengeslagen boek op een kanten kleed, geflankeerd door glimmende kandelaars. In een vaas stonden lange, stakerige gladiolen, waarvan er enkele reeds bloeiden: onbehouwen, oranjerode flappen van bloemen, gereformeerde bloemen, leek hem, speciaal voor dit soort kerkinterieurs geteeld. Er hing een muffe geur in het gebouw. Er was geen mens te zien.

'Hallo, is Superman hier?' riep de blonde jongen. De anderen giechelden.

Achter de tafel met de gladiolen ging een deur open. De man die Lex gezien had, kwam te voorschijn met een nijptang in zijn hand en vroeg op norse toon wat ze moesten. Of hij mischien Superman was, vroeg de jongen in het rafelige hemd onverstoorbaar. De man daalde de verhoging af en kwam op hen toelopen. Hij leek verbluffend veel op Superman, vooral nadat hij geïrriteerd een paar naar voren gevallen vette pieken tegen de rest van zijn kapsel geplakt had. Wel keek hij aanzienlijk chagrijniger door de zwartomrande bril dan zijn cinematografisch evenbeeld.

'Ik heb geen tijd voor geintjes,' zei hij en maakte een onderhands gebaar met de nijptang. 'Wegwezen.'

Ze draaiden zich om en liepen de kerk uit. Buiten barstten de vreemde jongens uit in smalende opmerkingen aan Lex' adres. Als hij nog 's wat wist, dan moest hij het maar zeggen! Maar de jongen in het houthakkershemd staarde naar de kerkdeur en zei peinzend: 'Dat hou je toch niet voor mogelijk! Een heel dorp vol gekken die Superman lopen te spelen, de een lijkt d'r nog minder op dan de ander, en hier in de kerk staat de dubbelganger van Superman en die heeft d'r geen hol mee te maken!'

Hij keek aandachtig naar Lex.

'Te gek, man, te gek,' zei hij waarderend.

En die woorden maakten meer goed dan alle stempels op de kaart.

Een leraar kwam de deur openen en iedereen stroomde naar binnen. Een run op de achterste tafeltjes. Hij ging op de eerste de beste plaats in het midden van de deurrij zitten. De plaats naast hem bleef vrij, totdat er met een harde klap een tas op het tafeltje gesmeten werd.

'Hé, Veere, wat doe je nou? Kom hier zitten!' klonk er vanaf de achterste rijen.

Een wild soort vreugde steeg in hem op.

'Ik heet Sweder,' zei de blonde jongen en liet, zodra hij zat, zijn stoel vervaarlijk achteroverhellen.

'Ik heet Lex,' zei hij en dat klonk of hij zijn leven lang niets anders gezegd had.

'Wat een stoelen zijn dit,' zei de jongen. 'Anti-wipconstructie. Doen ze expres tegenwoordig. Ze gunnen je niks meer. Het schijnt verschrikkelijk te wezen hier.'

Lex lachte. En plotseling vloeide alle spanning uit hem weg. Alle hersenspinsels en muizenissen van de afgelopen nachten... er bleef niet meer van ze over dan een miezerig klisje bijeengeveegd spinrag in de ochtendzon, en opeens wist hij met grote stelligheid dat er een nieuw leven aangebroken was. Nu, op dit moment. Met deze jongen naast zich.

Sweder sprong drie keer voor hij dook. Het gekraak van de duikplank scheurde door de tuin.

Lex' oude dwangbeeld verschoof naar zijn vriend. Een doffe plof tegen de bodem. Verder geen geluid. Op half verlamde benen en met toegesnoerde keel snelde hij naar het zwembad. Niet willen zien en toch zien. De gebroken armen. Het hoofd haaks op de schouders. Bloed uit de mond, een langzaam sijpelend plasje. Een been dat nog stuiptrekt...

Het water spatte zo uitbundig op dat de druppels boven

de struiken te zien waren. Het dolfijnenbassin verwelkomde zijn derde zwemmer vandaag.

Hij helde achterover in zijn stoel tot zijn achterhoofd de stam van de linde raakte en bleef zo zitten. De galbulten jeukten. De Tavegil hielp bitter weinig. Om het trillen van zijn linkerooglid tot bedaren te brengen had hij een glas met ijsblokjes op tafel gezet om tegen zijn oog te drukken, maar die waren nu gesmolten en hij had geen zin om op te staan en nieuwe te halen.

Hij nam de paperback met de dagboeken van de tsaar weer van tafel en staarde naar het omslag. Net een bord lauwe Brinta, had hij zojuist gezegd, maar zo eenvoudig lag het niet. De gereserveerdheid, de onpersoonlijkheid van de dagboeken, het ontbreken van ontboezemingen, het niets prijsgeven van de intimiteit van het gezin – door de man wiens gezin nu juist begin- en eindpunt van alles was – mocht voor de gemiddelde lezer misschien slaapverwekkend proza opleveren, op hém had het juist een prikkelende werking. Hoe meer de tsaar zweeg over zijn gevoelens, zijn persoonlijke zaken, zijn dierbaren, hoe dwingender de beelden die bij dat leven hoorden in hem terugkwamen, alsof hij las over een vorig leven. Bladzij na bladzij ging Nicolaas' fantasieloze ploeg door de taaie leem en zaaide zíjn herinnering de gewassen in, die direct achter het sjokkende paard opschoten en vol in bloei kwamen. Alles wat de tsaar verzweeg, vulde hij zelf in, met feiten die hij van vroeger kende en beelden die in de loop der jaren verbleekt, maar verrassend snel weer op kleur gekomen waren. De knoopschoenen, de pruillippen, de ezelsoren in de boeken, de vuile vegen op witte kousen, de vederbosjes op de kapjes van de lakeien, de voiles, het touwtrekken langs de oever van de Newa, hij zag het allemaal weer. Hij hoorde het hakken van een wak in het ijs, het kerven van diamant in vensterglas, het piepen van roeiriemen, het geblaf van spaniël Joy, het gegil van een aanstelster in het park, het opdreunen van Franse woordjes, de basstem van matroos

Derevenko. Hij rook de keizerlijke boenwas, recept nog uit de tijd van Catharina de Grote, waarmee de meubels aan het hof ingewreven werden, het parfum waarmee de tapijten besprenkeld waren, de bloeiende sinaasappelbomen in Livadia, het bloed en het angstzweet in het noodhospitaal, de modder waarmee een jongetje van top tot teen werd ingewreven, de dampende borsjt, in het veld gegeten tijdens de zwijnenjacht...

Beelden die het midden hielden tussen trauma en sprookje. De dagboeken van de tsaar waren een kalme binnenzee waarop het braaf spelevaren was en waarin slechts een enkele zwemmer de zuiging voelde vanuit de diepste diepten van de oceaan.

Met het boek op schoot doezelde hij een beetje weg in de warmte. Het tekort aan slaap van vannacht deed zich gelden. Het witte katoen om zijn armen vervaagde voor zijn ogen en hij raakte in een halfslaap die op een duizeling leek, omdat aan weerszijden van zijn hoofd cirkels rond zijn oren getrokken werden; twee wijsvingers gingen langzaam rond.

'Die kweeën zijn zo laf,' zei een vrouwenstem. 'Ik heb ze weggegooid.'

Hij wilde iets zeggen, maar er kwam slechts ongearticuleerd geluid uit zijn mond.

'Blijf maar liggen,' zei ze en ze verschoof een beetje. Haar handen tilden zijn hoofd op en legden het in haar schoot, op zo'n manier dat zijn nek in het linnen tussen haar knieën kwam te rusten. Haar vingers streken langs zijn slapen. Hij begon te zweven.

'Waarom heb je een nachthemd van mij aan?'

'Dat is ruim...' zei hij.

Ze lachte.

'Nu lijk je net mijn kleine broertje.'

Hij glimlachte. Ze boog zich naar voren. Hij voelde haar parels tegen zijn voorhoofd vallen en vervolgens de zwaarte van haar borsten. Ze gaf hem een heel precieze ondersteboven-kus, haalde daarna haar beide handen als kammen door zijn haar en ging weer rechtop zitten. Haar handen bleven automatisch het haar rond zijn oren wegstrijken. Hoewel hij haar niet kon zien, wist hij dat ze voor zich uitkeek, over hem heen, naar verten die hij niet waarnam. En nu pas bleek, dat ze op het dek van een zeiljacht zaten, een groot jacht dat een rivier afvoer. Hij kon de oevers niet zien, maar er dreven geuren over het water aan van graanvelden en hooiland en er klonk nerveus geroep van exotische steltlopers.

'O, jij zit ook al te maffen,' zei Sweder. 'God, wat word je lui van dit weer.'

❧

'Goeie, beste Sasja,' schreef dr Botkin op de avond van 16 juli 1918 vanuit het Ipatjevhuis aan een jeugdvriend. 'Voor het laatst wil ik nog eens proberen iemand een echte brief te schrijven.'

Veel zin had het niet: wat of aan wie men ook schreef, geen enkele brief werd verstuurd of kwam zelfs maar het huis uit, maar toch heeft Botkin veel aandacht aan dit levensbericht besteed. Eerst schreef hij een uitvoerige kladversie, die hij vervolgens keurig in het net kopieerde. Beide versies zijn na de executie door Joerovski aangetroffen en bewaard. De netbrief, in priegelig handschrift, is niet helemaal afgekomen.

'Het zal wel spoedig afgelopen zijn met mijn zelfverkozen verbanning hier, niet zozeer omdat de tijd om is, maar omdat mijn aardse bestaan ten einde loopt. Eigenlijk ben ik al dood, dood maar nog niet begraven, of levend begraven, dat maakt onder de gegeven omstandigheden niet veel verschil. Mijn kinderen mogen misschien blijven hopen dat we elkaar tijdens dit leven nog terugzien, maar ik kan die hoop niet delen en ik geloof ook dat het maar beter is de realiteit nuchter onder ogen te zien. Ik zal proberen je duidelijk te maken hoe het met mij gesteld is. Eergisteren zat ik rustig te lezen in Saltykov-Sjtsjedrin – buitengewoon boeiend – toen ik plotseling in een soort visioen het gezicht van mijn zoon Joeri zag, maar dood, in horizontale positie, met de ogen gesloten. Gisteren, verdiept in hetzelfde boek, hoorde ik opeens een woordje dat klonk als "papulja*". Het scheelde niet veel of ik barstte in tranen uit. En toen hoorde ik het opnieuw. Het was geen hallucinatie, het klonk heel duidelijk, het was de stem van mijn dochter, die in Tobolsk is achtergebleven, het was mijn dochter die tot mij sprak. Dat ik nooit meer de stemmen van mijn kinderen zal horen, dat ik hen nooit meer zal kunnen aanraken... dat is het ergste. Toch heb ik geen spijt van mijn beslissing de Romanovs in gevangenschap te volgen. Ik heb het altijd als een door God opgelegde taak beschouwd hen niet alleen op lichamelijk, maar ook op geestelijk gebied te steunen, en al zullen mijn eigen kinderen nu wezen worden, ik zou niet anders willen dan mijn plicht als arts tot het einde toe te volbrengen; zoals Abraham uiteindelijk niet aarzelde zijn enige zoon te offeren...'

Het was al nacht, toen er op Botkins kamerdeur geklopt werd; de brief houdt midden in een zin op. Voor de deur stond Joerovski, die hem beval de tsarenfamilie wakker te maken. Ze moesten zich direct aankleden; er werden onlusten in de stad verwacht, het huis kon beschoten worden. Haast was geboden. Niets inpakken, dat kwam later wel.

Sliep Olga? Of lag ze te luisteren naar de geluiden van buiten? Het knarsen van het grote hek. Het geluid van een zware vrachtwagen die de binnenplaats opgereden was, maar niet de motor uitzette. Sliep Aleksej, die laatste nacht te midden van het gezin dat hem veertien jaar gekoesterd en ontzien had als eierschaalporselein? Sliep Alix, die de

* *Papulja*: papaatje

laatste weken telkens in haar dagboek vermeldde dat ze niet kon slapen, omdat ze de doodsengel verwachtte?

In ieder geval duurde het lang voordat iedereen de trap af kwam, schrijft Joerovski in zijn rapport, wel veertig minuten. De tsaar droeg zijn zoon in de armen. Beiden waren gekleed in simpele velduniformen, zoals altijd. De tsarina en haar dochters droegen japonnen zonder omslagdoeken, het was een zoele nacht. De hofdame Demidova had een dik kussen bij zich, waarop de tsarina zou kunnen zitten. Ze moesten naar de kelderverdieping, zei Joerovski, die hen zelf voorging en binnenliet in een kleine voorraadkamer zonder enig meubilair, waar de lakei Trupp en de kok Charitonov zich bij hen voegden. De tsaar vroeg om stoelen voor zijn vrouw, die pijnlijke benen had, en zijn zoon, die nog niet lang kon staan. Grigori Nikoelin, de assistent met het beschaafde gezicht, ging ze halen in een naburig vertrek waar het executiepeloton stond te wachten. 'Ze willen creperen in een stoel, nou, dan krijgen ze een stoel,' verklaarde hij en verdween met twee stoelen, die hij midden in de voorraadkamer neerzette. De tsaar bleef naast de stoel van zijn zoon staan, daarnaast zat de tsarina. Twee meisjes stonden achter hun moeder en twee aan de andere kant naast Demidova. Botkin stond achter de tsaar, de lakei en de kok aan weerszijden van hem.

Zo, alsof ze op de foto moesten, stonden ze opgesteld voor Joerovski, de voormalig fotograaf. Misschien heeft hij hun gezegd dat er een foto gemaakt ging worden; het staat niet in zijn rapport, maar het is niet onwaarschijnlijk. Er gaan geruchten dat u niet meer in leven bent, Nicolaas Romanov, dus we gaan een foto maken om te laten zien hoe goed we voor u zorgen.

Intussen vulden de soldaten de deuropening en druppelden de kamer in. Nikoelin en de halfbezopen Jermakov, leider van de Oeral Sovjet, flankeerden de commandant.

Er bestaan verschillende op schrift gestelde getuigenverklaringen van de toedracht, allemaal een beetje anders. De een heeft Joerovski een volledige verklaring op schrift horen voorlezen, een ander heeft hem vluchtig iets van een vodje papier horen afraffelen, weer anderen hebben helemaal niets gehoord. Joerovski zelf schrijft dat hij het executiebevel voorlas, dat de tsaar hem vroeg het te herhalen, wat hij deed, waarop de tsaar zweeg en zijn hand op de schouder van zijn zoon legde. Maar Jermakov, uitgerekend de botte, beschonken atheïst Jermakov – maar wel een Jermakov die geen oog van de tsaar afhield en met de vinger om de gespannen haan van zijn Mauser stond te popelen om Joerovski voor te kunnen zijn in het eerste schot – die Jermakov, met al zijn zintuigen gespitst, heeft Nicolaas de bijbelse woorden horen zeggen: 'U weet niet wat u doet.'

Minstens drie aanwezigen claimen de eer bij het eerste sein de tsaar te hebben neergeschoten. In ieder geval was hij bij het eerste schot geveld en viel over zijn zoon heen. Ook Alexandra Fjodorovna stierf meteen. Olga, naast haar, wilde nog een kruisteken maken, maar kreeg, volgens de man die op haar schoot, 'geen gelegenheid dat af te maken'. Botkin bewoog nog wat, maar niet lang meer. De lakei en de kok bleven ook liggen. Nikoelin echter, niet zo'n beste schutter volgens getuigen, had grote moeite met Aleksej, die maar bleef gillen in zijn stoel, voor een deel beschermd door het lijf van zijn vader, en ook de meisjes waren maar niet dood te krijgen. Ze tolden krijsend door de kamer, net als Anna Demidova, die het zware kussen voor de tsarina als een schild tegen haar lichaam perste. Uiteindelijk lag iedereen op de houten vloer, die niet meer begaanbaar was van het bloed. Door de kruitdamp viel er nauwelijks nog iets te zien in het kleine vertrek.

Men zette ramen en gangdeuren open en versleepte de lijken op lakens en kleden naar de vrachtwagen, die, om het schieten in de doodstille straat te overstemmen, al die tijd met draaiende motor op de binnenplaats gestaan had. Tijdens het verslepen begonnen de groothertoginnen en de tsarevitsj echter weer te kreunen en omdat er met open deuren en ramen niet meer geschoten kon worden, moesten de soldaten hun klus met de bajonet afmaken, tot er niets meer gehoord werd en niets meer bewoog. Anna Demidova bleek echter nog zo bij zinnen dat zij de botte bajonet, die niet door haar borstbeen heen wilde dringen, met beide handen beetgreep en van zich af probeerde te duwen, zodat zij ten slotte met een geweerkolf doodgeslagen moest worden.

Joerovski kwam tijd, ogen en handen te kort. Hij moest het afrukken van ringen en horloges binnen de perken zien te houden, kotsende soldaten weer aan het werk zetten en iedereen tot spoed manen, want de vrachtwagen had allang vertrokken moeten zijn. Maar op de binnenplaats klonk nóg gekreun, hetgeen Jermakov zo razend maakte dat hij een van de schutters het geweer uit handen trok en als een dolle op de kreunenden instak. In grote haast werden de lijken nu de laadbak in gegooid. Uit de mouw van een van de meisjes was een piepklein, dood hondje gerold, dat eveneens op de hoop werd gesmeten.

Om drie uur gingen de hekken open, kon de vrachtwagen door het uitgestorven Jekaterinenburg richting Koptjaki rijden en werden in de kelder van het Ipatjevhuis de eerste emmers water aangedragen, plus vele bezems en dweilen.

De tsjekist Medvedev heeft volgens een getuigenis van zijn zoon de pet van de tsaar, die in een hoek gerold was, mee naar huis genomen en schoongemaakt. Een heel gewone pet zonder beslag of initialen, die Medvedev prima paste. Wel zat er een kokarde op, die hij eraf gehaald heeft en die nog jarenlang bij hen thuis in de kast gelegen heeft. De zoon speelde er wel eens mee. Met pet én kokarde heeft hij in een schooltoneelstuk nog eens een schitterende politieagent neergezet.

❧

'Zeg,' zei Sweder en legde de draadloze telefoon waarmee hij het afgelopen halfuur door de tuin geijsbeerd had op het leestafeltje neer, 'moet je horen wat zich voordoet.'

Hij viel op een stoel neer en nam een slok van de citroenthee die Lex voor hem neergezet had en waarin de ijsblokjes allang gesmolten waren.

'Ik had net een kennis van me uit Rotterdam aan de telefoon, die al een tijd bezig is een sabattical year in Seattle te regelen. Nu vertelt-ie net dat het vrijwel rond is, hij vertrekt waarschijnlijk in september en wil zijn flat dan voor dat jaartje onderverhuren. Dus ik zeg meteen: ik weet wel iemand!'

Hij keek hem breed grijnzend aan en met een schok drong tot Lex door wie er met die iemand bedoeld werd.

'Ik ben er wel eens geweest,' ging Sweder verder, 'vlak bij het centrum, een oud gebouw, niet super riant, vrij klein, maar heel aardig. Daarom wil hij hem ook niet opgeven. Wat de huur is, weet ik niet, maar dat zou wel eens mee kunnen vallen.'

'Rotterdam?'

'Waarom niet? Je bent toch niet aan een plaats gebonden? Je moet flexibel zijn in die dingen. Ben je voor een jaar onder de pannen. Kun je op je gemak naar iets anders omzien.'

'Ja, maar... Rotterdam.'

'Wat is er tegen Rotterdam? De enige wereldstad die we hebben, jongen! Niet dat provinciale van Utrecht, niet dat gedoe van kijk-ons-'s-leuk-en-lastig-zijn van Amsterdam, niet dat gekneuter in die monumentjes. Gewoon lekker straight, zakelijk, nieuw.'

'Ik ken er toch geen mens? Behalve jou.'

'Nou en? Dan leer je toch mensen kennen? Beetje meer enthousiasme alsjeblieft. Hij hoeft maar een pink uit te steken en hij heeft twintig huurders. Ik zal zijn nummer voor je opschrijven. Kun je hem zelf bellen. Als je te lang wacht, hoeft het al niet meer natuurlijk.'

Hij scheurde een stukje papier af en schreef een naam en een nummer op.

'Ik dacht juist aan iets anders...' zei Lex.

Eigenlijk had hij het nog niet te berde willen brengen, maar nu Sweder met dit plan kwam, moest het wel.

'Het tuinhuis. Zou je moeder dat niet voor een tijdje aan mij willen verhuren?'

'Godsodeklere...' zei Sweder.

'Kijk, juist nu ik met dat boek aan de slag ga, komt verhuizen zo slecht uit. Dan ben ik weer een poos uit mijn concentratie, en voor je je weer ergens anders thuis voelt... Het is hier zo lekker rustig. En je moeder hoeft niet bang te zijn dat ze last van me heeft, het kost haar echt haar privacy niet. Er is elektriciteit, er is water. Ik hoef er alleen een kacheltje neer te zetten van de winter, meer heb ik niet nodig. Ik ben ook niet het type dat bij haar wil komen eten of naar de televisie kijken, dat weet ze wel. En ik betaal een redelijke huur, daar sta ik op.'

'Daar gaat het allemaal niet om,' zei Sweder. 'Je kent mijn moeder. Ze mag je graag en als ze jou daar voor een poosje een plezier mee kan doen, dan maak ik me sterk dat ze dat ook zal doen. Maar het is een belachelijk idee! Je moet je hier niet zo opsluiten. Nu zit je al maanden in dit gat en nu wil je hier ook de winter nog blijven. Je vereenzaamt helemaal. Je wordt een zonderling.'

'Ben ik al.'

'Maar dat moet niet nog erger worden. Je hebt je ingegraven in de provincie, je gaat met niemand om, je zit je weer op te geilen aan een verse portie Romanovlectuur...'

'En dat vond je juist...'

'Vind ik ook! Maar moet dat per se hier? In Rotterdam sleur ik je tenminste nog 's de kroeg in. Dat heb jij hard nodig.'

'Juist niet. Dat mis ik niet.'

'Dat is het nou net!'

'Ik heb geen mensen om me heen nodig.'

'Nee, jij niet! Jij vermaakt je wel in je eentje. Jongen, je eindigt nog als monnik.'

'Is gelijk mijn woonprobleem opgelost.'

'En je vrouwenprobleem.'

'Ach, heb ik dat ook?'

'Nee, zullen we zeggen!'

Lex zweeg. Hij keek het gazon over, naar het Rembrandtboompje dat voor de coniferen aan de snelwegkant stond. Dat boompje noemde hij zo, omdat het als enig geelgroen gebladerd loofboompje zo vrolijk afstak tegen de zware coniferen dat het hem altijd deed denken aan het kleine meisje op 'De Nachtwacht'. Vooral in de schemering was het net die kleine spring-in-het-veld in haar gele jurk tussen de donkere schutters.

'Nou?' drong Sweder aan. 'Zeg dan! Hoe staat het met de dames? Volledig self-supporting soms?'

Hij gaf niet meteen antwoord. Sweder kon vrij bot zijn. Of laten we zeggen: 'straight.'

'Doe ik de dames daarmee te kort? Die vallen meer op gezond bloed. Gezond sperma, liever gezegd.'

Sweder zuchtte en zakte onderuit in zijn stoel.

'Dat bedoel ik nou. Zit je dat soort dingen te bedenken hier in je eentje?'

'Bedenken? Bedacht ik het maar.'

Sweder kwam weer omhoog en boog zich naar hem over.

'Luister 's... Jij bent echt niet de enige die op kapotjes aangewezen is, hoor. Als jij denkt dat je jezelf daarmee uit de markt prijst, dan heb je het mis. Vrouwen willen het meestal zelf. Wat dacht je dat ik in mijn badkamerkastje had liggen?'

'Dat is wat anders. Jij hebt niks. Met jou is het voor de zekerheid, zolang ze je nog niet goed kennen, en later doe je het dan toch zonder. Als ik moet vertellen wat er aan de hand is, is de lol d'r meteen af. Zijn ze gelijk bang dat-ie scheurt!'

'Hm. Ik herinner me een zekere Elleke of Nelleke, met wie je toen naar dat concert kwam...'

'Jelleke.'

'Die zat met elastiek aan je vast. Die maakte nou niet direct de indruk dat ze bang was dat-ie...'

'Die had een verpleegsterssyndroom. Die heeft nu een bioloog met multiple sclerose. Maar dat heeft er ook allemaal niets mee te maken. Ik bén hier gewoon graag. Ik hou van jullie tuin. En van het zwembad.'

'Ja. Leuk in de winter.'

'En dat verhuizen...'

'Donder toch op, man! Wat heb jij nou aan spullen! Die heb je toch in één achternamiddag overgebracht! Plus drie dagen wennen en dan heb je het weer gehad.'

Ze zwegen even.

'Ik kan het ook wel zelf aan je moeder vragen,' zei hij. 'Maar dan ben ik bang dat ze het pijnlijk vindt om nee te zeggen. Beter via jou.'

Sweder zuchtte.

'Ik ga je in mekaar rammen,' zei hij. 'Of heb je net gespoten? Dan is er geen lol aan.'

'Vraag je het?'

'Waarom doe ik eigenlijk nog moeite voor je?' zei Sweder, sloot zijn ogen en richtte zijn gezicht naar de zon.

'Omdat je altijd alles beter wilt weten.'

'Ik weet ook alles beter. Jij bent echt niet van deze tijd, weet je dat?'

'Goh, wat erg!'

Ze zwegen een tijd lang.

'Ik heb nog forellen in het vriesvak liggen,' zei Lex. 'Die kunnen we wel roosteren straks. Dan moet ik ze er zo even uithalen.'

'Klootzak,' zei Sweder met dichte ogen in de zon.

❧

Een paar jaar geleden had Lex eens midden op de dag een kop koffie gedronken in een stil café in Utrecht. Behalve hijzelf waren er slechts twee klanten, oude mannen die in een hoek zaten te kaarten, en het meisje achter de bar had niet veel te doen. Ze was een mollig, goedlachs type in een zeer korte rok en besteedde het grootste deel van haar tijd aan op en neer lopen naar de achterzijde van het café, waar kennelijk iemand aan het werk was. Hij had al afgerekend en het laatste stukje krant uitgelezen, toen hij nog even moest plassen. Het meisje stond niet achter de bar. Hij hoorde haar stem klinken achter de deur van het gangetje dat naar telefoon en toilet leidde. Ze stond te telefoneren en op het moment dat hij de deur opendeed, hoorde hij haar zeggen: 'Nee, je moet ook geen ontbijtspek nemen, maar van die dobbelsteentjes.'

Wat hij zag, volgde een fractie van een seconde later.

Het meisje hing, wat achteruitgeleund, met haar ellebogen op de plank met telefoonboeken. Haar rok was omhooggeschoven, haar slipje naar beneden getrokken en achter haar stond een man met zijn broek op zijn knieën in haar heen en weer te bewegen. Eén hand had hij voor haar buik geslagen, met de ander stuurde hij zijn lid. Hij had een ingespannen uitdrukking op zijn gezicht, die voornamelijk veroorzaakt scheen door het in balans houden van de sigaret op zijn lip, waarvoor hij nu geen hand kon vrijmaken.

Hij stond een moment stil in de deuropening en het paar zag hem vrijwel gelijktijdig.

'Jezus!' riep het meisje lacherig.

En de man riep: 'Rot effe op, hé,' op de manier van iemand die nu niet gestoord kan worden bij een klusje dat de volle aandacht nodig heeft.

Dat beeld op zijn netvlies. En dat zinnetje. Je moet geen ontbijtspek nemen, maar van die dobbelsteentjes. Want het was niet alleen de omhooggeschoven rok, de achteruitgestoken bilpartij, de glimp van het stotende lid die hij opgevangen had, het was ook en vooral dat zinnetje. Waar lag dat aan? Waarschijnlijk had dat zinnetje het meisje tot de ideale hoer gemaakt. De vrouw die goedmoedig met zich laat doen, die een man zijn gang laat gaan terwijl ze recepten staat uit te wisselen aan de telefoon. Die zich volledig beschikbaar stelt.

Zijn zaad spoot met een boogje op de aarde.

Hij legde zijn voorhoofd tegen de zijwand van het tuinhuis en bleef zo een poosje staan, moe en ook geërgerd.

Met een heel andere vrouw was hij hier gaan staan. Hij had haar blouse losgeknoopt, de bandjes van haar onderjurk naar beneden gedaan, haar bh geopend, zodat haar borsten warm en zwaar als perziken in augustus in zijn handen kwamen te liggen. Hij had zijn bovenbeen in haar schoot gedrukt, haar bekken had zich tegen zijn onderlijf gekanteld...

En wat gebeurde er zodra zijn verbeelding het niet meer alleen afkon en het noodzakelijke handwerk eraan te pas kwam? Dan veranderde zij in het meisje uit het café. Een banaal, naamloos seksobject. En waarom? Waarom in godsnaam? De oude onverenigbaarheid van madonna en hoer? Was zij toch te weinig vrouw van vlees en bloed om lijfelijk aanwezig te blijven als het op klaarkomen aankwam, zodat hij automatisch op prikkels uit de realiteit overschakelde? Dat kon hij nauwelijks geloven.

Hij woonde met haar in Parijs of Berlijn, arm en teruggetrokken, en streelde haar kuiten als hij achter haar aan het sjofele trappenhuis beklom. Hij was Witrus in New York, waar hij met haar voor een raam op de dertigste verdieping naar beneden stond te kijken. Ze was een leerlinge op de school waar hij had lesgegeven en luisterde met peinzende ogen naar zijn lessen over de revolutie van 1917. Het was haar heup waarnaar hij tastte, als hij zich 's nachts in slaap omdraaide in bed. Het waren haar zachte, witte armen die zich om zijn hals legden. Waarom ging het bij de ultieme omhelzing dan zo vaak mis?

Waarschijnlijk was de ontnuchtering daarna te groot. Het vrijen met een vrouw van lucht gaf achteraf, als de solopartij was uitgespeeld, een wezenloos, leeg gevoel. Dat was op zichzelf niet erg, dat viel best te verdragen – miljoenen mannen ter wereld verdroegen dat dagelijks zonder zich er een seconde druk om te maken – maar in dit geval werd er een vleugje extra desolate grauwheid aan toegevoegd. Het was niet zomaar een droom die vervloog, het was de dood die zijn rechten hernam; het was de tijd zelf, die weliswaar het onzichtbare koord gedoogde waarmee zij aan elkaar gekoppeld waren, maar die op zo'n moment meedogenloos liet voelen dat echte versmelting onmogelijk was. Hij wilde, al was het dan in zijn verbeelding, de volheid, de voleinding van zijn liefde, maar zijn brein, door ervaring wijs geworden, schrok terug voor de eenzaamheid die daar onvermijdelijk op volgde. Een ander soort eenzaamheid dan die waarvoor hij gekozen had.

Plotseling zag hij de pad over de lage stapel houtblokken klauteren! Het was al een week geleden dat hij hem voor het laatst gezien had. Heel vaak zat de pad onder de rabarberbladen in de buurt van de composthoop. Ook wel eens tussen de riddersporen of onder de hosta's of in het verwilderde stukje dat door mevrouw Veere ooit als moestuin gedacht was, maar in dit deel van de tuin had hij hem nog nooit gezien.

Hij deed zijn broek fatsoenlijk dicht, liep naar het huis, wikkelde de tuinslang van de reuzenhaspel naast de buitenkraan en liep ermee terug naar het tuinhuis. Met sproeien deed je de pad het grootste plezier, dan dacht hij dat het regende. Het was ook vrijwel uitsluitend tijdens het besproeien van de tuin dat hij het beest zag. Sproeide je op de rabarberbladen bijvoorbeeld (die tikten lekker) dan kwam de pad, als hij daar al niet toevallig onder zat, haastig van elders aanhippen om van het buitje te genieten. Verplaatste je de regen naar het gras, dan kwam hij mee en waggelde in de periferie van de straaltjes op het gras rond.

Hij stelde de sproeikop in op fijne druppeltjes en richtte op een struik die een paar meter van de houtstapel vandaan stond. De pad was nergens meer te zien, maar kon nooit ver zijn. En inderdaad, nauwelijks druiste het regentje op de struik neer of het dier kwam aangesprongen als een Pavlovhondje en bleef zitten zodra de druppels zijn rug bereikten. Het was een grote, bruine, wrattige pad waarin je met wat kwade wil een uitwerpsel zou kunnen zien of een vreemd vormgegeven paddestoel, ware het niet dat hij opvallend mooie barnsteenkleurige oogjes had, die goudgeel opglansden als er licht in viel. Hij kon ook piepen. Soms gebeurde het dat hij niet te zien was, alleen te horen.

Hij richtte de straal wat meer naar de pad toe, die zich meteen tegen de grond drukte en zijn ogen sloot, maar geen kik gaf en bleef zitten, geschrokken of verzaligd, dat viel niet uit te maken. Toen hij verder liep, sprong het dier nog een eindje mee, maar ten slotte bleef het bij een modderplasje steken, zodat hij de sproeikop dichtdraaide, de slang op het gras gooide en met zijn handen in zijn zakken nog een poosje naar de pad bleef kijken, die haast niet van de natte aarde te onderscheiden viel. In zijn zak zat nog Sweders briefje met naam en nummer van de kennis erop. Hij haalde het te voorschijn en staarde ernaar. Rotterdam. Rotterdam, waarheen Sweder nu weer vertrokken was. Rotterdam, waar dynamische jonge academici flatjes onderverhuurden als ze voor een sabattical year naar de VS gingen.

'De enige wereldstad die we hebben,' mompelde hij in de richting van het modderplasje, 'besef je dat wel, beautiful?'

Het schemerde al. De geur van de gele rozen hing als een betovering over de tuin. De koekoek bij het maïsveldje begon weer te roepen.

HOOFDSTUK 4

Hoewel Lex gewoonlijk moeite had met opstaan en vrijwel nooit voor achten zijn bed uit was, liep hij vandaag al om kwart over zes in onderbroek de zoldertrap af, ging Sweders kamer binnen en keek uit het raam.

Niets te zien. Het zwembad lag blank en onberoerd in het ochtendlicht.

Goed. Des te beter. Maar het was ook nog erg vroeg, ze kon nog komen, en daarom onderdrukte hij de neiging terug naar bed te gaan. Als ze kwam, moest hij aangekleed zijn.

Hij ging naar de badkamer en bekeek zijn galbulten, die aanzienlijk geslonken waren. Ook zijn linkerooglid was al minder gezwollen. Hij schoor zich, nam een douche en liep tussen de bedrijven door telkens Sweders kamer binnen om een blik uit het raam te werpen. Toen hij aangekleed was, deed hij de deur van Sweders kamer dicht – beneden vanuit de keuken kon hij het zwembad net zo goed in de gaten houden – maar al boven aan de trap bedacht hij zich. Vanuit Wendela's kamer keek je minder goed op het zwembad uit, maar wel verder de tuin in. Als je daar voor het raam stond, kon je iemand aan zien komen.

Hij liep Wendela's kamer in, ging voor het raam staan en hield de coniferen aan de snelwegkant in het oog, maar de tuin bleef leeg en er viel niets te zien, zodat hij zich van het raam afwendde en de kamer rondkeek. Aan de muren Michelangelo, Miro en De Kooning en een affiche met de tekst: 'Ooit een normaal mens ontmoet? En, beviel het?' Een gebarsten Jugendstilspiegel boven een stoffige toilettafel waar alleen een roze zeephaas op stond. Een pompeus ledikant op koperen leeuwepoten met de dekens er opgevouwen bovenop. Van zulke bedden stonden er hier nog een paar in huis, erfstukken uit de familie Veere. Aan het plafond draaide een mobile van engeltjes die aan de achterkant duiveltjes waren.

De klerenkast stond op een kier. Hij trok hem open. Er hing een kinderjurk in, een ouderwetse, lichtblauwe kinderjurk met pofmouwtjes en donkerblauw borduursel op de borst. Het soort jurk dat ook twintig jaar geleden, toen Wendy hem aan gekund had, geen kind meer droeg – behalve de meisjes Veere misschien. Hij had ze niet gekend in de tijd dat ze kinderkleren droegen – op Eva na – maar ook later hadden ze wel eens gekke, ouderwetse dingen aan, zelfs naar school, gewoon omdat ze dat leuk vonden. Hun zelfvertrouwen was zo groot dat niemand het in zijn hoofd kreeg hen te pesten. Sweder had eens een winter lang met een leren, met bont gevoerde motorpet van zijn grootvader rondgefietst; een gebarsten, door mot aangevreten hoofddeksel dat niemand anders zich zou kunnen veroorloven, maar dat zijn natuurlijke gezag alleen maar onderstreepte en hem slechts van het hoofd getrokken werd door de leukste meisjes van de school, die zijn pet even op wilden.

Was deze jurk van Wendela geweest? Had ze die als meisje van acht, negen gedragen?

Wat maakte het uit?

Hij keek weer uit het raam en staarde nietsziend het grasveld over.

❧

'Wat idioot!' riep Eva. 'Konden ze geen pyjama voor die jongen kopen!'

'Zuinigheid,' zei meneer Veere, 'ik mag dat wel. Stapels

nachthemden hadden ze natuurlijk in huis voor die vier dochters. En die waren nog goed, dus waarom zou die jongen ze niet afdragen? Hij lag niet met zijn verloofde in bed!'

'Jullie kennen die foto van mijn grootvader toch wel, opa Van Asbeck?' zei mevrouw Veere, 'waarop hij een jurkje aanheeft? Daar is hij een jaar of drie. Een prachtig jurkje met ruches en kantjes en drie laagjes rok. En nog heel lange pijpekrullen ook. Ik geloofde vroeger nooit dat hij het was, want als kind heb ik hem nog wel gekend: een kolossale man in het zwart met van die krijgshaftige snorrebaarden.'

'Ja, toen hij drie was,' zei Eva. 'Maar die jongen heeft dus zijn hele leven nachthemden van zijn zusters gedragen. Hoe oud was-ie toen hij doodgeschoten werd, Lex?'

'Bijna veertien.'

'Veertien! Ha-ha, verwijfd jongetje, hoor!'

Ze boog zich giechelend over tafel.

'Ik zie jou al in die lichtgroene pon van Carolien, Sweed, met die vlinders!'

'Maar zulk soort nachthemden waren het niet,' zei Lex. 'Het waren heel gewone witte, katoenen nachthemden. Een soort overhemden, maar dan langer. Hooggesloten en met manchetten op de pols. Ik geloof dat mannen in die tijd ook zulke nachthemden droegen. Er zal wel verschil geweest zijn natuurlijk, maar niet zo'n groot verschil.'

'Hm,' zei Eva teleurgesteld. 'Hoe weet je dat eigenlijk?'

'Van de foto's. Er zijn ontzettend veel foto's overgebleven van de hele familie. Fotograferen was hun hobby. Daar zijn ook foto's bij van Aleksej op bed. En daar zie je die nachthemden. Ik ken d'r een, daar zit een randje van kant langs of zoiets, daar kun je duidelijk zien dat het een meisjeshemd is.'

'Ik vind het toch zo leuk dat je je daar zo in verdiept,' zei mevrouw Veere.

'Hij is gek,' zei Sweder.

'Nou, maar als ik hem was, had ik gezegd: ik ben nu

haast veertien, koop nu maar 's een gewone pyjama voor me,' bleef Eva, die net dertien was, de mannelijke waardigheid verdedigen.

'Zo vreselijk is het toch niet...' zei Lex.

'O, zou jij het doen? De nachtpon van je zus aantrekken? Ook overdag als je de hele dag te kijk lag op bed? En ze maakten foto's van je?'

'Nou ja, in die tijd...'

'In die tijd was dat heel anders,' zei mevrouw Veere.

'Toen hadden kinderen ook nog niet zo'n grote mond,' zei meneer Veere weemoedig. 'Zelfs de kinderen van de tsaar niet.'

'Dan ben je blij dat je eindelijk een jongen hebt,' zei Eva, 'en dan moet-ie meisjeskleren aan!'

Na de maaltijd, later op de avond, toen hij naar huis wilde gaan, was het zo hevig begonnen te ijzelen als je zelden meemaakte. Sweder ging voor de grap met zijn zusjes naar buiten en smakte al op het oprijpad op zijn gezicht. Carolien trok zich langs het hek voort. Eva lag gierend van het lachen op de laan voor het huis en kon niet meer overeind komen.

Hij had het vanuit het voordeurportiek gadegeslagen.

'Zo kun je niet naar huis,' zei mevrouw Veere. 'En wij kunnen je niet met de auto brengen. Bel je moeder maar dat je hier blijft slapen. Op de logeerkamer is nu geen bed opgemaakt, maar op Wendela's kamer wel. Dan neem je dat maar.'

Wendela studeerde toen al in Leiden.

Zo kwam het dat hij laat op de avond nog op Sweders kamer zat te praten, toen Eva binnenkwam, in pyjama, met een stapeltje pastelkleurig textiel bij zich.

'Omdat je nu zo onverwachts blijft slapen, heb je natuurlijk geen nachtkleding bij je,' begon ze zoetsappig.

Sweder en hij schoten in de lach.

'Dus je mag kiezen,' zei Eva, glunderend om haar succes. 'Hier hebben we een lila creatie van mij, beetje klein misschien, maar wel heel charmant. Deze lichtgroene met floddertjes is van Carolien. Let op het leuke vlindermotief. En deze elegante witte... nee, crèmekleurige... is van Wendy. Kijk eens wat een geraffineerde schouderbandjes. Zou je heel goed staan.'

Ze drapeerde de drie nachtjaponnen over het bed.

'Mag ik ook voor mijn eigen T-shirt en onderbroek kiezen?'

'Nee, dat is niet fris, slapen in je ondergoed. Een van deze drie.'

'Dan de geraffineerde schouderbandjes maar.'

Eva legde de nachtpon naast hem neer.

'Ik zou wel even willen zien hoe het staat,' zei ze lacherig.

'Ja, hij gaat d'r een travestietenshow van maken!' zei Sweder.

'Wat is dat?' vroeg Eva.

'Donder nu op!' riep Sweder 'Als je Lex wilt versieren, doe je dat maar in je eigen tijd. We zijn hier met grote-mensenzaken bezig. Je stoort.'

Eva legde de overige twee nachtjaponnen over haar arm en liep naar de deur.

'Denk erom dat je hem aandoet, hè?' zei ze nog tegen Lex. 'Want ik kom het controleren.'

Later lag hij op zijn rug op het bed met de leeuwepoten en tuurde naar Wendela's posters aan de muur, die niet meer dan vage vlekken in het duister waren. Hij kon absoluut niet slapen. Nooit eerder was hij in Wendela's kamer geweest en nu lag hij opeens in haar bed, tussen haar lakens, en zag wat zij zag als ze in het donker lag rond te kijken.

Hij stond op, liep naar het raam en schoof het gordijn opzij. Vanuit deze kamer keek je schuin op het lege zwembad met de dolfijnen, waar Wendela hem vorig jaar op de duikplank had zien staan. Je kon van hieraf de dofglanzende ijzel zien, die zich afgezet had op de wanden, de rand en de stenen dolfijnen rondom. Hij schoof de gordijnen naar beide kanten weg, zodat het maanlicht naar binnen kon vallen, en ging in de vensterbank zitten. 'Ooit een normaal mens ontmoet?' viel nu duidelijk te lezen op de muur en in het midden van de kamer draaide een mobile aan een draad rond door de luchtbeweging die hij veroorzaakt had: engeltjes – duiveltjes – engeltjes – duiveltjes. Sliep Wendela nu al op haar studentenkamer? Wat zou ze ervan vinden als ze hoorde dat hij een nacht in haar bed had geslapen?

Hij keek naar de nachtpon die over een stoel lag, pakte hem op, liep ermee naar een grote, gebarsten spiegel waarvan de lijst gevormd werd door twee met de halzen in elkaar verstrengelde zwanen en hield hem voor zijn lijf. Toen trok hij zijn T-shirt uit en zijn onderbroek en liet het ding over zijn hoofd glijden. Het was een witte, satijnachtige jurk, laag uitgesneden en met op elke schouder drie spaghettibandjes, die bovenop door een lipje werden samengehouden. Hij staarde naar zijn spiegelbeeld in het maanlicht: naar zijn jongensschouders in Wendela's nachtpon, naar de loze plooitjes die de figuurnaden naast de oksel veroorzaakten, naar de wel bijzonder onvrouwelijke bobbel onder de heuplijn die zich hoe langer hoe sterker prononceerde, totdat het witte satijn in een strakke punt naar voren stond. Hij ging op bed liggen, sloeg de armen om zichzelf heen en duwde zijn lid tegen de matras. Hij streelde met beide handen over zijn satijnen heupen en probeerde zijn geslacht niet te beroeren en de matras het werk te laten doen. De angst de nachtpon te bevlekken bracht hem er nog wel toe zijn T-shirt van de stoel te grissen en om zijn lid te draperen, maar uiteindelijk raakte hij zo opgewonden en verward door de gladde stof op zijn huid dat hij niet meer wist wie hier eigenlijk in bed lag: hijzelf, Wendela of zij beiden, samengeperst in een dwangbuis van satijn.

Later, opnieuw naar Miro, Michelangelo en De Kooning bij maanlicht kijkend, wilde hij de nachtjapon uittrekken – stel dat er morgenochtend iemand binnenkwam – maar hij deed het niet. Wendela's satijnen huid gleed bij de kleinste beweging zo soepel om hem heen dat hij het gevoel had of hij zwom, of hij door water gleed. En terwijl hij langzaam aan in slaap viel, voelde hij zich een paar minuten zo gelukkig in haar bed, in haar huis, in de schoot van haar familie, zo loom en tevreden, dat de nachtjapon een betoverd omhulsel leek, een cocon van zaligheid. Hij zonk niet weg in slaap, hij steeg op. Zijn bed rende op leeuwepoten over de wolken, zoals het hutje van Baba Jaga door de bossen, sneller nog en verder weg en hij liet zich meevoeren, willoos, in volle overgave, onbezorgd in Wendela's nachtjapon.

❧

Het was zo eigenaardig om hier, in deze tuin, opnieuw en zelfs 'in opdracht' met de geschiedenis van de Romanovs bezig te zijn dat hij soms aan zijn leestafeltje onder de boom een half uur lang zijn tijd zat te verdoen met denken aan hoe eigenaardig het was.

Van zijn zeventiende tot zijn vijfentwintigste had hij alles over de laatste tsarenfamilie verzameld wat hij maar te pakken kon krijgen en na zijn afstuderen had hij besloten er definitief een punt achter te zetten. Daar had hij zich ook aan gehouden. Zijn boeken had hij in het ouderlijk huis opgeslagen, hij had er niets nieuws meer bijgekocht en zich op andere zaken gericht. Toen de ironie van het lot wilde dat er een jaar na die beslissing in de krant stond dat de skeletten van de tsaar en zijn gezin eindelijk, vijfenzeventig jaar na de executie, gevonden waren in een bos nabij Jekaterinenburg, hadden de tranen nog wel achter zijn ogen gebrand, en het feit dat er in het graf twee lichamen ontbraken, had nog een kort gevoel van triomf doen opvlammen – eindelijk gerechtigheid voor Anna Anderson! – maar wat overheerste was weemoed. Hij was een minnaar die na jaren verneemt naar welke bestemming de geliefde, die hij allang niet meer zoekt, is afgereisd. De nieuwe publikaties over de zaak had hij niet gelezen.

Intussen was door DNA-onderzoek vast komen te staan dat het inderdaad de Romanovs betrof, dat Anna Anderson, van wie nog oude bloedmonsters beschikbaar waren, een bedriegster in plaats van Anastasia geweest was, en had het feit dat aan de gevonden skeletten niet alleen een der tsarendochters ontbrak, maar ook de troonopvolger, tot druk gewroet in allerhande archieven, brieven en memoires geleid – hoe verstopter, verbodener en geheimer, hoe liever. Als die skeletten niet alsnog opdoken, zou je eens zien hoeveel Aleksej's en Maria's of Tatjana's er de komende jaren boven water kwamen; als honderdjarige of gereconstrueerd uit getuigenissen en foto's.

De achterflap van Edvard Radzinsky's boek *The Last Tsar** lokte in ieder geval al met de tekst dat hier 'astonishing new evidence suggesting the survival of two family members' geboden werd, en aan dit 'astonishing new evidence' was hij nu net toe.

De historicus Radzinsky laat in dit gedeelte van het boek zijn wetenschappelijke pretenties varen door een mysterieus persoon ten tonele te voeren, een naamloze, oude man die verschillende malen ten huize van de schrijver opzienbarende theorieën komt ontvouwen. Deze oude man, grondig kenner van alle beschikbare, tegenstrijdige rapporten over de executie van de tsarenfamilie en over wat er na de executie met de lichamen is gebeurd, en al zijn leven lang bezig de stukjes van de legpuzzel in elkaar te passen, doet hem de suggestie aan de hand waarmee de achterflap de lezer lekker maakt.

* Edvard Radzinsky, *The Last Tsar – Life and death of Nicholas II*. Arow Books, London 1993.

Jakov Michailovitsj Joerovski, commandant van het Ipatjevhuis, had alle voorzorgsmaatregelen binnenshuis getroffen en de dag tevoren reeds vastgesteld wie op wie moest schieten. Hijzelf op de tsaar, zijn assistent Grigori Nikoelin op de tsarevitsj, de tsjekist Pavel Medvedev op de tsarina enzovoort. Twee soldaten moesten op het laatste moment vervangen worden: ze weigerden op de hun toebedeelde grootvorstinnen te schieten. Geen nood, degenen die dat wel wilden stonden in de rij, Joerovski had ze voor het uitkiezen. Wat de voorbereidingen buitenshuis betrof werd de commandant geassisteerd door Peter Zacharovitsj Jermakov, hoofd van de plaatselijke sovjet, die zou zorgen voor het transport van de lijken en voor een groep mannen die 's nachts in het bos zou helpen bij een snelle, efficiënte vernietiging van de vracht. Jermakov zou eveneens bij de executie aanwezig zijn.

Beide mannen hebben een rapport over de bewuste nacht nagelaten. Beiden zijn revolutionairen van het eerste uur, die hun sporen verdiend hebben en trots zijn het nieuwe Rusland te mogen dienen door de bloeddorstige tiran die het geknecht heeft uit de weg te ruimen, maar daar houdt de overeenkomst dan ook op. Joerovski's verslag is kil maar precies; hij vermeldt gewetensvol alle relevante details, de exacte tijden, beschrijft helder de gebeurtenissen, beperkt zijn onverholen trots op zijn rol in de vaderlandse geschiedenis tot zijn schot op de tsaar, die onmiddellijk dood was, en geeft een nuchter verslag van het opruimen van de kamer en het inladen van de vrachtwagen. Jermakovs rapport daarentegen hangt van de verzinsels, onnauwkeurigheden en opschepperijen aan elkaar. Hij noemt tijden die er wel twee uur naast zitten, geeft details die niemand naderhand bevestigt en kent zichzelf de leidende rol in de executie toe, met als voornaamste wapenfeit dat hij zowel de tsaar als de tsarina, de kroonprins en Tatjana omgelegd heeft. Over die laatste drie heeft hij het later niet zo vaak meer, maar de hoogste eer, het neerschieten van de tsaar, laat hij zich niet ontnemen. De rest van zijn leven bazuint hij zijn aandeel in de zaak overal rond en laat protserige memoires verschijnen. Dat hij, notoir drinker, op de nacht van de executie met een aardig geldsommetje op zak en in de euforie van de komende gebeurtenissen straalbezopen was, staat daar niet in.

Joerovski, later gezien als de betrouwbaarste figuur, schrijft ook zijn memoires en laat zich ook op zijn daden voorstaan, maar... valt Jermakov niet openlijk af. Waarom niet? Ze waren geen oude kameraden van elkaar, ze lagen elkaar ten tijde van de samenwerking zelfs helemaal niet. Vanwaar dan Joerovski's omzichtigheid?

Radzinsky's geheimzinnige gast, die Jermakov van nabij gekend heeft, zoekt de verklaring in de nachtelijke tocht naar de verlaten mijn, waarin de lijken gedumpt werden, en samen met Radzinsky pluist hij die tocht tot in detail uit.

Om drie uur in de nacht van 16 op 17 juli 1918 gaan de hekken van het Ipatjevhuis open en komt een vrachtwagen naar buiten. Aan het stuur Sergej Ivanovitsj Ljoekjanov, naast hem commandant Joerovski, in de laadbak commissaris Jermakov, die geholpen heeft bij het inladen en met zeildoek bedekken van de vracht, er daarna niet goed meer uit kon komen en daarom maar is blijven zitten, samen met wat soldaten van de Rode Garde. De wagen rijdt Jekaterinenburg uit, slaat vervolgens een bospad in, richting dorp Koptjaki, kruist de spoorbaan naar Perm, hobbelt en bonkt een paar werst verder, min of meer parallel aan de spoorbaan, waarna het zandpad in drabbige moerasgrond verandert, zodat het zware gevaarte al gauw in de modder blijft steken. Uit alle macht probeert Ljoekjanov zijn vehikel los te krijgen, waardoor de motor echter oververhit raakt. Maar het had erger gekund: vlakbij ligt een seinhuisje langs de spoorbaan, waar water te halen valt en wellicht ook planken voor onder de wielen. Iedereen stapt uit. Jermakov – door het gehutsel in de laadbak wat ontnuchterd – realiseert zich dat de mannen die een eind verderop langs de route staan te wachten (op de plaats waar de vrachtwagen het bos in moet), niet zullen weten waar ze blijven. Ze zijn toch al te laat uit Jekaterinenburg vertrokken. Samen met Joerovski loopt hij een eind het zandpad af in de hoop hen al te zien staan.

Chauffeur Ljoekjanov loopt naar het seinwachtershuisje. De soldaten van de Rode Garde blijven bij de vrachtwagen achter. Ljoekjanov bonst op de deur en er verschijnt een kwaaie, oude vrouw die hem de huid begint vol te schelden, maar toch aan het water pompen slaat als ze allemaal soldaten om een vrachtwagen heen ziet lopen. Met een emmer water loopt Ljoekjanov naar de vrachtwagen terug en... (hier slaat Radzinsky's gast aanstekelijk aan het speculeren) ...betrapt de soldaten als ze bezig zijn twee lichamen onder het zeildoek weg te halen. Wie deze soldaten waren is niet bekend. Jonge jongens in ieder geval. Waarschijnlijk geen leden van het executiepeloton en daarom misschien wat minder streng geselecteerd. Ze hadden gekreun gehoord en waren gaan kijken. Niet dat ze geen goede revolutionairen waren, hoor, en als het de tsaar zelf geweest was of die Duitse slet van hem, dan hadden ze die gewoon laten liggen, maar het was een van de meisjes. En de jongen, die toch nog maar een kind was.

Een aanwijzing voor het feit dat het zo gegaan is, vindt Radzinsky's gast onder andere in de verdere levensloop van Ljoekjanov. In de jaren vijftig is hij de voormalig chauffeur op het spoor gekomen en heeft hem opgezocht. Een zwijgzame, stugge, oude man die niets losliet. Hij leefde in grote armoede, wat verwonderlijk was, want als held van de revolutie zou hij toch voor een staatspensioen in aanmerking moeten komen. Nader onderzoek, waaronder gesprekken met Ljoekjanovs zoon, leerde dat de ex-vrachtwagenchauffeur al snel na die historische nacht door zijn vrouw Augusta verlaten was en uiteindelijk ook officieel van haar gescheiden. Waarom het huwelijk stukliep, wist de zoon niet te zeggen; zijn ouders hadden een groot conflict gehad over de aard waarvan ze echter geen van beiden met de kinderen spraken. Wel bevestigde de zoon wat al uit andere bronnen bekend was: zijn moeder, Augusta, was een fanatiek revolutionaire geweest, een ideologisch atheïste bovendien, veel feller en rechter in de leer dan haar man, die na de scheiding zijn band met de partij verloor en van stad naar stad verhuisde, de hele Oeral door, alsof hij op de vlucht was.

Wat heeft Ljoekjanov niet voor zich kunnen houden na die nacht, vraagt Radzinsky's gast zich af, en uiteindelijk aan zijn vrouw verteld? Iets wat hij beter niet had kunnen zeggen waarschijnlijk. Hem verraden wilde ze niet, maar verder leven met een zwakkeling die oogluikend de ontsnapping van dat verachtelijke tsarengebroed had toegelaten, ging ook niet meer.

Terug naar de vrachtwagen. Als Jermakov en Joerovski terugkeren is hij al met behulp van planken uit de modder gereden en even later hobbelt hij weer verder richting Koptjaki. Na nog een paar werst rijden – het wordt al licht – stuit men inderdaad op de groep van Jermakov. Zo'n vijfentwintig man, sommigen te paard, anderen met handkarren, de meesten dronken, storten zich op de laadbak. Er ontstaat geschreeuw en een handgemeen als blijkt dat zich daarin slechts lijken bevinden. Zij hadden de tsaar en zijn familie levend aangevoerd willen zien, om hun dat leven vervolgens eigenhandig te ontnemen en beslist niet met een enkel schot. Bovendien had Jermakov hun toch de groothertoginnen beloofd!

'Een pijnlijke situatie,' staat er in het rapport van Joerovski. Maar één ding moet voor hem en voor Jermakov nog pijnlijker zijn: er zijn slechts negen lijken; vijf van de tsarenfamilie, vier van hun volgelingen.

Intussen, eenmaal voor een voldongen feit gesteld, begint de groep de lijken de kleren van het lijf te scheuren, en 'hier ontdekten we,' schrijft Joerovski, 'dat Tatjana, Olga en Anastasia een vreemd soort korsetten droegen.' (Waarom noemt hij Maria niet? Ondenkbaar haast dat die niet zo'n korset zou dragen, OTMA deed alles gezamenlijk. Een slip of the pen? Maar er moet hem toch alles aan gelegen zijn de indruk te bewaren dat er vier meisjes aanwezig waren?) In ieder geval zetten die korsetten de commandant aan het denken en hij beslist dat de lichamen geheel ontkleed in de mijn gegooid moeten worden. Maar dat ontkleden moet híer voorkomen worden! Met waarschuwingsschoten weet hij de verhitte groep tot bedaren te brengen en zover te krijgen dat ze de lichamen op de beschikbare karrenladen om ze door het bos naar de mijn te brengen. Er zijn echter te weinig karren, en die er zijn, blijken zo gammel dat ze onder de last bezwijken. Daarom laat Joerovski de lijken maar weer in de vrachtwagen gooien, die Ljoekjanov vervolgens zo goed en kwaad als het gaat tussen de bomen door laveert, totdat hij definitief klem komt te zitten en niet meer voor- of achteruit kan.

De lichamen worden weer uitgeladen en op de restanten van karretjes en op inderhaast van takken in elkaar geflanste brancards gelegd. De mijn kan niet ver meer zijn. Probleem is echter dat Jermakov noch zijn makkers meer precies weten welke kant hij op ligt. Joerovski last een rustpauze in en stuurt er een paar soldaten op uit om het bos te verkennen. Het is zeven uur in de ochtend, men wordt moe, de groep 'helpers' slinkt al en dat zal Joerovski niet slecht uitgekomen zijn. Hoe minder aasgieren er straks bij het ontkleden aanwezig zijn, hoe beter. Ten slotte komen de soldaten terug en kan men zich verder op weg begeven.

Bij de mijn aangekomen, die slechts acht voet diep blijkt te zijn, met een laag water erin, geeft de commandant orders een vuur te maken om alle kleren te verbranden. Als men de lichamen op de grond legt en ze begint te ontkleden, schittert er iets door een kogelgat in het korset van een van de meisjes. Joerovski neemt onmiddellijk maatregelen: de hele troep mannen wordt weggestuurd, op vijf na. Een paar soldaten van de Rode Garde worden in de rondte opgesteld om ongewenste hulpvaardigheid af te straffen.

Er komt achttien pond diamanten uit de korsetten te voorschijn, vermeldt Joerovski in zijn rapport – wat dus wil zeggen dat hij achttien pond in Moskou heeft ingeleverd; hoeveel het werkelijk was, zal niemand ooit weten. In ieder geval is nu duidelijk waarom de meisjes zo moeilijk dood te krijgen waren. De kogels zijn op hun diamanten pantsers afgeketst. Alexandra Fjodorovna, de tsarina, draagt niet zo'n korset, maar wel een linnen ceintuur rond het middel gevuld met talloze aan elkaar genaaide parelcolliers. De tsarina en haar dochters hebben bovendien allen een medaillon met de beeltenis van Raspoetin om de hals. Dat Aleksej ook zo'n medaillon gedragen zou hebben, vermeldt Joerovski niet en dat is opmerkelijk, volgens Radzinsky's naamloze gast. Zou Alix uitgerekend haar kwetsbare zoon zonder de beeltenis van de heilige man hebben laten lopen? Vast niet. Waarom maakt Joerovski er dan geen melding van? Omdat Aleksej ontbrak. En nog iets: waarom heeft Joerovski, voor de revolutie fotograaf van beroep, geen foto van de lijken gemaakt, zoals ze daar in het vroege ochtendlicht op de bosgrond lagen, tot zijn eigen eer en glorie? Er was een camera in het Ipatjevhuis, dat is bekend, een door Maria uit Tobolsk meegebrachte, maar direct in beslag genomen camera. Was een foto waarop twee lijken ontbraken hem te link?

Nadat alle kostbaarheden in zakken zijn gestopt, worden de kleren verbrand en de lichamen in de mijn gegooid met een paar handgranaten erachteraan. Joerovski heeft er honger van gekregen en eet, voordat de aftocht geblazen wordt, zittend op een boomstronk drie hardgekookte eieren; de dag tevoren hadden kloosterzusters, met speciale toestemming om de herstellende tsarevitsj aansterkend voedsel te bezorgen, eieren bij het Ipatjevhuis afgeleverd.

De volgende dag, of liever gezegd: later op de dag, is Joerovski allesbehalve tevreden over de laatste rustplaats van de tiran en de zijnen. Er wordt al volop gekletst in

Jekaterinenburg, de mannen van Jermakov hebben hun mond niet kunnen houden. Als de Witten straks de stad veroveren – waar het wel naar uitziet – hebben ze de mijn zo gevonden en tot bedevaartsplaats uitgeroepen en zal de hele wereld de broodnodige daad van revolutionaire gerechtigheid als gruwelexempel van het nieuwe regime gepresenteerd krijgen!

Jermakov en Joerovski, tot elkaar veroordeeld, rijden die dag rond om een betere plek te zoeken en vinden die in een andere, veel diepere mijn, op ongeveer tien werst afstand van de eerste. Daarin staat ook een diepere laag water, zodat men de lijken, met stenen verzwaard, veiliger kwijt zal zijn.

In de nacht van 17 juli hobbelt er opnieuw een vrachtwagen door de kuilen van het zandpad naar het dorp Koptjaki, ditmaal met slechts een klein aantal mannen. Als ze aankomen bij de mijn waar de lichamen in liggen, wordt een ex-zeeman, met name Vaganov, aan een touw en bijgelicht door lantaarns naar beneden gelaten. Hem valt de eer te beurt de lijken een voor een aan het touw te binden, waarna ze door de mannen boven opgehesen worden en op karren gelegd. Als de klus geklaard is en de mijn weer leeg – zoals later zal blijken op een afgereten vinger, een dood hondje, het kunstgebit van Botkin en wat haarspelden na – knoopt Vaganov zichzelf aan het touw vast en wordt naar boven getrokken.

Het heeft lang geduurd, het wordt al licht en nu moeten ze de karren nog een eind door het bos duwen om hun last in de vrachtwagen te laden en vervolgens het hele eind naar de andere mijn afleggen. Helaas, de meegebrachte karren blijken van al net zulke belabberde kwaliteit als die van de nacht daarvoor, ze bezwijken en vallen uit elkaar, en voordat er andere karren opgehaald zijn, verstrijken er vele uren – uren waarin Joerovski wel geslapen zal hebben, al vermeldt hij dat niet.

's Middags liggen de lichamen uiteindelijk opnieuw in de vrachtwagen en zet men de tocht voort naar het noordwesten. Maar het schiet niet erg op. Het pad, normaal gesproken alleen gebruikt door houthakkers of boeren met karren, is modderig en slecht begaanbaar, de vrachtwagen zwaar, en de dag gaat heen met het uitleggen van planken over de volgelopen kuilen en moerassige stukken om het gevaarte eroverheen te krijgen. Tevergeefs ten slotte. Laat in de avond blijft de truck definitief in de modder steken, en ze zijn nog lang niet in de buurt van de andere mijn. Er zit weinig anders op dan de lijken ter plekke te begraven.

Joerovski wil het risico van identificatie echter zo klein mogelijk houden; de lichamen zijn wel zwaar verminkt, maar toch nog herkenbaar en het lijkt het beste ze eerst te verbranden en dan de resten te begraven. Speciaal voor dat doel is een flinke hoeveelheid paraffine meegenomen én een kameraad die toegezegd heeft dat klusje te zullen klaren. Die laatste is echter plotseling spoorloos tussen de bomen verdwenen en laat zich niet meer zien, zodat het overgebleven groepje het werk zelf ter hand moet nemen.

'We wilden Aleksej en Alexandra Fjodorovna verbranden,' schrijft Joerovski – in het hele rapport uiteraard uitgaande van het volledige aantal lijken – 'maar we vergisten ons en verbrandden Aleksej en de hofdame. We begroeven hun resten, verspreidden het vuur en groeven intussen een ander graf voor de overigen.'

Was het verbranden niet zo bevallen? In elk geval was men, wat het verhinderen van eventuele identificatie betreft, niet voor één gat gevangen: er stond een flinke jerrycan zwavelzuur in de vrachtwagen, die, toen het graf (zes voet diep, acht voet breed) tegen de ochtend gereed was en de overige negen (Joerovski's telling) erin gegooid waren, over de lijken uitgegoten werd. Bovendien werd zo het opgraven door dieren tegengegaan en werden de neuzen van verdwaalde boeren of bosbouwers niet geprikkeld ; het was tenslotte niet zo'n diep graf. Daarna werd de kuil dichtgegooid, aangestampt en goed gecamoufleerd. Zo was op 18 juli de zaak eindelijk afgedaan. En afdoende: de Witten, die enkele dagen later inderdaad Jekaterinenburg binnenvielen, hebben de plek nooit gevonden.

Goed, volgens Radzinsky en zijn mysterieuze gast klopt dit laatste deel van het verslag van geen kant. Waarom twee lijken afzonderlijk verbranden en de rest niet? En waarom Aleksej en zijn moeder, en niet de tsaar zelf? En waarom, als het verbranden van die twee afzonderlijke lijken dan toch een feit zou zijn, voor de overblijfselen een apart graf gedolven in plaats van ze gewoon in de kuil bij de anderen te gooien? Hadden ze niet genoeg te graven die nacht?

Dat de verkeerde vrouwspersoon verbrand zou zijn, is op zichzelf niet onwaarschijnlijk. Weliswaar leken de tsarina en haar hofdame Anna Demidova qua gezicht noch lichaamsbouw op elkaar, maar wat viel er, na alles wat er met de lichamen was gebeurd, nog op elkaar te lijken? Bovendien waren de mannen afgemat en waarschijnlijk weer of nog steeds dronken. Alleen: het was noch Anna Demidova noch de tsarina! Want de skeletten van beide vrouwen werden vijfenzeventig jaar later in het massagraf gevonden en door middel van DNA-onderzoek geïdentificeerd, terwijl de botten van de zogenaamd verbrande lichamen, na jaren zoeken, nergens in de omgeving zijn aangetroffen. Vergaan? Volgens deskundigen verkoolt een met paraffine verbrand lijk slechts gedeeltelijk en beslist niet tot as; de skeletten zouden juist beter geconserveerd hebben moeten blijven dan de door zwavelzuur aangetaste.

Waarom dist Joerovski dat verbrandingsverhaal dan op? Om zich in te dekken tegen het ontbreken van twee personen, in geval het massagraf toch ontdekt zou worden! En waarom dan die twee genoemd? Omdat Joerovski moeilijk om de tsarevitsj heen kon: diens onvolgroeide skelet zou herkenbaar moeten zijn tussen dat van de anderen en het zou dus meteen opvallen als het ontbrak, maar van de ontkomen groothertogin kon hij gemakkelijk de hofdame maken; die was in lengte ongeveer gelijk aan de meisjes, en haar aan- of afwezigheid in het graf deed er minder toe.

Lex stond op, ging in de keuken een sinaasappel schillen en overdacht de theorie die Radzinsky zijn Russische Sherlock Holmes in de mond gelegd had. Een aardige theorie. Niet nieuw – veel ontsnappingsscenario's die in de loop van de eeuw geschreven waren, gingen uit van een redding uit de vrachtwagen – maar wel doordacht, mooi de vinger gelegd op de zwakheden in het rapport en met als ijzersterk detail het – hem onbekende – verhaal over chauffeur Ljoekjanov en zijn huwelijksproblemen. En als je nu maar wilde aannemen dat het mogelijk was dat twee kinderen, onder wie het breekbaarste poppetje van allen, de kogels hadden overleefd, de bajonetsteken, de slagen met geweerkolven tegen het hoofd, het op een hoop gegooid worden in de vrachtwagen, het gebonk en gehobbel in de laadbak... dan bood zo'n theorie aardig wat perspectief.

Hij ging weer buiten aan zijn leestafeltje zitten, stak een sigaret op en las verder. O, wacht even, we waren er nog niet. Radzinsky had nog meer ijzers in het vuur.

Niet lang na de bezoeken van zijn mysterieuze gast ontvangt Radzinsky een brief van een vrouwelijke psychiater, dr D. Kaufmann, die iets opmerkelijks te melden heeft.

In de winter van 1948, schrijft zij, werd in het psychiatrisch hospitaal van Petrozawodsk, waar zij als jong psychiater werkte, een man in zwaar psychotische toestand binnengebracht. Het was een gevangene uit een nabijgelegen strafkamp, een man die reeds vele jaren in het kamp verbleef, nooit eerder een psychische stoornis vertoond had, maar na een conflict – hij had getracht een medegevangene voor stokslagen te behoeden en het daardoor zelf met de bewakers aan de stok gekregen – volslagen onhandelbaar geworden was. Hij sloeg wartaal uit, maaide met zijn armen, wist niet meer waar hij was en was daarom ter observatie naar de kliniek overgebracht. Daar sloot men hem op, liet hem uitrazen en tot zichzelf komen en na een paar dagen was er van de psychose niets meer over.

Dr Kaufmann ging zich met hem bemoeien en trof een rustige, meegaande veertiger aan wiens documenten 1904 als geboortejaar vermeldden. De man maakte een vriendelijke, beschaafde indruk en bleek helder van geest. Hij was lang, mager, liep wat gebogen en moeizaam, met hangende schouders. Hij had een lang, bleek gezicht, blauwgrijze ogen, was kalend vanaf het voorhoofd; zijn overgebleven haar was kastanjekleurig met grijs. Zijn hele manier van doen toonde de ingeslepen sporen van een aristocratische opvoeding van voor 1917. Zijn naam was Filip Grigorovitsj Semjonov.

Semjonov!

Lex keek op uit het boek. Zijn moeders meisjesnaam was Semjonov. Niet dat ze die ooit gebruikte; ze had nooit anders dan de achternaam van haar pleegouders gebezigd, maar het stond nog voor in het boek met Russische sprookjes dat hij als kind gelezen had. 'Anja Semjonova', geschreven in het handschrift van een volwassene, waarschijnlijk haar pleegmoeder, de vrouw die hij nu oma noemde. Het boek dateerde uit de periode dat er van adoptie nog geen sprake was, en boek zowel als naam getuigde van de intentie het Russische meisje niet geheel van haar wortels los te scheuren. Die poging was echter al snel gestrand, niet in de laatste plaats omdat zijn moeder zelf altijd weinig interesse voor haar land van herkomst had getoond en zich als een aanhankelijk poesje in de schoot van haar nieuwe familie had genesteld.

Het was niet eens bekend of Semjonov nu de naam van zijn grootvader of grootmoeder geweest was. Over de vader was niets bekend toen zijn moeder als vierjarige in Nederland arriveerde, men had alleen met de moeder contact. Was hij dood? Weggelopen? Gedeporteerd? Altijd onbekend geweest soms? Niemand die het wist. Overigens was Semjonov vast een doodgewone Russische naam, tienduizenden mensen heetten waarschijnlijk zo.

Tussen patiënt Semjonov en haarzelf ontstond een vertrouwensband, schrijft psychiater Kaufmann, en op zekere dag vertelde hij haar, nuchter en zonder waarneembaar spoor van fantasterij, dat hij de zoon van de laatste tsaar was. Ontsnapt aan het bloedbad van 1918 doordat hij door 'iemand' tussen een stapel lijken vandaan was getrokken en verpleegd, uiteindelijk mee naar Sint-Petersburg genomen, dat toen Petrograd heette, waar hij een tijd als cavalerist in het Rode Leger had gediend. Daarna was hij economie gaan studeren in Bakoe, getrouwd met een vrouw die Asja heette en in Centraal-Azië als econoom tewerkgesteld, totdat Stalin onwelgevallige activiteiten hem, zoals zovelen, in het strafkamp hadden doen belanden, waar hij tot op de huidige dag zat. Naar zijn zeggen wisten enkele vertrouwelingen in het kamp wie hij was, maar hij sprak zelden over zijn ware identiteit: die kon hem alleen maar in moeilijkheden brengen. In feite was hij al in moeilijkheden, want de voormalige Oeral-Sovjetleider Beloborodov, die in 1918 verantwoordelijk was geweest voor de executie in het Ipatjevhuis, had lucht gekregen van zijn redding en was hem op het spoor. Beloborodov was een schrikbeeld voor hem.

Kaufmann nam hem serieus, te meer daar duidelijk geworden was dat haar patiënt aan hemofilie leed en het inmiddels onder artsen wel bekend was dat de troonopvolger lijder aan die destijds zorgvuldig verborgen gehouden ziekte geweest was. Ondanks het feit dat zijn psychose allang voorbij was, hield ze hem in de kliniek en stelde hem na een paar maanden voor aan een zeer bekende, oudere psychiater uit Leningrad, die de kliniek bezocht: professor S.I. Gendelevitsj. Deze ondervroeg Semjonov urenlang over de keizerlijke familie, hun gewoonten, verjaardagen, familierelaties, het interieur van het Winterpaleis, de ceremonies en riten... kortom, allerlei zaken waar de artsen in Petrozawodsk geen benul van hadden, maar waar deze Gendelevitsj van op de hoogte was. Semjonov beantwoordde alle vragen. Hij wist nog precies hoe de kamers eruitgezien hadden, wat er aan de muur hing, wat er gegeten werd, wie zijn tantes, neefs en achternichtjes geweest waren, hoe de bedienden heetten en wat hun bijnamen waren. Hij herinnerde zich de keren met zijn vader aan het front, welke generaals hij daar ontmoet had, hoe zijn treincoupé eruitzag en nog een heleboel zaken meer die Gendelevitsj ook allemaal niet wist, maar die Semjonov uit zichzelf aanvulde, bescheiden, niet uit lust te epateren, maar vanuit een behoefte aan exactheid.

Uiteindelijk vroeg Gendelevitsj dr Kaufmann de kamer te verlaten, omdat hij de patiënt op een bepaald punt nader wilde onderzoeken. Bij terugkomst trof zij haar beroemde collega, inmiddels alleen, verbijsterd aan: patiënt Semjonov bleek een niet-ingedaalde teelbal te hebben, hetzelfde euvel waaraan troonopvolger Aleksej, blijkens een bewaard gebleven medisch rapport, geleden had.

De staf van de kliniek besloot na rijp beraad en in overleg met de patiënt zelf om deze Semjonov de diagnose 'chronische paranoia' te geven, waardoor hij in een lichtere, psychiatrische afdeling van het kamp teruggeplaatst kon worden; de beste oplossing die men in zijn belang wist te bedenken. Zou er bekendheid gegeven worden aan wat men ontdekt had, dan zou dat voor Semjonov verschrikkelijke gevolgen kunnen hebben; men schreef 1948.

Naderhand werd niets meer over Semjonov vernomen. Dr Kaufmann werd overgeplaatst en verloor het contact. Uit andere bron echter is de verklaring van een oud-gevangene uit hetzelfde kamp opgetekend. Wij hadden de zoon van de tsaar in het kamp, zegt de oude man. Iedereen wist dat hij het was. Ze vonden blijkbaar dat hij daar goed opgeborgen zat. Hij zat er al toen ik kwam en toen ik vrijgelaten werd, zat hij er nog.

Radzinsky heeft het verslag van de lieve, oude dr Kaufmann laten verifiëren door de huidige geneesheer-directeur van de psychiatrische kliniek in Petrozawodsk, V.E. Kiviniemi, die in de hospitaalarchieven gedoken is en inderdaad medisch dossier nr. 64 heeft weten op te diepen. Daarin staat in grote lijnen hetzelfde in als in de brief van dr Kaufmann, alleen van de niet-ingedaalde teelbal wordt geen melding gemaakt.

Ten slotte meldt Radzinsky dat de psychiatrische inrichting in Petrozawodsk hem een brief van patiënt Semjonov aan zijn vrouw Asja heeft toegestuurd. Een nooit verzonden brief kennelijk. Wat daarin staat, vermeldt hij niet, maar hij heeft de brief door het Russisch Instituut voor Criminologie naast de bewaard gebleven dagboekaantekeningen van Aleksej laten leggen. De grafologen van het instituut konden hem echter niet verder helpen. Het bleek onmogelijk de slordige krabbels van een twaalfjarige, die laat schrijven heeft geleerd, te vergelijken met het geoefende handschrift van een ontwikkelde veertiger.

Toegegeven, het was een prachtig verhaal dat Radzinsky hier opdiste, met die teelbal als – helaas niet officieel te boek gesteld – klapstuk. Zijn moeders naamgenoot sloeg geen slecht figuur in de lange stoet jongens en mannen die zich na 1918 als de overleefde troonopvolger gepresenteerd hadden. En als je voor het gemak nu even aannam dat het in de watten gelegde jongetje, dat na ieder simpel valpartijtje weken het bed moest houden en met de knapste artsen uit die tijd rond zijn bed nóg keer op keer op het randje van de dood zweefde, de nacht van 16 juli had overleefd en op zijn vierenveertigste in een stalinistisch werkkamp alleen 'een beetje gebogen en moeilijk liep', als je dat nu even aannam... dan vielen er nog een paar elegante subtiliteiten in het verhaal op te merken.

Die naam. Filip Grigorovitsj Semjonov. Goed, de eerste leek nogal willekeurig en viel niet een, twee, drie te duiden – kwam er in *Ivanhoe* misschien een Sir Philip voor? – maar Grigorovitsj, dat was ontroerend van helderheid. Welke vadersnaam had de jongen anders kunnen kiezen dan die van zijn geestelijke vader, de heilige die in de hemel over hem waakte en hem nu weer, zoals vroeger zo dikwijls, voor de dood behoed had: Grigori Raspoetin. De Grigori wiens beeltenis hij in een medaillon om de hals droeg, wiens ogen nog in de schemertoestand tussen waken en slapen op hem rustten, wiens bezweringen hij nog hoorde in de slapeloze uren van de nacht.

De naam Semjonov ten slotte, vast zoiets als het Russische 'Smit' of 'De Jong', vond zijn kracht in zijn algemeenheid. Onbegonnen werk om na te pluizen, de perfecte naam voor spionnen, oplichters of iedereen die een nieuw leven wilde beginnen.

'Een vrij lange man.' Zou kunnen. Nicolaas II was de kleine uitzondering in een familie van lange mannen, waarom zou Aleksej ook klein zijn? Op foto's loopt hij al behoorlijk opgeschoten voor zijn leeftijd naast zijn vader. Ook de grijsblauwe ogen en het kastanjekleurige haar kloppen.

En dan de cavalerie. Het porseleinen prinsje, altijd al gefascineerd door de hoge, trotse paarden waarvan het verre gehouden wordt. Wat doet de schelm zodra het moederlijk oog niet meer over hem waakt? Hij gaat bij de cavalerie, al is het dan die van de Rode Garde. Eén val van zijn paard en hij komt aan economie studeren niet meer toe, maar nee, hij blijkt een getalenteerd ruiter en kan ongeschonden naar Bakoe afreizen. Trouwens, wat heeft na de nacht van 16 juli 1918 een val van een paard nog te betekenen?

Lex legde het boek op tafel en leunde achterover. Mijn moeder is familie van de tsaar, zei hij bij zichzelf, en die gedachte bracht hem zo aan het lachen dat zijn rieten stoel ervan kraakte.

Zelfs toen hij een half uur later in de Volkswagen op weg was naar de supermarkt voor de maandagse boodschappen, schoot hij weer in de lach achter het stuur. Hij stelde zich voor hoe zijn familie zou reageren als ze het zouden horen en zag daarbij niet het gezicht van zijn moeder voor zich – daar was geen eer aan te behalen – maar dat van zijn grootmoeder. Dat ze ter plekke dood zou blijven, leek nog het meest waarschijnlijk.

❧

Halverwege de middag, hij had zich amper met een nieuwe blocnote aan zijn tafeltje gezet om aan het schema voor zijn boek te beginnen, ging de telefoon. Hij repte zich naar binnen.

'Ja, eh... dag Geert.'

Zijn moeder.

Het was de eerste keer dat zijn moeder hiernaartoe belde. Hoewel hij nu weer in zijn oude dorp woonde, was het wel vijf, zes weken geleden dat hij haar voor het laatst had gezien. Hij wist trouwens direct waarom ze belde.

'Dag mamma, hoe gaat het?'

'Goed, jongen, goed, hoor. En met jou?'

'Uitstekend.'

'Fijn. Mooi. En wat hebben we een mooie zomer, hè?'

'Buitengewoon.'

'Nou, we hebben niets te klagen, hoor.'

'Absoluut niet.'

'Ja... ik denk: ik bel 's... Vanwege mijn verjaardag, zie je, donderdag.'

'Dat was ik niet vergeten, hoor. Ik kom langs donderdag.'

'Fijn, jongen. Want ik word zestig, hè?'

Dat zij zestig werd, had hij zich niet gerealiseerd.

'En daarom wilde ik het eigenlijk een beetje vieren dit jaar.'

'Natuurlijk. Ik kom op de koffie. Een uur of halfelf?'

Zijn moeder viel wat ongelukkig stil. Ja, kijk, begon ze toen, oom Gert en tante Zwaan kwamen 's middags en die brachten oma mee. Het zou voor oma zo leuk zijn als ze hem nog eens zag, hè? En voor Gert en Zwaan ook natuurlijk, ze vroegen altijd naar hem. Maar hij moest het zelf weten, hoor. Als hij niet kon... als het niet uitkwam...

Nee, goed, dan kwam hij 's middags wel, zij werd niet iedere dag zestig tenslotte.

Hè, wat vond zijn moeder dat fijn! Zo gezellig, heerlijk, hoor!

Haar opluchting maakte hem een beetje beschaamd en hij vroeg snel of ze nog bijzondere wensen voor een verjaarscadeau had. Wensen? Nee, hoor, nee. Een bloeiende plant vond ze altijd leuk. Maar dat was niets bijzonders. Was er niet iets speciaals dat ze graag wilde hebben, een echt cadeau?

Het bleef even stil aan de andere kant. Dit waren moeilijke vragen voor zijn moeder.

'Nou,' zei ze toen, 'nu je het zo vraagt: gisteren brak het handdoekenrekje in de keuken opeens af. Waar ik altijd de handdoek en de theedoek aan heb hangen, weet je wel? Misschien is een nieuw han...'

'Mamma!' riep hij. 'Als u een nieuw handdoekenrekje wilt hebben, dan breng ik dat met plezier een keer mee. Maar u denkt toch niet dat ik op uw zestigste verjaardag met een handdoekenrekje aan kom zetten!'

'O, nee, nee...' zei zijn moeder geschrokken. 'Dan... dan moet je zelf maar wat bedenken, jongen. Ik vind alles leuk, hoor, gerust wel. Doe maar niet te veel moeite.'

Hij was vorige week nog langs geweest om iets van zijn kamer te halen, zei hij. Ja, dat had ze van de buurvrouw al gehoord. Geert was aan de deur, had die gezegd, en hij heeft een doos meegenomen.

'Boeken,' zei hij. 'Ik had wat van m'n oude boeken nodig, ik ben met iets speciaals bezig.'

'O?' zei zijn moeder. 'O. Ja...'

Hij proefde de vraag die ze inslikte, bang hem door nieuwsgierigheid voor het hoofd te stoten. Wilde hij haar laten weten waarmee hij bezig was, dan kon dat het beste nu meteen. Als hij het nieuwtje dat hij aan een boek meewerkte – wat in haar ogen betekende dat hij 'weer werk had' – donderdag pas vertelde, in het bijzijn van de familie, was dat zo'n ostentatief vertoon van gebrek aan contact met zijn moeder. Kennelijk niet nodig gevonden haar 'zoiets belangrijks' eerder te vertellen. Hij kon het natuurlijk helemáál niet vertellen, maar dan zat hij donderdagmiddag weer uitsluitend als werkloze op verjaarsvisite en onthield hij zijn moeder het plezier om het nieuws aan oom Gert en tante Zwaan te vertellen, die zelf twee zoons hadden, van wie de een een bloeiende snackbar dreef en de ander een drukbezochte camping.

Hij vertelde zijn moeder over het eeuwboek van Schürkenbrett, waaraan hij nu 'als assistent van de professor' zou meewerken.

'Een boek over de geschiedenis van de twintigste eeuw. Onze eeuw dus, hè, die nu bijna afgelopen is...'

Je kon niet duidelijk genoeg zijn bij zijn moeder.

Ze reageerde opgetogen. Wat leuk, wat prachtig, en was dat een vaste betrekking?

Nee, dat niet, maar zo rolde je wellicht van het een in het ander, zo moest ze het zien.

Nou, dat begreep zijn moeder. 'Wat ben ik blij voor je, jongen. En dan moet je zeker weer naar de universiteit toe?'

'Ja,' zei hij maar, omdat dat het eenvoudigst was. Aan zulke feiten hing zijn moeder nu eenmaal het hebben van werk op. Als je ergens werkte, dan moest je daarheen. Haar opgetogenheid irriteerde hem een beetje en omdat hij geen zin had nog langer bejubeld te worden om zulk opgeklopt succes, wilde hij een eind aan het gesprek maken, maar in plaats daarvan – waarom wist hij zelf niet goed, waarschijnlijk omdat het toeval dat zij juist vandaag opbelde nog steeds door zijn hoofd speelde – zei hij: 'Weet u dat ik vanochtend uw Russische meisjesnaam tegenkwam in een boek dat ik aan het lezen ben? Semjonov.'

'O,' zei zijn moeder timide.

De omschakeling in het gesprek bracht haar van haar stuk. Haar Russische afkomst was een onderwerp dat nooit meer ter sprake kwam, waar ze waarschijnlijk nooit meer aan dacht.

'Zo heet een gevangene die in dat boek beschreven wordt. Een gevangene uit een van de strafkampen van Stalin. Heropvoedingskampen bedoel ik.'

Dat was flauw, erg flauw. Kon je het zijn moeder aanrekenen dat ze haar leven lang braaf het geloof van haar pleegouders had aangehangen, stil, volgzaam, grauw musje als ze was? Als ze door Jehova's Getuigen geadopteerd was, had ze van Jehova getuigd – waarmee ze nog beter af geweest zou zijn ook: die verkondiging ging tot op de dag van vandaag gewoon door.

Zijn misplaatste sarcasme ging echter geheel aan zijn moeder voorbij.

'Ach. Hé,' zei ze.

'Wie weet familie.'

'Komt die man ook uit Rostow dan?' vroeg zijn moeder.

'Nee, nee, helemaal niet. 't Is maar een grapje. Semjonov is natuurlijk ook niet zo'n bijzondere naam in Rusland. D'r zijn meer hondjes die Fikkie heten.'

'Ja,' zei zijn moeder. 'Maar mijn vader kwam trouwens ook niet uit Rostow. Die kwam uit Leningrad.'

Een seconde stond hij paf.

'Hoe weet u dat?! U wist toch niets van uw vader?'

Zijn moeder lachte een beetje. Nee, dat was ook zo, maar kijk... toen oma naar het verzorgingshuis ging, twee jaar geleden, toen had zij samen met tante Zwaan het oude huis in Utrecht opgeruimd en daarbij kwamen ook haar adoptiepapieren boven water. Die had ze toen maar meegenomen en daar thuis eens in zitten bladeren. Op een van die formulieren stond dat haar vader in Leningrad geboren was. In 1902. Vandaar.

'In 1902? En daar wist u niks van vóór die tijd?'

'Nee.'

'Hadden opa en oma dat dan nooit verteld?'

'Nee.'

'Waarom niet?!'

Ach, zoals hij wist, was de officiële adoptie pas heel laat rond, zei zijn moeder. Jarenlang had er in Rusland uitgezocht moeten worden of haar echte ouders nog leefden. De toestemming was pas in 1950 gegeven. Toen was zij dus al vijftien!

'En in die tijd... weet je wat het is, Geert... ik had er moeite mee dat ik geadopteerd was. Ik wilde er eigenlijk nooit over horen. Als ze er thuis iets over zeiden, dan had ik altijd het gevoel dat ik er niet echt bij hoorde. Dat ik niet zo'n echt kind was als Gert. Ik... ik wou het weg hebben.'

'U wilde het verdringen.'

'Precies. En ik denk dat ze me daarom nooit verteld hebben wat er allemaal in die formulieren stond. Ik wou het gewoon niet weten. Ze hebben wel verteld dat het officieel was geworden, omdat vast was komen te staan dat mijn moeder overleden was. Ach, ja, dat is ook zoiets...'

'Wat?'

'Nou, op dat formulier stond ook het jaar van overlijden van mijn moeder. Dat was pas in 1949. Dat wist ik ook niet. Dat hebben opa en oma nooit gezegd. Dus in die jaren na de oorlog, toen er naar haar gezocht werd, omdat ze mij officieel terug moest hebben natuurlijk, toen leefde ze nog. Ik was dus al veertien toen ze doodging en dat vond ik achteraf zo'n raar idee, hè?'

'En waarom konden ze haar dan nooit meer vinden? Is ze in Rostow gestorven?'

'Nee, niet in Rostow. In een andere plaats. Ik weet nu niet zo gauw welke.'

'En uw vader? Weet u dat dan?'

Zijn moeder moest even nadenken.

'Eh... nee. Ik geloof dat dat er niet bij stond. Dat ben ik in elk geval even kwijt, hoor.'

Over de hele wereld bewogen adoptiekinderen hemel en aarde om erachter te komen wie hun echte ouders waren geweest, maar zijn moeder krijgt na vijftig jaar een formulier over haar ouders in handen, vindt het niet nodig haar zoon daarover in te lichten en is 'even kwijt' wat er ook weer precies op staat.

'Waarom heeft u dat nooit verteld?' vroeg hij. 'Waarom hoor ik dat nu pas?'

Ja, ze had nog gedacht destijds: dat moet ik aan Geert vertellen, die vindt dat interessant. Maar toen zag ze hem een hele poos niet en later was ze het glad vergeten. Het was dat het haar nu te binnen schoot, omdat hij over die naam begon.

'Vergeten?!'

'Ik zal die map met papieren meteen voor je klaarleggen, hoor,' zei zijn moeder schuldbewust. 'Die neem je dan maar mee donderdag, dan kun je het allemaal eens op je gemak bekijken. En trouwens, jongen, ik maak een grote pan soep en ik neem ook paella bij de slager en nog andere dingen, dus je hoeft 's avonds thuis niet meer te eten, hoor.'

Paella? Zijn moeder nam paella bij de slager? Ze had Pa Ella gezegd, maar dat deed er niet toe, zo sprak je dat hier uit, zijn moeder kende en kocht het gerecht dus en deelde dat zo terloops mee alsof ze wekelijks exotische maaltijden in huis haalde.

'Kijk 's aan,' zei hij.

'Ja, ik zeg het maar vast, anders zou je misschien al boodschappen doen voor donderdag en dat zou zonde zijn.'

'Nou, het klinkt onweerstaanbaar, mamma.'

Zijn moeder lachte onzeker.

Ze namen afscheid en hij keerde terug naar zijn tafeltje onder de linde.

Dat hield je toch niet voor mogelijk! Hoe kon iemand zo weinig belang stellen in zijn eigen verleden, zijn eigen biologische ouders. Een sterker en pijnlijker bewijs van het bekrompen wereldje waarin zijn moeder leefde, was niet denkbaar. De grote, ingewikkelde buitenwereld was kennelijk zo angstaanjagend dat ze zelfs van haar eigen wortels niets wilde weten, omdat het niet de wortels waren van het kleine, vertrouwde kringetje dat haar opgenomen had, het kringetje waarin ze een 'echt kind' wilde zijn, 'net als Gert'. Stel je voor dat ze je lieten vallen, dat ze het idee kregen dat je eigenlijk niet bij hen hoorde.

Van het maken van een schema kwam niets, zo liet hij zich in beslag nemen door de nieuw vernomen feiten. Zijn grootvader kwam dus uit Sint-Petersburg en was geboren in 1902. Daarmee was hij in ieder geval niet de man uit het kamp, maar kwam hij wel dicht in de buurt van de tsarenfamilie. Wie in Sint-Petersburg geboren was, zou daar ook wel opgegroeid zijn en zo was het dus mogelijk dat hij, Lex, afstamde van een man die als vijftienjarige in Sint-Petersburg het uitbreken van de revolutie meegemaakt had!

Dat moest hij even verwerken.

Aan zijn biologische grootouders van moederskant had hij nooit anders gedacht dan in termen van 'mensen uit Rostow'. Rostow lag haast net zo ver van Sint-Petersburg als zijn eigen Gelderse dorp, en geen enkele gebeurtenis rond de tsaar en zijn familie speelde zich daar af, zodat het enige dat de inwoners van die stad voor zijn gevoel met de tsaar te maken hadden, was dat ze nu eenmaal Russen waren die onder zijn autocratie 'geleden' hadden. Gedachten aan de politieke voorkeur van zijn moeders familie waren wel eens in hem opgekomen – waren het fanatieke revolutionairen geweest of juist patriotten? Trotskisten soms? Gewone boeren of vissers die het geen donder uitmaakte of ze door de hond of de kat gebeten werden? – maar die gedachten hadden hem nooit lang beziggehouden. Tenslotte was één ding duidelijk: zijn Russische grootmoeder was, net als de vrouw die hij nu oma noemde, een ordentelijk lid van de communistische partij geweest, anders was haar dochtertje nooit ofte nimmer in aanmerking gekomen voor medische behandeling in het Westen.

Maar nu lagen de zaken anders. Wie weet had zijn grootvader in de nazomer van 1904, als tweejarige aan de hand van zijn ouders, langs het Winterpaleis gelopen, waar de keizerlijke familie op het balkon de eindelijk geboren troonopvolger aan het volk toonde.

'Zwaai maar naar het kindje, jongen!'

Bij zijn vader op de arm, boven de mensenmassa uitkijkend, had hij een groepje figuurtjes gezien, klein afstekend tegen de contouren van een geweldig gebouw, waar te midden van wuivende meisjes in witte jurken en een man met een baard, een vrouw een wit pakketje in haar armen droeg. En hij had geestdriftig gezwaaid en geschreeuwd, zijn piepkleine grootvader-in-spe, omdat al die mensen rondom hem dat ook deden – net zoals ze een half jaar later bij de eerste poging tot revolutie (grotendeels dezelfde mensen waarschijnlijk) op dezelfde plaats stonden te roepen dat de tsaristische bloedzuigers de keel afgesneden moest worden.

En later? Mijn god, er waren zoveel manieren waarop de Petersburgse jongen wiens genen hij droeg voor een seconde, een minuut, een kwartier deel had kunnen hebben aan dezelfde gebeurtenissen die de Romanovs in beslag genomen hadden. Parades, hoffeesten, inwijdingen, kerkdiensten, wandelingen, rijtoeren, boottochten trokken aan zijn geestesoog voorbij. Blikken naar de ramen van het Winterpaleis, gezichten in een voorbijgaand rijtuig. Wie weet hadden Olga's ogen wel eens op zijn dertien- of veertienjarige grootvader gerust. Het uitvaren van de Standart in de verte...

Hij zag de kleine Semjonov tot aan zijn liezen in het water van de Newa staan, een simpele zelfgemaakte hengel in zijn handen, ingespannen turend naar een jacht dat langzaam en statig voorbijkomt; een jacht waarvan hij, ingespannen fronsend, de naam kan lezen en waar hij, als hij zijn oren spitst in de lome zomerstilte, stemmen vanaf hoort komen, hoge meisjesstemmen die elkaar roepen. Nu ziet hij ze ook opeens, die meisjes: ze rennen over het dek; hun hoofden zitten elkaar boven de reling achterna. Daar valt er een, gegil klinkt over het water. Een witte matroos schiet toe, maar daar rent ze alweer. Het jacht glijdt verder. Naar Tallin? Naar Riga of Helsinki? Waar je verder nog heen kan varen, weet hij niet.

Kijk, daar staat hij weer, het jongetje Semjonov, door het gedrang dicht tegen zijn ouders aangedrukt in een zijbeuk van de kathedraal, en rekt zijn hals om een glimp van de tsaar op te vangen of eigenlijk meer nog van de tsarina, die arrogante Duitse, die volgens zijn moeder Ruslands eer verkwanselt aan de een of andere Siberische starets, een smerige moezjiek, die zich met mooie praatjes aan het hof heeft weten te nestelen. Zoals ze daar statig door het middenpad schrijdt, juwelen en parels glanzend in het licht van de kaarsen, een bewegende zuil van licht naast haar sobere echtgenoot in uniform, is dat ondenkbaar, onbestaanbaar – hoe gaat dat trouwens in zijn werk: je eer verkwanselen? – en hij kijkt een moment vertwijfeld op naar zijn moeder, die de stoet met samengeperste lippen en laatdunkende onderkin staat te bekijken.

De voorvallen die hadden kunnen plaatsvinden buitelden in zijn gedachten als dolfijnen over elkaar heen. Aleksej's beteuterde dagboekaantekening tijdens een verblijf in het Winterpaleis stond hem voor ogen. 'Ben in het park geweest. Daar speelden kinderen.' Zou de jonge Semjonov daarbij geweest zijn? In jeugdige onverschrokkenheid de bink uithangend met hoepels, kegels, bokkesprongen? De gedachte alleen al dat het zíjn grootvader geweest kon zijn die in het park achter het Winterpaleis door Aleksej, onder streng geleide van matroos Derevenko, gadegeslagen was tijdens zijn spel, deed het bloed naar zijn hoofd stijgen. Het kon! Het was helemaal niet zo'n wilde veronderstelling. Een die nooit meer op waarheid getoetst kon worden, maar die desondanks een tinteling door hem heen liet gaan, alsof hij dwars door alle jaren van de twintigste eeuw heen eventjes met de punt van een vinger aangeraakt werd. De vinger van een lang nagejaagde schim, die hier plotseling, terwijl hij het al niet meer verwachtte, naast hem zweefde.

En je kon nog verder gaan: af en toe had Aleksej met een aantal zorgvuldig geselecteerde jongens mogen spelen. Goed, jongens uit de betere kringen natuurlijk, en dat de vader van zíjn moeder tot die kringen had behoord, was haast een ridicule gedachte, maar onmogelijk was het ook weer niet. In de jaren na de revolutie was de hele Russische maatschappij zo finaal binnenstebuiten gekeerd dat een telg uit een gegoede Petersburgse familie best aan een gewetensvol communiste uit Rostow gekoppeld kon zijn, je kwam het wel gekker tegen. Stel – stel! – dat die naoorlogse Semjonov uit het strafkamp inderdaad de ontkomen zoon van de tsaar was... zou de naam die hij gekozen had, de onschuldige naam Semjonov, dan misschien op deze speelgenoot uit betere tijden terug te voeren zijn? Had de geredde Aleksej de naam van zíjn grootvader als dekmantel genomen?

Hij sprong op en begon de tuin door te wandelen, het grasveld over, het tuinhuis langs en met een boog terug langs de snelwegkant. Hij wurmde zich tussen de coniferen door en keek over de schutting naar de geluidswal. De bouwvakkers waren al naar huis, maar de fundamenten voor de wal waren al langs de volle breedte van de tuin gelegd. Morgen zou de wal zelf wel verrijzen. Morgen moest ook de tuinman het gat in de schutting eens dichtmaken, maar over de brutale zwemster wilde hij nu niet nadenken. Hij liep terug naar de linde en leunde ruggelings tegen de stam.

❧

Herfst 1914. In het Winterpaleis is een hospitaal ingericht. De twaalfjarige Semjonov staat naast het bed van zijn vader, of zijn oom, nee, laten we zeggen zijn broer, die van het front weer terug is in zijn geboortestad. Hij heeft daarnet nog met zijn broer gepraat, die snel, gejaagd en met parelend zweet op zijn gezicht spreekt, maar opeens is diens hoofd achterovergezakt en nu slaapt hij, hijgend nog, maar toch vast, zodat Semjonov ruimschoots de gelegenheid heeft de contouren van zijn lijf onder de dunne, grauwe deken in zich op te nemen. Het is een raar gezicht: slechts één been dat zich onder het dek aftekent. De overgebleven stomp van het andere been, vlak onder de lies, is een heuveltje, dat komt natuurlijk door het verband dat eromheen zit. Zou zijn pik er nog wel goed aan zitten? Dat is maar te hopen, hoe moet dat anders? Maar dat been is het ergst natuurlijk. Nu kan hij nooit meer dansen.

Links van zijn broer ligt een man zonder rechterarm, rechts een man met zijn gehele hoofd in het verband en daar weer naast een van nek tot knieën ingezwachtelde figuur, alsof het ziekenhuis met dit rijtje wil tonen wat hier zoal de mogelijkheden zijn. De man zonder arm ligt wit en bewegingloos, met de ogen gesloten, op zijn rug. Daarnet is er een zuster aan zijn bed geweest, die haar hand op zijn voorhoofd gelegd heeft. De man met het hoofdverband ligt een krant te lezen, die hij driedubbel gevouwen vlak voor zijn ogen houdt. De ingezwachtelde man kreunt onophoudelijk.

Daar komt de zuster weer aan, gevolgd door twee oppassers met een brancard. Ze glimlacht even tegen hem als ze in het gangetje naast zijn broers bed komt staan, trekt de deken van de man zonder arm weg en legt zijn overgebleven hand op zijn buik. Semjonov drukt zich tegen zijn broers hoofdeinde. De oppassers zijn aan de andere kant van het bed gaan staan, tillen de man zonder arm op of het een plank is, leggen hem op de brancard en dragen hem de zaal uit. De zuster trekt het laken van de matras en rolt het op. Als ze de deken opvouwt, kijkt ze schuin achterom naar zijn slapende broer, dan naar hem en vraagt: 'Ben je familie van hem?'

Ze heeft een zachte, vriendelijke stem.

'M'n broer.'

Zij knikt, alsof ze dat al gedacht had.

'Het gaat goed met je broer, hoor.'

Ze bedoelt zeker: hij gaat heus z'n buurman niet achterna, als je daar soms bang voor was.

'Hij krijgt een kunstbeen,' zegt ze. 'Dan kan hij weer lopen.'

'Een kunstbeen?'

'Ja. Van hout. Maar nu nog niet, hoor. Over een poosje.'

Semjonovs gedachten gaan razendsnel.

'Moet je dat kopen?' vraagt hij.

Zijn vader is sjouwer in de haven. Maar er valt haast niets te sjouwen vandaag de dag. Kunstbenen zullen wel duur zijn.

De zuster lacht. Ze heeft een rij gave witte tandjes en er verschijnen kuiltjes in haar wangen. Je kunt zien dat ze zachtbruin haar heeft, want er springen wat krulletjes onder haar kap vandaan.

'Nee. Dat krijgt hij van hier.'

'O.'

'Jij lijkt me een flinke kerel,' zegt ze. 'Je moet je broer maar een beetje helpen als het zover is, hè?'

Hij knikt en zij pakt het laken en een bundeltje bezittingen van de eenarmige man op en loopt het gangpad in.

Als ze al drie bedden verder is, rent hij haar opeens achterna en pakt haar bij de mouw. Ze blijft staan en kijkt hem aan.

'Zuster,' zegt hij, plotsklaps zeer beschroomd om wat hij vragen wil, maar hij moet nu zijn broers belangen behartigen. 'Heeft u... hebben ze ook kunstbenen waar je mee kan dansen?'

'Dansen?'

'Dat komt... hij kan ontzettend goed dansen. Hij danst altijd bij ons om de hoek, in het Franse lokaal in de Mitajkowskistraat. Kent u dat?'

Ze schudt haar hoofd.

'Daar kijken ze altijd allemaal naar hem. Alle meisjes willen met hem dansen. En als-ie nou... ik bedoel: het is zo rottig voor 'em...'

Hij weet niet goed hoe hij zijn pleidooi af moet maken en zwijgt, beschaamd ook opeens, want al dat gekreun en gerochel hier, al die bloederige verbanden, die stompen, die grauw weggetrokken gezichten... De zuster zal zeggen: denk je dat we ons hier met dansbenen kunnen bezighouden, jongen? We hebben wel wat anders aan ons hoofd.

'Aha. Een danseur,' zegt ze. 'Ik begrijp het.'

En ze kijkt over de bedden heen in de richting van zijn broer, alsof diens nieuwe hoedanigheid haar interesse opwekt. Zou ze ook wel eens dansen? Nee, natuurlijk niet, zusters dansen niet, dat zijn een soort nonnen.

'Ja, dat wordt dan moeilijk. Dat gaat niet zo goed met een kunstbeen. Maar weet je...'

Ze kijkt hem ernstig aan.

'Als hij echt wil, dan lukt het hem. Alles wat mensen écht willen, dat kunnen ze bereiken. Nou ja, bijna alles.'

Dan wordt haar blik getrokken door de man in het bed naast hen, die probeert overeind te komen en daarbij vervaarlijk scheef komt te hangen. Ze lacht nog even naar hem en wendt zich tot de gewonde. Semjonov loopt langzaam terug. Alles bereiken wat je echt wilt? Wil zijn vader soms niet echt werk hebben en zijn moeder niet echt een andere woning?

De man met zijn hoofd in het verband ligt over zijn boek heen naar hem te kijken, terwijl hij het bed van zijn broer nadert.

'Hé,' fluistert hij hees, 'weet je wie dat is met wie je stond te praten?'

'Die zuster?'

'Da's een dochter van de tsaar!'

Volgens zijn moeder worden sommige jongens gek in de oorlog. Dat krijg je als je heel erge dingen meemaakt.

'Eerlijk waar, hoor! En er is er nog een. Twee lopen er hier rond, dit is de oudste. En de tsarina heeft zich ook laten rondleiden. Die zie je verder nooit, maar die dochters helpen gewoon in de zaal.'

'O. Zo,' lijkt het Semjonov maar het beste om te zeggen en om wat te doen te hebben begint hij de grijze deken rond zijn broer in te stoppen en voorzichtig met een slip van zijn hemd het zweet van diens gezicht te wissen. De soldaat naast hem leest gelukkig weer verder in het boek.

Uiteindelijk was Lex toch aan het schema begonnen, maar het vlotte niet erg. Het ragfijne webje, zo volstrekt onverwachts tussen hem en zijn onderwerp gespannen, liet hem niet los en hij bleef denken aan zijn onbekende grootouders en door hen weer aan zijn moeder.

Voor het eerst in zijn leven verdrongen gedachten aan zijn eigen familie de gedachten aan de Romanovs.

HOOFDSTUK 5

Het vierjarige meisje uit Rostow met wie een lid van de CPN in februari 1940 uit de trein stapte, wilde niets weten van de pop die de vreemde mensen op het perron voor haar hadden meegebracht. Ze hád al een pop, althans, ze hield iets tegen zich aangeklemd dat met wat goede wil een pop genoemd zou kunnen worden: een met zaagsel gevuld jute zakje aan de onderkant waarvan één houten beentje bevestigd zat; aan de bovenkant was er een gebreid, vierkant kussentje met, bij wijze van mond, een half maantje van rood vilt op vastgenaaid. Dit wezen heette Zmoedsj, later op zijn Hollands omgedoopt tot Smoeltje, en was min of meer aan de kleine Anja's arm vastgegroeid; ze legde hem nooit neer.

Zmoedsj maakte eigenlijk haar enige bezit uit, want de kleren die ze in een tasje bij zich had, waren zo aftands en pijnlijk vaak versteld, dat het zelfs een Utrechts arbeidersgezin anno 1940 te gortig was. In allerijl werden door familie en partijleden meisjeskleren bijeengebracht, opdat de Russische logée er fatsoenlijk bij zou lopen. Lopen was overigens iets dat de kleine Anja maar aarzelend deed, niet omdat er wat aan haar motoriek schortte, maar omdat ze zo slecht zag dat ze gemakkelijk overal tegenop liep – dat was juist de reden waarom ze naar Nederland was gekomen. Ze leed aan een zeldzame oogafwijking, waar men hier aan geholpen kon worden en in de Sovjet-Unie niet. (Niet omdat de medische wetenschap daar niet op hoog peil zou staan natuurlijk, maar omdat de kapitalistische firma met het patent op de speciale, peperdure operatie-instrumenten aan Rusland niet genoeg verdiende.)

In maart gingen Anja en Zmoedsj het ziekenhuis in, daarna volgden een paar weken in een donker vertrek en toen alles uiteindelijk achter de rug was, kon Anja weer zien, had Zmoedsj een paar glazen knoopogen gekregen, was Nederland in oorlog en kon geen mens meer contact met Anja's moeder krijgen. Op brieven werd niet geantwoord, contactpersonen bij de communistische zusterpartij in Rostow konden haar niet achterhalen. Verblijfplaats van de vader was onbekend. Verdere familie was er blijkbaar niet, niemand drong aan op terugkeer van het meisje, in Rostow wachtte haar slechts het weeshuis, en na verloop van tijd werd duidelijk dat ze voorlopig maar in Utrecht moest blijven, oorlog of niet.

Oorlog of niet, Anja bloeide op bij de familie Kokernoot. Dat wil zeggen, ze veranderde van een ondervoed, blind, zwijgend wezentje in een pafferig meisje met stalen brilletje, dat af en toe iets zei; in het Nederlands, want ze schakelde moeiteloos op de nieuwe taal over en sprak al halverwege de oorlog geen woord Russisch meer.

Op een foto, met op de achterkant '1943' geschreven, staat ze in een wollen jurkje tussen haar pleegouders op een binnenplaatsje. Een zinken teil en een ouderwetse herenfiets op de achtergrond. Ze staat dicht tegen haar pleegmoeder aan, een grove vrouw met wijd uitstaand pagehaar die een arm om haar heen geslagen houdt, en kijkt zo wantrouwig in de camera alsof de fotograaf wel eens zou kunnen zeggen dat ze alsnog naar dat weeshuis moet. De vader, met een droefgeestig, lang gezicht en pezige armen onder opgerolde mouwen – kind van de crisistijd – staat zorglijk terzijde. Broertje Gert, enorme flaporen onder hoog opgeschoren haar, laat op één been balancerend een van papier en latjes gebouwd vliegtuigje voor de geportretteerden langs scheren en is de enige die lacht.

Het gezin kwam tamelijk ongeschonden de oorlog door. Latere verhalen over die tijd gingen over oom Ab, een broer van de vader, die drie jaar in concentratiekampen doorbracht, over de voedselpakketten die hem met bijeengeschraapte centen toegestuurd werden, over de deurpanelen, het echtelijk ledikant en een compleet houten schuurtje, die de laatste oorlogswinter de kachel in gingen, over de illegale nummers van *De Waarheid* waarmee moeder in haar korset en Gertje in zijn lange wollen kousen liep, maar persoonlijk leed viel het gezin niet ten deel. Ook oom Ab dook een paar weken na de bevrijding weer op.

Anja doorliep, met enige vertraging vanwege de oorlog, de 'rooie' lagere school en de huishoudschool, ging vervolgens als modinette in de leer en werkte een paar jaar in een atelier gespecialiseerd in hoeden en stola's, dat echter halverwege de jaren vijftig, door de snelle teloorgang van hoed en stola, failliet ging, waarna het voltallige personeel overgenomen werd door een snelgroeiend fabriekje van opvouwbare paraplu's. De fabricage van paraplu's had weinig meer te maken met het modistenvak waar Anja's hart lag, maar zij haalde thuis haar schade in door op de naaimachine voor de hele familie kleding te vervaardigen. Een jasschort, een kinderjurkje, een gekeerde wintermantel? Men zei het maar en Anja maakte het. Ook zong ze jarenlang in het zangkoor Morgenrood, met zo'n iel stemmetje dat haar aan- of afwezigheid in het koor weinig leek uit te maken, maar met grote overgave.

Nadat Gert Kokernoot in 1957 halsoverkop getrouwd was (een 'moetje' waar niemand erg moeilijk over deed, want zijn rondborstige Zwaan was direct de lieveling van de familie) werd zijn kamertje onder de pannen van het ouderlijk huis betrokken door een aankomend elektricien bij Werkspoor, telg uit een gezin dat sinds jaar en dag tot de partij behoorde – een vrijwel overbodige toevoeging, want wie trok er na de Russische inval in Hongarije anders bij communisten in? Hij zocht kost en inwoning 'met huiselijk verkeer', omdat zijn ouders een heel eind fietsen van Utrecht woonden. Dat kwam dus goed uit en was bovendien gezellig voor Anja, die toch al zo weinig jongelui kende.

Hoe gezellig het voor Anja was, blijkt uit een foto uit 1958. Daarop staat ze, zeer mollig in een witte jurk met boothals en wijde petticoat, op het hoofd een bloemenkransje waaraan een kort, net over de schouders afhangend sluiertje is bevestigd, naast de jonge commensaal op het tegelpaadje voor de ouderlijke woning. Ze heeft een boeket in de hand en kijkt zoekend, met dikke, glimmende wangen onder een blikkerende bril, in de lens. Haar kersverse echtgenoot draagt een donker pak – geleend, maar dat zie je niet, want hij is van het type waarnaar ook geleende kleren zich onmiddellijk met nonchalante zwier voegen. Hij heeft een mager, geestig, wat scheef gezicht en voor die tijd ongebruikelijk lang, naar achteren gekamd haar waarvan één piek eigenzinnig terugspringt. Hij glimlacht oncommunistisch charmant en ziet er niet uit als een elektricien. Hij zou student kunnen zijn of tekenaar of cineast.

Wie de foto ziet, ontkomt niet aan de gedachte: wat heeft die twee in godsnaam tot trouwen bewogen?

Het zal de seksuele moraal van de jaren vijftig wel geweest zijn. Johan Grol, net op eigen benen en zich wellicht nog niet zo erg bewust van zijn aantrekkingskracht op het andere geslacht, zal bij het twee jaar oudere naaistertje dat onder hetzelfde dak sliep wel zoveel 'huiselijk verkeer' ondervonden hebben, dat de pleegouders op een huwelijk aandrongen. Een moetje was het dit keer niet, maar in die dagen was een communistisch meisje net zo snel een gevallen vrouw of een afgelikte boterham als in gereformeerde of liberale kring. Misschien nog wel sneller: als reactie op de maatschappelijke uitstoting in die jaren was onberispelijk gedrag, juist binnen de eigen groep, een groot goed. En het risico dat Johan, na zijn eerste schreden op het pad der liefde, eens om zich heen zou kijken en zou ontdekken wat er in Utrecht verder nog aan moois en liefs rondliep, wilde de familie Kokernoot waarschijnlijk niet lopen. Misschien was het zelfs van begin af aan de bedoeling geweest Anja, die al haast vijfentwintig was, op deze manier aan een jongen uit de eigen gelederen te koppelen. Wie zal het zeggen?

Het jonge paar bleef, vanwege de woningnood, voorlopig in het pleegouderlijk huis inwonen. En daar bleek al spoedig dat de aardige jongen uit eigen kring toch niet helemaal was wat men van hem verwacht had. Steeds vaker vielen van zijn kant ongepaste grappen aan het adres van de partij of *De Waarheid* te horen. Steeds minder had hij tijd zijn aandeel in de bezorging van krant of pamfletten te leveren. En hij had streken. In verkiezingstijd hielp hij Gert eens met twee grote, houten, door een plaatselijk kunstenaar beschilderde verkiezingsborden te plaatsen op twee bruggen in Utrecht. Het was laat op de avond. Het eerste bord kwam er te staan en werd pas de volgende dag kapotgeslagen, maar het tweede belandde in de gracht, nadat Johan het – onvoorstelbaar stom, het leek wel opzet – uit zijn poten had laten vallen. Het kwam onder de brug vast te zitten, werd tot overmaat van ramp overvaren door een boot met dronken studenten en moest tot woede van Gert als verloren worden beschouwd.

Minstens zo erg was dat Johan in cafés kwam. Cafés. Vader Kokernoot was lid van De Blauwe Knoop. 'Een denkend arbeider drinkt niet en een drinkend arbeider denkt niet,' was zijn leus – zonder dat geheel duidelijk was waartoe het denken zonder drinken in zijn geval geleid had – en pas eind jaren zestig begon Anja's pleegmoeder een beetje de hand met die regel te lichten door op verjaardagen advocaat of boerenjongens in huis te halen.

Soms gebeurde het dat Johan bij het opscheppen van de aardappels nog niet thuis was en pas onder de griesmeelpap met duizend excuses kwam aanzetten. Of hij verliet na het eten het huis en keerde pas om tien, ja, elf uur terug. Niet dat hij dronken thuiskwam, dat niet, hij wist maat te houden, maar hij hield van het caféleven en dat was al verontrustend genoeg. De sfeer in huis raakte gespannen en Anja leed daaronder, maar was niet bij machte haar man gunstig te beïnvloeden.

De bom barstte toen Johan aan het begin van de tweede winter van zijn huwelijk te kennen gaf te willen gaan skien. Skiën?! Een arbeider van Werkspoor die wilde gaan skien?! Was hij nou helemaal gek geworden? Ach, skiën was iets dat Johan altijd al zo prachtig had geleken en nu bleek een van zijn cafévrienden een huisje in Zwitserland te hebben, een chalet zogezegd, waarvan hij gebruik mocht maken. Gratis en voor niets. Met Anja natuurlijk. Wilde ze niet leren skiën? Hoefde ook niet, je kon daar ook prachtig wandelen. Wat de reis betreft, er reden zoveel vrachtwagens op Zwitserland, met zo'n chauffeur viel vast wel wat te regelen. En op het werk zou hij toch wel eens een keertje 's winters vakantie kunnen opnemen in plaats van zomers?

De familie stond perplex. Naar het buitenland! En nog wel in het huis van mensen die er een Zwitsers chalet op na hielden! Klasseverraad was het, anders niet. Vakantie, dat was 's zomers twee weken in een zelfgemaakte tent aan het IJsselmeer. Maar dat was blijkbaar niet goed genoeg meer voor meneer. Een wintervakantie moest het zijn. In een duur skioord. Met Anja, het arme kind, dat het al bestierf bij het idee alleen.

Het skiën ging uiteindelijk niet door, maar Johan wilde nu het huis uit. Buiten Anja's medeweten solliciteerde hij naar de betrekking van assistent-magazijnbeheerder bij de Gelderse Aardappelmeelfabriek in Elsteren, met als enige reden dat deze haar werknemers eigen huurwoningen bood. Hoewel zijn kwalificaties op het gebied van de elektrotechniek lagen, werd hij aangenomen: hij maakte een uitgeslapen indruk en een technisch ingesteld persoon viel wel te gebruiken in de magazijnen. Een woning was niet direct beschikbaar; wel op afzienbare termijn. Voorlopig moesten het dan maar kamers in de omgeving worden.

Dat hij – nog steeds – lid van de CPN was, had Johan verzwegen.

Anja, voor een voldongen feit gesteld, huilde tranen met

tuiten nu ze het vertrouwde nest moest verlaten om naar het verre Gelderland te trekken, maar ze had weinig keus. Het jonge paar betrok twee kamers – met heuse douchecel – boven een varkensslagerij, en van hieruit fietste Johan dagelijks naar de fabriek. Het werk beviel hem best, hij verdiende heel redelijk, zodat de fiets na een tijdje vervangen werd door een brommer, en cafés waren er in Elsteren ook. Die vielen hier weliswaar voor een jonge, getrouwde man niet 'zomaar' te frequenteren, dan had je het excuus van een biljartvereniging of een kaartclub nodig. Johan werd lid van beide.

Anja had het moeilijk in het vreemde dorp. De slager slachtte nog zelf en iedere keer als ze beneden een varken hoorde gillen, drukte ze haar oren dicht. Ze kende nog niemand, deed daar ook weinig moeite voor en had, hoe consciëntieus ze ook poetste en boende, te weinig te doen in haar tweekamerhuishoudentje om de eenzaamheid op afstand te houden, overdag, maar vaak ook 's avonds; de biljartvereniging en de kaartclub in Elsteren waren zeer actief. *De Waarheid* kwam niet meer. Te zingen viel er niet, want alle koren in de wijde omgeving waren christelijk. Het innig gewenste kind om voor te zorgen liet maar op zich wachten. Buitenshuis werken kwam niet in aanmerking, zo waren we nog niet getrouwd in 1960, maar uiteindelijk vatte ze het plan op haar oude vak van modinette weer op te nemen. Het moest toch mogelijk zijn daar thuis een aardige bijverdienste aan te hebben?

Dat die opzet slaagde, kwam voornamelijk door de slagersvrouw, die begaan was met de bedeesde Utrechtse van boven. Zij sprak over de toonbank zoveel huisvrouwen die wel geïnteresseerd waren in het verkorten van wintermantels of het inzetten van moeilijke ritsen, dat Anja na verloop van tijd middagenlang achter haar naaimachine zat en zich door de aanspraak die daaruit voortvloeide zowaar wat ingeburgerd begon te voelen.

Johan ging het voor de wind. Al na een jaar werd hij,

doordat zijn chef arbeidsongeschikt raakte, hoofdmagazijnbeheerder, en spoedig daarop kwam er een woning in de Wethouder Tesselinkstraat vrij, die Anja bijna met haar leven in ballingschap verzoende.

En daarmee hield het niet op. De aardappelmeelfabriek maakte, dank zij de gigantisch stijgende afzetmarkt voor voorgebakken patat frites, in de jaren zestig zo'n snelle groei door dat er een nieuwe afdeling 'groenten in glas' in het leven geroepen werd. Daarvoor waren nieuwe werknemers en nieuwe functies nodig, en de directie had in de gaten dat er in de jonge magazijnmeester meer pienterheid en contactuele vaardigheid bleven braakliggen dan verantwoord was. Ze lieten hem via een spoedcursus zijn rijbewijs halen en maakten hem vertegenwoordiger voor de nieuwe afdeling groenten in de regio Gelderland en bovenliggende provincies. Hij kreeg de beschikking over een gloednieuwe Volkswagen.

Een Volkswagen! Johan had een auto! De derde auto in de Wethouder Tesselinkstraat, en de eerste twee waren van monteurs in een garagebedrijf, dus die telden eigenlijk niet.

Voor Anja gingen deze ontwikkelingen te snel. Met het huis was ze blij, maar de auto en de nieuwe waardigheid van haar man – naaien voor andere mensen vond Johan al niet goed meer – brachten haar in verwarring. Regelmatig zat ze in de bus naar Utrecht om een dag 'thuis' door te brengen. Slechts af en toe ging ze op een zondag samen met Johan, want hij had daar hoe langer hoe minder zin in. Zijn schoonouders konden weliswaar hun bewondering voor de glimmende Volkswagen niet verhelen, maar beschouwden Johan toch als iemand die zijn ziel aan de duivel verkocht had en zijn vrouw probeerde mee te slepen in zijn verdwaasde lust naar materieel gewin. Althans, zo zag zijn schoonvader het, die met de jaren meer versimpelde en verstarde in het geloof. Zijn schoonmoeder, die slimmer was, vreesde dat Johan op de weg die hij nu ingeslagen was, Anja helemaal niet wilde meesleuren, maar haar juist wilde achterlaten. Ze was bang dat haar door de natuur niet overmatig bedeelde pleegkind bij die vlotte mooiprater eigenlijk al afgedaan had. 'Je kruipt 's avonds toch wel lekker tegen 'em an?' had ze naar aanleiding van het alsmaar uitblijven van een kind al eens gevraagd, en Anja's ongelukkige gehakkel had haar niet erg gerustgesteld. Verzaakte het prijshaantje zijn plicht? En al die tripjes voor de zaak naar Groningen en Zwolle en al die avonden buitenshuis? Wie thuis geen honger had, had die soms buiten de deur al gegeten? Ze rekende het Johan aan. En hij voelde dat.

Ze had natuurlijk gelijk. Nog geen jaar nadat de Volkswagen zijn intree had gedaan, trok een huilende Anja weer bij haar ouders in. Johan bedroog haar en niet voor de eerste keer. Dit was geen leven meer.

De standpunten ten opzichte van Johan verhardden zich. Ontrouw kwam in kringen van de partij niet voor en kon op geen enkel begrip rekenen; daarvoor leek het te veel op genieten van het leven en daar was geen doel mee gediend. Nu zag je maar weer wat het zwichten voor geld teweegbracht! Toch wist men niet goed raad met de situatie. Getrouwd was getrouwd. Scheiden? Ook scheiden kwam in de partij niet voor.

Uiteindelijk keerde Anja op deemoedig verzoek van haar man naar Elsteren terug. In haar hart was ze nog altijd gek op hem en hij... nou ja, op de een of andere manier was hij ook aan haar gehecht. Er volgde een verzoening.

In de jaren daarna kwam Anja wat losser van haar ouders te staan. Of Johan zijn leven gebeterd had, viel te betwijfelen, maar Anja wilde kennelijk haar eigen boontjes doppen en beklaagde zich niet meer. En eindelijk, in 1965, werd er een kind geboren, een zoon, die de namen Geerten Alexander kreeg. Geerten lag voor de hand: Anja's pleegvader en broer Gert heetten Geerten. Van Alexander keek de familie wat vreemd op, maar dit bleek Johans keus te zijn: hij had ooit een boek over Alexander de Grote gelezen, dat zoveel indruk gemaakt had, dat hij erop stond zijn zoon naar deze held te vernoemen.

Hoewel al spoedig bleek dat het jongetje leed aan een ziekte waarvan niemand in de familie ooit gehoord had, ontbrak er weinig aan Anja's geluk. Totdat Johans auto op een herfstavond in 1968 op de weg Zwolle-Meppel frontaal tegen een boom sloeg.

❧

Lex had twee herinneringen aan zijn vader. Dat wil zeggen: hij had wel meer herinneringen, maar daarvan was niet duidelijk of ze authentiek waren of ontstaan door verhalen die hem verteld waren, foto's die hij kende of de wensdromen van het vaderloze kind en de onbegrepen puber.

In het eerste geval hield zijn vader hem op de arm op een zonnig, winderig veld, terwijl híj op zijn beurt een dansende vlieger vasthield. Hij herinnerde zich het flonkeren van het zonlicht, de blauwe vlieger in de lucht, blauw in blauw, maar vooral hoe hij op zijn vaders arm een stationnetje tussen hemel en aarde was geweest, omhooggetrokken aan de ene kant, meeverend maar veilig vastgehouden aan de andere kant. Ooit had hij zijn moeder over deze herinnering verteld en zij had beaamd dat zijn vader zo met hem gevliegerd had, om te voorkomen dat hij zou vallen of uitglijden in het hobbelige weiland.

De tweede herinnering was er een van wegdoezelen met zijn wang tegen zijn vaders jasje. Dit had plaatsgevonden in een rumoerige, rokerige ruimte – de sigarettegeur die in het jasje hing vormde een wezenlijk bestanddeel van de herinnering – en was waarschijnlijk in zijn geheugen blijven hangen vanwege het lachen van zijn vader. Er werd veel en hard gepraat en gelachen daar, en van tijd tot tijd schudde zijn hoofd tegen zijn vaders jasje op het ritme van de lach, zonder dat hem dat stoorde. Hij onderging het zoals een vogel die op een buffel zit het krabben of schurken van de buffel ondergaat zonder op te vliegen. Het lachen van zijn vader hield hem in een serene soezerigheid, een soezerigheid die eindeloos had mogen duren. Een gevoel van geborgen zijn in vrolijkheid.

Ook herinnerde hij zich de avond dat er opeens een politieagent in de kamer gestaan had, die zijn pet op tafel had gelegd en op zachte toon met zijn moeder had staan praten. Naar die grote, zwarte pet had hij staan kijken, op zeker moment had hij hem zelfs even opgepakt en op zijn hoofd gezet, zonder dat zijn moeder er iets van zei. Daarna was hij bij de buren gebracht, waar hij anders haast nooit kwam, en in de dagen daarna was oma er steeds, die opzetkoekjes met roze glazuur voor hem gekocht had, waarmee je een boerderij kon maken.

Hoewel zijn moeder aanvankelijk terug had willen gaan naar Utrecht, om dicht bij haar familie te zijn, bleef ze toch in Elsteren wonen. In Utrecht viel moeilijk aan een woning te komen en tenslotte 'zat ze hier zo mooi'. Juist in die tijd deed de aardappelmeelfabriek haar bedrijfswoningen aan de gemeente over en konden de bewoners er voor een schappelijke huur blijven wonen.

Aan zijn kinderjaren dacht Lex terug als aan een lange, verregende vakantie. Vaak kon hij niet naar school en moest op de divan in de huiskamer zitten of liggen. Soms lag hij in het ziekenhuis. Ondanks zijn ziekte werd hij niet verwend. Verwennen lag niet in zijn moeders aard. Ze was zorgzaam, maar voor verwennen was ze te sober en te zuinig ingesteld, alsof haar eerste armoedige levensjaren in Rusland dat vermogen in de kiem gesmoord hadden. Zijn slaapkamertje was onverwarmd. Al zijn kleren naaide zijn moeder zelf van goedkope stoffen uit de markthal, tot hij ze op de middelbare school weigerde nog te dragen en een gewone spijkerbroek afdwong. Cadeautjes werden enkel op verjaardagen en met Sinterklaas gegeven. Snoeperijen kwamen nauwelijks in huis. 's Avonds at hij met zijn moeder aan een kleine formica tafel in de keuken, en na de afwas zette zijn moeder haar leesbril op en bladerde *De Waarheid* door, de enige lectuur die zij tot zich nam. Als ze ergens heen gingen, was het naar de familie in Utrecht. Bezoek kwam er zelden of het moesten de vrouwen zijn voor wie zijn moeder gordijnen naaide of trouwjurken vermaakte.

Uiteraard nam Lex zijn moeder, zoals ieder kind, gewoon zoals zij was en dacht niet na over haar aard of hoedanigheden, maar al vroeg wende hij het af om veel met haar te praten.

'Als je dood bent, waar ga je dan heen, mamma?'

'Naar het crematorium, Geertje.'

'Die wolk daar, mamma, dat is net een kasteel op een berg. Maar nu wordt het een giraf. En die daar, ziet u wat die voorstelt? Kijk dan waar die op lijkt!'

'Zeg jij het maar, jongen.'

'Nee, u moet het zeggen!'

'Nou, eens kijken... een aardappel.'

'Een aardappel? Een haai! Een haai met kleine visjes eromheen. Dat zijn z'n loodsmannetjes, mamma. Zo noem je dat.'

Er was één ding waarvan hij zich al jong pijnlijk bewust was: zijn moeder kon niet voorlezen. Natuurlijk, zij kon een tekst hardop uitspreken, maar voorlezen kon ze niet. Waar het ook over ging, de dood van Joli-coeur, de bloeddorst van de Rode Jakhals, de capriolen van Zwarte Piet, ze prevelde alles monotoon voor zich uit alsof ze de waterhoogten oplas, braaf en gewillig. Onder het voorlezen vervreemdde hij helemaal van haar en volgde het verhaal maar half. Zijn moeder zat daar en las als een automaat die op een kwartje een kwartier voorleest.

Dat het ook anders kon, maakte hij vaak genoeg mee. Zijn grootmoeder, niet direct een vrouw van verfijnde sentimenten, maar wel iemand die er plezier in schiep hem eens flink de stuipen op het lijf te jagen, kon heerlijk angstaanjagend voorlezen over de markies Van Oud en Bleek, die zich voedde met kindertenen. En van tante Zwaan kreeg hij rond zijn zevende jaar een boek cadeau dat al jaren in haar familie was, *De avonturen van Mop en Strop*, geschreven door partijgenoot Gerard Revers; een boek van ver voor de oorlog dat niettemin een van de favorieten van zijn kinderjaren zou worden. Dezelfde dag dat zijn tante het meebracht, had ze er een flink stuk uit voorgelezen, zo smakelijk en zich daarbij zo amuserend, dat de bank waarop ze samen zaten, stond te trillen op de vloer onder haar gelach – wat nooit voorkwam bij hen in huis. Toen zijn moeder er later in verder gegaan was, verbleekten de hilarische voorvallen tot gewone, nauwelijks grappige gebeurtenissen.

'Wanneer komt tante Zwaan weer, mamma?'

Later, toen hij zelf goed kon lezen, kwam hij wel eens naast haar naaimachine staan en bracht verslag uit van wat hem bezighield: de verschrikkelijke ontberingen die de kinderen uit *De kinderkaravaan* bij het doorkruisen van de Rocky Mountains te doorstaan hadden bijvoorbeeld. Hij kon maar amper zijn tranen bedwingen bij het vertellen over de oudste jongen, die zijn broers en zusjes noodgedwongen steeds hardvochtiger door de bergen moest voortjagen bij het invallen van de winter.

'Nou jongen, mooi, hoor,' zei zijn moeder dan.

Of hij liet haar een ridder zien, die hij getekend had.

'Nou jongen, mooi, hoor.'

Hij zette een ruimteschip van papier en wc-rolletjes op haar naaitafel.

'Nou jongen, mooi, hoor.'

Zo werd zijn vader de grote vriend van zijn jeugd. Met zijn vader maakte hij zonnige autotochten door glooiende landschappen. Met zijn vader bouwde hij geheime hutten in het bos en bleef daar wonen. Op straat tikte zijn vader doodgemoedereerd, sigaret op de lip, de pestkoppen van het schoolplein op de schouder: 'Dat zou ik voortaan laten, jongeman', waarna ze het nooit meer deden. Zijn vader kocht een hond voor hem, een heel grote, en die week niet meer van Lex' zijde. Met de hond erbij beklommen ze de Mont Blanc en zijn vader leerde hem skiën; achter elkaar aan suisden ze omlaag en vallen was er niet bij. Als het zo uitkwam zwommen ze het Kanaal over, tot afgunst van de schoolvriendjes, of redden op de snelweg gillende vrouwen uit brandende auto's. Als hij zijn knie stootte of zijn elleboog, wreef zijn vader er een paar keer met z'n grote, warme hand over en hij had nergens meer last van. Zijn elastieken enkelbeschermers hoefde hij van zijn vader niet om. Yoghurt opeten? Bijtijds naar bed? 'Ben je gek,' zei zijn vader.

Zijn moeder sprak nooit veel over zijn vader. En ook de familie noemde zijn naam zo weinig, dat het wel leek alsof hij nooit had bestaan. Het was Lex duidelijk geworden dat die zwijgzaamheid iets met ene Leida uit te staan had, die in de zeldzame flarden van gesprekken tussen volwassenen die hij wel eens opving, steevast met 'die Leida' aangeduid werd. Deze Leida was samen met zijn vader omgekomen. Ze had naast hem in de auto gezeten op het moment dat hij tijdens een onvoorstelbaar roekeloze inhaalmanoeuvre een tegenligger nog had kunnen ontwijken, maar een ferme beuk niet.

Toen hij een jaar of tien was, had hij zijn moeder eens op de man af gevraagd wie 'die Leida' eigenlijk was, en ze had hem stug, maar eerlijk geantwoord dat het een vriendin van zijn vader was geweest. Geen vriendin van haar? Nee, dat kon je niet zeggen, maar zijn moeder had Leida wel gekend. Het was een meisje uit Zwolle, dat een tijdje op de fabriek van zijn vader had gewerkt. Daarna was ze naar Zwolle teruggegaan en zagen ze haar niet meer; althans, zijn moeder zag haar niet meer. Ze was nog geen tweeëntwintig jaar geworden, die Leida.

Vanaf dat hij naar het atheneum in de stad ging, leefde hij zijn eigen leven, naast, nauwelijks met zijn moeder. Ook het enige moment van intimiteit tussen hen, het spuiten, was weggevallen, en hoewel hij nooit ruzie met haar had – zij kroop bij dreigende onenigheid meteen in haar schulp en zweeg liever dan hem verder te prikkelen – had zij zich op dat punt niet zonder slag of stoot gewonnen gegeven.

Vanaf zijn zesde jaar kreeg hij het stollingsfactorpreparaat dat hij nodig had thuis toegediend – een preventieve behandeling waardoor het gros van de bloedingen voorkomen werd. Zijn moeder had de profylaxe in het ziekenhuis geleerd en behandelde hem driemaal per week. Jarenlang waren ze daartoe altijd aan de keukentafel gaan zitten en kreeg hij na afloop een chocolaatje of een streng veterdrop uit een trommeltje dat zijn moeder speciaal voor dat doel in de servieskast bewaarde en dat de enige snoeperij van de dag uitmaakte, of je moest de dagelijkse plak ontbijtkoek bij de avondthee als zodanig willen aanmerken. Al sinds zijn tiende of elfde voerde hij de behandeling helemaal zelf uit, vanaf het oplossen van het preparaat en de notatie in het 'logboek' tot en met het weggooien van de naald, maar zijn moeder bleef er nog wel bij zitten om erop toe te zien dat hij het ontsmetten niet vergat, niet misprikte en geen lucht mee naar binnen spoot, en ook toen hij die dingen allang niet meer deed, wilde zij er altijd bij zijn. Op zeker moment was hem dat hevig gaan irriteren. Hij verhuisde de hele collectie flesjes en naalden naar zijn eigen kamer, kondigde niet meer aan wanneer hij met de behandeling begon en haalde lang van tevoren het stollingsmiddel uit de koelkast, zodat zij uit het geluid van de koelkastdeur niet kon opmaken wanneer hij ging spuiten. Desondanks had zijn moeder daar een fijne neus voor. Vaak had hij amper het middel verdund en de stuwband om zijn arm of hij hoorde zijn moeder de trap op komen en net zo lang in haar slaapkamer of in de douchecel rondscharrelen, totdat hij klaar was. Ze kwam zijn kamer niet binnen, maar hij wist dat ze luisterde 'of alles normaal was' en hij wist waarom: haar angst voor de anafylactische shock. Dat is een overgevoeligheidsreactie die in zeldzame gevallen tijdens de profylaxe optreedt en bewusteloosheid kan veroorzaken, die in het ergste geval tot de dood leidt. Vanwege dit zelden voorkomende verschijnsel – waarvan zijn moeder de naam niet eens goed kon uitspreken – was er in het ziekenhuis op gehamerd dat niemand de behandeling in zijn eentje uit mocht voeren. Zou het verschijnsel zich voordoen, dan kon de patiënt zelf namelijk weinig uitrichten en was hij voor snelle inspuiting van het tegenmedicijn van een ander afhankelijk. Hoe gering de kans op een anafylactische shock ook was, op zijn moeder had het bestaan van dit fenomeen diepe indruk gemaakt en ze was er tijdenlang niet toe te brengen hem met dit loerende gevaar alleen te laten. Om haar te pesten hield hij zich soms een poos doodstil of hij liet zijn bureaustoel dramatisch tegen het zeil vallen.

'Is alles goed, Geert?'

Geen antwoord.

Dan ging de deur open. Verstoord keek hij op uit zijn boek.

'O, nee, jongen, ik dacht...'

Met schoolzaken had zijn moeder geen bemoeienis. Hij was geen briljante leerling, maar meestal ging alles redelijk en al ging het mis, dan kon zij hem toch niet helpen. Onder het eten deelde hij haar de dingen mee die haar interesseerden: een gescheurde gymbroek, geld voor een schoolfeest, een leraar die op beschuit met muisjes had getrakteerd, en zij vertelde haar wederwaardigheden: een mevrouw die een teddyvoering in een regenjas wilde, een muis in het aanrechtkastje.

Vrienden bracht hij zelden mee naar huis. Sweder was in alle jaren dat ze met elkaar omgingen zes of zeven keer bij hem thuis geweest. Als hij Sweder meebracht, was hij zich schrijnender dan ooit bewust van de tuinkabouters van de buren, de bloemkoollucht in het halletje, zijn moeders jasschort. Sweder zelf leek dat niet te merken. Hij was beleefd en vriendelijk tegen zijn moeder en dat was voor Lex nog het pijnlijkst: hij kon er niet anders dan de hoffelijkheid van de landheer tegenover de dagloonster in zien...

Soms schaamde hij zich dat hij niet in staat was te houden van het goedhartige, redderende wezen dat zij was. Dan had hij medelijden met haar en nam zich voor hartelijker te zijn, maar in de praktijk lukte dat slecht. Hij ergerde zich doodgewoon aan haar simpele ziel, die zuinigheid en vlijt als hoogste strevingen had, aan haar opgetogenheid als ze de moeilijke vlekken uit het voorkamerkleed had gekregen.

En toch, als hij over haar nadacht – vooral in de tijd dat hij het huis al uit was en in Utrecht studeerde – en als hij, in zeldzame gevallen, eens met een ander over haar sprak, was hij altijd geneigd diepten in haar te bevroeden die in het dagelijks leven nooit waarneembaar waren. Hij dichtte haar een traumatisch verleden toe en een vreselijke cultuurshock. Klein, blind meisje uit Stalin-Rusland. Door armoede getekend. Ver van haar ouders in een vreemd land. Zich vastgeklampt aan pleeggezin. Of een groot, onuitgesproken verdriet. Man verloren, achtergebleven met ziekelijk kind. En later, toen de CPN uit de Kamer verdween en een aantal jaren nadien ook *De Waarheid* niet meer verscheen, schreef hij haar desillusie en ontheemdheid toe. Maar *De Gelderlander*, waarop hij haar bij wijze van compensatie abonneerde, las zij alsof ze nooit een andere krant gelezen had, ja, met meer plezier eigenlijk, want daar stonden ook advertenties van stoffenhallen en supermarkten in.

Pas de laatste jaren had hij die gedachten aan de kant gezet en zag hij haar alleen nog zoals ze was: een schort vol geredder en huishoudzorgjes. Niks trauma uit de kinderjaren, niks verdrongen verdriet, niks maatschappelijke desillusie. Zijn moeder was een vrouw die voor haar zestigste verjaardag een nieuw handdoekenrekje vroeg. Daar was alles mee gezegd.

HOOFDSTUK 6

Het onweerde de hele nacht; soms ver weg, dan dichtbij, met hevige slagregens, in het noorden, in het zuiden en opnieuw in het noorden, alsof het onweer geen richting kon bepalen en maar wat doelloos heen en weer zwalkte.

Pierre Gilliard kon vanaf een uur of drie niet meer slapen en lag naar het gerommel te luisteren en te kijken naar de gordijntjes voor het zolderraam, die kleurloos waren in de nacht, maar bij iedere bliksemflits blauw oplichtten. Hij leed echter niet onder zijn slapeloosheid en lag uitgerust met zijn handen onder zijn hoofd te denken aan de jaren die achter hem lagen.

De beklemming die hem al met het invallen van de lente in Tobolsk had overvallen – alsof het getik van smeltwaterdruppels van de dakranden van het Huis der Vrijheid geen voorjaar aankondigden, geen nieuwe hoop, maar slechts het grote aftellen – die beklemming liet zich aan boord van het stoomschip Russia, westwaarts varend richting Tjoemen, in volle hevigheid gelden. Voor de drie meisjes (Maria was al in Jekaterinenburg) en Aleksej gold dat niet. Ze waren weliswaar gespannen en vol wantrouwen tegenover de soldaten op het schip, maar het vooruitzicht weer met hun ouders en zusje verenigd te worden én de frisse rivierwind, na maandenlang opgesloten gezeten te hebben in het Huis der Vrijheid, de glinstering van de zon op het water, de flarden van het oeverlandschap die ze opvingen als ze even naar de wascabine mochten, hadden een hilarische vrolijkheid opgewekt. Anastasia's opgewonden stem was overal bovenuit te horen.

Hijzelf zag enkel dreiging – het woedende stampen uit de buik van het schip, het schelle licht door de vuile patrijspoorten, het neerhalen van vogels door de zich vervelende scherpschutters aan dek – en hij staarde naar buiten, naar de onverschillige dorpen langs de rivieroever, waar niemand wist dat deze oude, vuile stoomboot de kinderen van de tsaar aan boord had. (En als ze het wel zouden weten, wat zouden ze dan doen, de over hun akkers gebogen boeren en boerinnen in de verte? Stenen gooien? Met spaden en hooivorken dreigen? Welnee, op hun knieën zouden ze vallen, met hemden en hoofddoeken zwaaien, zoals ze dat al honderden jaren deden. De revolutie was tot het platteland van Siberië nog helemaal niet doorgedrongen.)

's Nachts sliep hij niet. De meisjes mochten van de soldaten hun hutten niet dichtdoen, en met suizende oren van inspanning en bonkend hart bij ieder nieuw geluid lag hij te luisteren.

In Tjoemen legde de boot aan en kreeg men te horen dat op de trein overgestapt zou worden. Iedereen moest zijn eigen bagage naar de trein dragen, behalve Aleksej, die zelf gedragen moest worden. Het was een paar honderd meter lopen van de boot naar het afgelegen emplacement waar de trein klaarstond en een flink deel van de soldaten ging voorop, waarschijnlijk om nieuwsgierigen op afstand te houden. Moeizaam, met koffers en manden zeulend over een modderig pad tussen loodsen en schuren, bewoog de stoet zich voort.

Voorop liep adjudant-generaal Tatistsjev, rechtop voortstappend als een slaapwandelaar met twee reusachtige leren koffers die niets leken te wegen. Achter hem, zwikkend om hem bij te houden, gravin Gendrikova en gravin Buxhoeveden, welke laatste toch kans gezien had haar zwaarste koffer aan de oude knecht Volkov over te dragen, die daarmee aanvankelijk vlak achter haar liep, maar steeds verder achterop raakte. Matroos Nagorny, met Aleksej in zijn armen, volgde met vastberaden stap en onverschillige rug, alsof men gezamenlijk een wandelingetje maakte. Gouvernante Sasja Tegleva en haar assistente Lisa Ersberg sjouwden volgestouwde rieten manden. De drie grootvorstinnen liepen naast elkaar. Anastasia deed al snel geen enkele moeite meer haar koffer te dragen en trok het bruinleren gevaarte obstinaat door de modder, maar Tatjana liep kaarsrecht met ongenaakbaar achterhoofd, een elegante koffer in de hand en een hond op de arm, en Olga droeg twee identieke koffertjes plus een grote, linnen schoudertas die steeds naar beneden viel, totdat ze de schouderriem over haar hoofd naar de andere schouder verlegde. Gilliard liep met collega Gibbes achter hen. Hijzelf droeg, behalve zijn eigen koffer, ook de tas van de oude hofdame Schneider, die met piepende ademhaling, ondersteund door de lakei Trupp, achter hem liep. Daarachter volgden nog de kok Charitonov met een houten kist voor zijn buik, keukenknechtje Leonid Sednev die, pezig opdondertje als hij was, twee enorme zakken zeulde, en nog enige anderen. Vier soldaten sloten de rij.

Nog nooit sinds hij de Romanovs vrijwillig in ballingschap was gevolgd, was Gilliards gevoel van onmacht zo groot geweest. Als lijdzame, willoze lammeren liet men zich hier, glijdend en struikelend door de modder, voortdrijven en naar de slachtbank voeren. Tegelijkertijd was hij zich echter met al zijn zintuigen bewust van het feit dat ze hier vrij rondliepen in Tjoemen. Niet opgesloten in huis, boot of trein, maar lopend over een openbaar pad van het haventje naar het spoorwegemplacement. Los. Ongeboeid. In een stoet die slechts door twee of drie soldaten geflankeerd werd. Hij keek naar de meisjes voor hem. Hij had ze Frans onderwezen en geschiedenis, jarenlang, en nu kon hij niets meer voor ze doen dan hun lot delen, samen met hen verkommeren in Siberië, als gevangene. Eigenlijk keek hij maar naar een van hen. Naar degene wier hoofddoek was afgegleden toen ze de riem van de schoudertas verlegd had. Wier korte, bruine haar glansde in de Siberische lentezon. Die zwijgend en ernstig haar last droeg met witgeknepen knokkels om de handvatten van beide koffers en een fiere rug.

Er is soms maar weinig voor nodig om de loop van de wereldgeschiedenis te veranderen. Een kat bijvoorbeeld. En een hond. Een kat die plotseling op het verzakte raamkozijn van een vervallen loods springt en een hond die op de arm meegedragen wordt en haar in het oog krijgt. Een hond die toevallig erg fel op katten is.

Als er tijd tot nadenken was geweest, had Pierre Gilliard nooit gedaan wat hij deed. Later werd hij nog wel eens zwetend wakker uit een droom waarin de straf onmiddellijk op de daad volgde. Maar er was geen tijd tot nadenken.

Er was een hond die van een arm sprong en met riem en al blaffend achter de kat aan ging. Er was iemand die viel. Er was gegil en gekef van een ander hondje uit een jaszak. Er was Anastasia die haar koffer neersmeet en de rij uit vloog. Er klonken kreten en vloeken van soldaten en direct ook schoten, waarna nog meer gegil. Er was Gibbes die ernaartoe wilde rennen, maar direct beetgegrepen werd. Er was een linkerkant waar alles gebeurde en een rechterkant waar een smalle doorgang tussen twee loodsen was.

Hij had zijn bagage neergegooid en Olga vastgepakt. Haar toegebeten dat ze de koffers moest laten vallen, ze haar vrijwel uit handen geslagen toen ze het niet deed en haar meegesleurd de doorgang door. Ze gilde en viel, maar hij trok haar overeind en rende verder, haar meetrekkend, blind van paniek, omdat ze zich wilde losrukken, maar met een snelheid en een kracht waarvan hij niet wist dat hij ze bezat. Loodsen, schuren, scheepswerfjes, houtstapels, treinrails. Schoten achter hen. Geroep, gebrul. Ze vielen allebei, zij wilde terug, de soldaten tegemoet, maar met de bovenmenselijke kracht die hem niet verliet, sleepte hij haar verder. Achterkanten van huizen, hutten, stegen. Opeens een boerenkar vol vodden.

Dat was het ergste geweest: het liggen wachten onder die vodden. Zijn hoofd bonkend van angst. Zijn hand als een schroef om Olga's pols. Nee, u mag niet weg! Zodra ze ons zien, schieten ze, er is geen weg terug. Niet bewegen. Zweten en rillen tegelijk. Ademloos bij elke stem, ieder geluid. Laarzen door de steeg. Hallucinaties. Staken er bajonetten door zijn lijf? Was hij al dood? Waren de vodden doorweekt van zijn bloed? Het prevelen van gebeden naast hem. Zijn hand, zijn hele arm die verlamd was. En eindelijk – na hoeveel tijd? – goedmoedig gemopper om de wagen heen. Een os die niet wilde staan zoals zijn baas wilde. Het hobbelen van de kar over de keien.

De omzwervingen. Perm. Kazan. De volgestouwde beestenwagens. De lompen. Haar gezicht dat zorgvuldig vuil moest blijven. Haar grove, versleten boerinnenlaarzen. De diamanten uit de linnen tas, waarvan hij er af en toe een verkocht. Haar tranen in de avond, haar naar hem toegewende rug.

Samara, herfst al. Het bericht, nu pas hier doorgedrongen, dat de tsarenfamilie doodgeschoten was. Niet meer opstaan wilde ze, niet meer eten, niet meer leven. Hij bracht haar naar een kerk en voerde haar uren later van de icoon weg.

De Wolga. De blokhut op het reusachtige houtvlot waarop ze mochten meevaren, helemaal tot Wolgograd. De ijskoude wind die haar bleke wangen kleurde, de grappen van de houtverkoper die meende dat ze jonggetrouwden waren, zodat hij haar eenmaal onder diens ogen had gekust. November 1918: op een houtvlot op de Wolga kust Pierre Gilliard grootvorstin Olga, de enig overgebleven dochter van de tsaar. Zijn verontschuldigingen later. Haar glimlach.

Rostow aan de Don. Eindelijk de boot naar Istanbul. De kleine scheepshut, bedden boven elkaar. Hij mocht pas binnenkomen als zij onder de dekens lag. Haar blote benen, desondanks een keer waargenomen; haar blanke boezem in het katoenen lijfje als hij bij het ochtendgloren naar beneden gluurde en zij nog in diepe slaap lag, beide handen met de palmen naar boven naast haar gezicht, zoals een kind slaapt. Zijn ongepaste erecties in het smalle scheepsbed.

Eenmaal in Istanbul lag het voor de hand dat Olga zich bekend zou maken en zich tot haar Engelse en overige Europese familie zou wenden, maar dat deed ze niet. Nog niet althans, misschien later. Zij was dood, zij hoorde dood te zijn. Dat ze gespaard gebleven was, ongevraagd en ongewild, betekende dat God een bedoeling met haar had, maar die lag vast niet aan de Europese hoven. Moest ze misschien in een klooster gaan? Die mogelijkheid bracht ze soms ter sprake, maar ze nam geen beslissing en hij wachtte zich er wel voor daarop aan te dringen. Bovendien was ze aan zijn gezelschap gehecht geraakt. Ze had altijd al een band met hem gehad, meer dan de koelere Tatjana, de vrolijke, oppervlakkige Maria en de ongedurige Anastasia, maar nu het lot hun levens zo nauw verweven had, wilde ze hem niet kwijt. Hij was haar enige schakel tussen vroeger en nu, de enig overgeblevene die de mensen, plaatsen en gebeurtenissen kende die haar bestaan hadden uitgemaakt en alle chaos, vernedering en vernietiging die haar gebroken hadden. Hij was haar meest vertrouwde persoon op aarde. Ze nam hem de ontvoering uit Tjoemen allang niet meer kwalijk. En ze was hem, onuitgesproken, dankbaar voor het respect dat hij haar gedurende de hele vlucht, in al die nachten in boerenschuren, hooibergen en dorpsherbergen, was blijven betonen. Ze liet de beslissing over waar ze heen zouden gaan aan hem over. Voorlopig had ze alleen rust nodig.

Hij had eerst natuurlijk Zwitserland overwogen – hij was immers Zwitser – maar had dat idee al snel verworpen. Zwitserland wemelde van de gevluchte Russen en bolsjewistische infiltranten; als ze ergens gevaar op herkenning liepen, dan wel in Zwitserland. Het was ten slotte Holland geworden. In Holland kende niemand hun gezichten, zeker niet in dit afgelegen dorp, er waren nauwelijks Russen in het land en het vorstenhuis had geen hechte banden met de Romanovs.

Zo woonden ze al ettelijke jaren onder valse naam in deze villa, onbekend en ongestoord. Hij zorgde voor Olga. Er moest voor haar gezorgd worden, want van de kranige tsarendochter die haar eigen avondmaal aan paddestoelen bijeenzocht, die 'in naam van de revolutie en uit boetedoening voor het verdrukte Russische volk' op haar knieën de hal van het Huis der Vrijheid dweilde, die als boerin op een houtvlot over de Wolga voer, was niets meer over. Zij was een stille dubbelgangster van zichzelf geworden, die roerloos kon zitten luisteren naar de stemmen uit het verleden in haar hoofd, die als een schim, een gracieuze schim, door de tuin wandelde en de bladeren aanraakte. Ze had geen deel aan de realiteit, want zonder haar familie was er voor haar geen realiteit. Olga was een deel van OTMA. En OTMA behoorde tot het hechte, sacraal aaneengesmede gezin dat alles kon dragen, alles kon doorstaan, zolang het maar samen was. Letterlijk losgerukt van haar familie was Olga in een vacuüm terechtgekomen. Zonder haar familie was zij een bloem zonder stengel, een regel zonder gedicht. Ze woonde in zijn huis als een lieflijk visioen in een brein. Niemand die haar ooit zag, niemand die haar ooit gesproken had.

Hij zorgde voor haar en het ontbrak haar aan niets. Haar diamanten zette hij om in blouses, japonnen, zijden stoffen, Franse en Engelse romans, poëziebundels, mooie wijnen en een fiets; een hoge, glanzende damesfiets waarop ze door de tuin reed. Daar was de tuin eigenlijk niet op ingericht en ook niet groot genoeg voor, maar dat leek haar niet te deren. Heel langzaam en precies sturend reed ze het grasveld rond of stond stil tegen een boom geleund en keek voor zich uit alsof ze aan een rivieroever stond. Hij had ook rolschaatsen voor haar gekocht, maar daar reed ze niet op; ze pakte ze hoogstens op en liet met een vinger de wieltjes draaien.

Als ze lachte, was hij gelukkig. Als ze huilde, nam hij haar in zijn armen en streelde haar nek, haar armen, haar rug, tot ze stil werd, zich begon te wentelen in zijn omhelzing, haar mond naar hem ophief. Iedere keer als hij de knoopjes van haar blouse losmaakte en zijn neus in het satijnen gleufje tussen haar borsten stak, als haar ademhaling sneller werd, dan had hij het gevoel dat alle doorstane verschrikkingen slechts bedoeld waren geweest om deze omarming mogelijk te maken. Dat al haar verdriet en verlorenheid tot doel hadden gehad dat ze haar armen om zijn hals zou slaan, zou zuchten en geluidjes maken en zangerige flarden Russisch of Frans in zijn oor zei. Ze was een vrouw geworden die de troost ontdekt had die zijn liefde te bieden had en die troost accepteerde met al de ontroerende hartstocht van haar vijfentwintig jaren. Haar stevige, blanke handen kenden zijn lijf net zo goed als zijn handen het hare. Als hij in haar binnendrong, nam ze soms zijn gezicht tussen haar handen en keek hem aan, ernstig, zelfbewust, vol overgave, Nee, hij voelde allang niet meer de stekende blikken van de tsaar en de tsarina in zijn rug, dat was voorbij. Dat was voorgoed voorbij.

Het was al licht. De gordijnen voor het zolderraam waren helderblauw en het onweer was gevlucht als een nachtgespenst voor de zon. Het was halfzeven, zag hij op zijn horloge. Hij was toch nog in slaap gevallen.

Hij stapte in zijn leren slippers, verliet de kamer, liep de trap naar de eerste verdieping af, streek in de badkamer een paar maal lui over zijn baardstoppels, maar ging toen toch eerst naar de kamer aan het eind van de gang en duwde voorzichtig de deurkruk naar beneden. Het was hier schemerig, want de gordijnen waren nog dicht. Hij sloot de deur achter zich, liep op zijn tenen naar het bed en moest lachen.

Toen hij deze kamer gisteravond verlaten had om naar boven te gaan, sliep zij al, bloot onder het dek liggend met los haar, diep in slaap. En nu lag ze met haar nachtpon aan en haar haren gevlochten. Zonder nachtpon en vlecht kon zij niet slapen. Als het voorkwam dat ze toch insliep zonder dat die dingen in orde waren, werd ze 's nachts wakker en bracht ze alsnog in orde. De enkele keren dat hij dit bed tot de ochtendstond met haar gedeeld had, zat zij midden in de nacht overeind haar haren te vlechten of zocht tastend over de vloer naar het elastiekje. En als ze weer tegen hem aan kwam liggen, was het katoen of zijde waarover zijn hand streelde. Nachtpon en vlecht, twee ijkpunten in het leven. Behalve in de kortharige periode na de mazelen had OTMA nooit met losse haren geslapen en bloot al helemaal niet.

Ze lag op haar linkerzij, met haar rug naar hem toe en haar rechtervuist naast zich op het kussen. Toen hij zich vooroverboog, zag hij dat haar mond een beetje openstond en er een klein speekselvlekje op de kussensloop was gekomen. Haar ademhaling was volmaakt regelmatig. Ze sliep argeloos als een dochter in haar vaders huis. Hij moest zich beheersen om haar niet te kussen. Ze mocht niet wakker worden.

Hij keek de kamer rond. De spiegel met de lijst van verstrengelde zwanehalzen glansde. Het gordijn kierde een beetje en liet een streep licht vallen op het affiche van Willem de Kooning aan de muur tegenover het bed. Fel lichtten het rood en het geel op, een uitspatting van kleur in het schemerduister, een geluidloze schreeuw in de stilte. Er was veel veranderd sinds zij over het spoorwegemplacement van Tjoemen hadden gelopen, de eeuw was oud geworden, maar de jaren telden niet in het vacuüm waarin zij leefden. Huis en tuin waren omgeven door een reusachtige luchtbel die hen isoleerde van de rest van de aarde. Een planeet binnen een planeet, een zelfstandig heelal. De golf die hen beiden opgetild had in de oceaan van de tijd bleef hen op zijn toppen voeren. Voor hen waren verleden en heden ineengevloeid. De vrouw op het bed bleef altijd vijfentwintig.

Hij liep de kamer door en keek door de kier in het gordijn naar buiten. De tuin flonkerde na al die regen in de ochtendzon.

Toen sloeg zijn hart een slag over.

Er zwom een meisje in het zwembad!

❧

Het was behoorlijk fris na het onweer. Je moest niet al te kinderachtig zijn om nu te zwemmen. Zijn overhemd nog in zijn broek stoppend – zelden had hij zich zo haastig aangekleed – sloop hij het gras over, gluurde over de rododendrons en zag het meisje net het zwembadtrapje op klimmen. Ze droeg weer het gifgroene badpak, maar had het haar nu in een glad staartje naar achteren. Toen ze boven aan het trapje was, rende ze naar de korte kant van het bad, kennelijk om er vanaf die kant weer in te duiken, zoals kinderen wel doen die voortdurend in en uit het water gaan. Op het moment dat hij achter de struik te voorschijn kwam, had ze een aanloopje genomen en kwam nog net aan de rand van het bad tot stilstand.

'O,' riep ze, 'betrapt.'

Ze glimlachte er schuchter bij en kwam een paar passen zijn richting uit lopen.

Hij zweeg en keek haar koel aan door zijn zonnebril.

Ze haalde haar schouders op, begon met een slank voetje met roodgelakte teennagels een figuurtje op de tegels te beschrijven en zei berustend: 'Dat zat erin...'

'U heeft hier vast een goede verklaring voor,' zei hij stijf.

'Ja. Nee...' zei het meisje. 'Het zit eigenlijk zo: ik zwom hier vroeger wel eens. Toen ik met Eva Veere bevriend was. Ik zat bij haar op school. En nu ben ik weer tijdelijk bij mijn ouders, die wonen daar in de buurt van het viaduct...' – ze maakte een vaag handgebaar in de richting van de snelweg – '...dus met dat mooie weer kon ik de verleiding niet weerstaan.'

Ze glimlachte weer. Ze had prachtige amandelvormige, amberkleurige ogen in haar sproetengezicht en ze stond een beetje te rillen in haar natte badpak; de lucht was killer dan het water.

We laten ons niet inpakken, dacht hij.

'Mevrouw Veere vindt het vast wel goed,' voegde ze eraan toe. 'Maar ja, die is op reis, hè? Dus het valt niet goed te praten; ik had het eerst aan jou moeten vragen.'

Geïrriteerd door haar tutoyeren en door de zinspeling op mevrouw Veeres autoriteit boven de zijne zei hij: 'Maar dat was blijkbaar te veel moeite!'

'Moeite...' zei ze, van hem weg kijkend, 'moeite niet, maar... nou ja, eerlijk gezegd, het clandestiene aspect van de zaak is... of was... juist een van de aantrekkelijkheden, dat is waar. Goed, het spijt me. Sorry.'

Daarmee beschouwde ze de zaak blijkbaar als afgehandeld.

'Dit zwembad is de laatste jaren niet meer gebruikt,' zei hij stug, niet naar haar kijkend, maar naar het water, waarop na de onweersnacht meer neusjes, bloesems en blaadjes dreven dan gewoonlijk. 'Het is zo lek als een mandje en dat betekent niet alleen dat het water wegloopt, maar vooral dat het grondwater erin loopt; dan krijg je van dat vieze, bruine water. Nu is het weer gevuld, omdat het grondwaterpeil op het ogenblik zo laag staat dat er geen grondwater in loopt. Maar je kunt geen chloor toevoegen, want dat is de pest voor de bomen: de wortels zuigen al het water op dat wegloopt. Dat betekent dus dat de waterkwaliteit nogal precair is. Hier kunnen niet veel mensen zwemmen. Het is toch al een hele klus om het water schoon te houden. Het is een eenpersoonsbad, zogezegd.'

'O,' zei ze.

'Snap je?'

'Ik snap het. Ik vervuil hier het zwembad.'

'Nou, dat zeg ik niet...'

'En dat wil ik natuurlijk niet op mijn geweten hebben.

Dan zal ik me maar meteen gaan aankleden.'

Ze stond gewoon de draak met hem te steken.

'Je wilde er net inspringen, dus ik zou zeggen: maak nog maar af waar je aan begonnen bent. Be my guest,' zei hij met afgemeten hoffelijkheid.

'Weet je het zeker?' vroeg ze spottend.

Hij zweeg met opgetrokken wenkbrauwen.

'Oké,' zei ze, 'om het af te leren dan', en ze stapte op de rand, maakte een wonderlijk snelle schroefbeweging, kwam vrijwel zonder spatten in het water terecht en gleed naar de overkant zonder enige zichtbare inspanning. Wat kon die meid zwemmen. Hij wist niet goed of hij weg zou lopen of het gesprek nog zou voortzetten.

'Hoe vaak ben je hier al geweest?' vroeg hij, toen ze onder de duikplank de rand greep.

'Dat zal ik maar niet zeggen!' zei ze, terwijl ze zich met haar voeten tegen de kant afzette en zich ruggelings naar het midden van het bad liet drijven. 'Het zou trouwens toch voor de laatste keer geweest zijn, hoor! Die wal ligt hier al voor de tuin, je kunt er nauwelijks meer langs.'

En volstrekt ontspannen achterover in het water liggend voegde ze eraan toe: 'Zo keert alles zich vanzelf ten goede.'

Drift laaide in hem op.

'Daar houden we het dan maar op,' zei hij. 'Nu ga ik ontbijten. Ik groet je.'

Hij liep over het gras op het huis toe en verdween in de keuken. Nijdig brak hij een paar bevroren boterhammen uit het vriesvak los, smakte een steelpan op het fornuis, zette de fluitketel op en bleef vervolgens dadenloos tegen het aanrecht hangen.

Wat een sukkel was hij toch, wat een zultkop. Wat onhandig en wereldvreemd had hij dit weer aangepakt, met zijn 'u' en zijn 'grondwaterpeil'. Dit was dus het genadeloos op haar nummer zetten van de indringster waarvoor hij de afgelopen dagen de wekker gezet had. Ze lachte hem vierkant uit, die rooie feeks!

Hij hield geen oog van het zwembad af, waarin het vossige meisje heen en weer zwom. Voor zover hij zien kon, keek ze niet hierheen, maar iedere keer als hij maar even dacht dat ze dat zou kúnnen doen, schudde hij aan de steelpan of verplaatste de fluitketel, opdat ze niet zou denken dat hij haar stond te bespieden. Het was een leuk meisje, bijdehand als ze ook was. Als ze Sweder getroffen zou hebben, dan stond die nu cappuccino voor haar klaar te maken in het Italiaanse koffiezetapparaat dat híj niet eens kon bedienen.

Hij deed een ei in het pannetje, dat meteen knapte en een hoop vervelend schuim veroorzaakte, zodat hij het met pan en al in de gootsteen smeet. Toen hij de koffie in het filter opschonk, klom het meisje het bad uit, begon zich af te drogen en verdween uit zijn blikveld tussen de hazelnotestruiken. Onrustig ijsbeerde hij door de keuken, haalde mompelend het turkooizen oorbelletje uit het schaaltje in de kast, legde het weer terug en begon plakjes oude kaas af te snijden, waarbij hij zich in zijn duim sneed. Daar verscheen ze weer, kamde net als de vorige keer haar haren naar achteren, stopte haar spulletjes in een tas en liep het gras op richting snelweg. Als hij nu niets deed, was hij echt de grootste sukkel van het dorp.

Hij rende naar buiten.

'Hé, wacht even!'

Niet wie verloren heeft is verliezer, maar wie zijn verlies niet toegeeft; wie had dat ook weer gezegd?

Het meisje bleef midden op het grasveld staan. Hij liep naar haar toe.

'Ik heb net koffie gezet. Wil je koffie?'

Ze lachte en haalde, opeens een beetje verlegen naar het leek, een paar maal een hand door haar nog vochtige haar. Ze had een spijkerbroek aan en een wit bloesje met op een borstzakje een dolfijntje geborduurd.

'Dat is aardig,' zei ze. 'Maar ik heb weinig tijd. Ik heb een vakantiebaantje op het ogenblik en daar moet ik om acht uur beginnen. Een andere keer misschien of eh... ik bedoel...'

Ze kreeg zowaar een kleur en begon met een smalle, sproetige vuist in haar opgerolde handdoek te stompen. Dit was het meisje dat hem hartkloppingen van woede bezorgd had, omdat ze in zijn zwembad zwom.

'Luister 's,' zei hij, 'zo'n grote botterik ben ik nou ook weer niet, hoor. Je mag hier best nog eens komen zwemmen, als je daar zin in hebt.'

'Botterik?' vroeg ze verbaasd. 'Ik dring hier de tuin binnen en spring zonder te vragen in het zwembad en jij biedt me nog koffie aan ook. Ik ben het die zich moet schamen, zou ik denken.'

'Welnee.'

'Jawel. Ik word altijd een beetje querulanterig als ik betrapt word op iets wat niet mag.'

'Zo erg is het niet.'

Ze haalde haar schouders op.

'Zal ik me dan ten minste even fatsoenlijk voorstellen?' vroeg ze en stak haar hand uit. 'Loti Swart.'

'Lex Grol. Ik pas hier op het huis.'

Ze knikte.

'Wanneer komt mevrouw Veere terug?'

'In augustus.'

Ze keek een ogenblik de tuin rond.

'Mooi...' zei ze dromerig. 'Maar nu moet ik echt gaan. Dank voor je aanbod. Erg aardig.'

'Als je nog eens wilt zwemmen... bel maar aan het tuinhek als je niet meer langs de wal kunt lopen. Of is de lol eraf als het niet meer clandestien is?'

Ze schoot in de lach.

'Nee, nee. Ik kom nog wel een keer.'

Ze zeiden gedag. Zij liep het gras over en glipte tussen de coniferen en hij liep langzaam naar de keuken terug en maakte in een tamelijk tevreden stemming het ontbijt af.

Ja, ja, tegen een paar mooie ogen en een lief nekkie waren we natuurlijk weer niet bestand. Maar hij was toch blij dat hij de zaak uiteindelijk normaal had opgelost. Hij hield niet van conflicten en al helemaal niet met meisjes. Zijn aanbod echter om nog eens te komen zwemmen had hem zelf wat overrompeld en nu hij erover nadacht, hoopte hij dat ze daar niet op in zou gaan. Hij wilde het dolfijnenbassin niet met een meisje delen, al was het nog zo'n leuk meisje en zo'n goede zwemster. Het bad verloor aan betovering als zij hier was, als wie dan ook hier was. Een meisje van vlees en bloed kon hij hier niet gebruiken.

❧

Na het ontbijt viel er in de tuin nogal wat werk te doen. De monnikskappen en de riddersporen waren in het nachtelijk onweer platgeregend: de nog maar net bloemdragende stengels, die de afgelopen weken zo hoog opgeschoten waren, lagen verslagen, nat en modderig ter aarde. De riddersporen waren er het ergst aan toe; de tere bloemen lagen als nat, verfrommeld papier tegen de grond. Als een ziekenbroeder ging hij er met stokken en bindertjes uit de schuur op af, schudde de stengels voorzichtig uit en bond ze vast aan de stokken. Gebroken waren ze niet en misschien zouden ze zich zonder hulp op den duur ook wel weer oprichten, maar dat wilde hij niet afwachten. Straks bemoeide de tuinman zich er weer mee en ging lelijke houten palen in de borders slaan, waaraan hij de bloemen met hele pollen tegelijk vastsnoerde, zoals hij elders in de tuin al gedaan had.

Toen hij klaar was, liep hij de hele tuin door en snoof met diepe teugen de geuren op: ochtendlijke zomertuin na regen, alleen daarom al zou je nooit meer in de stad willen wonen. De kleine akeleitjes waren er, ondanks hun kwetsbare uiterlijk, goed afgekomen en prikten wonderlijk ongeschonden hun kokette staartjes in de lucht alsof er niks gebeurd was. Hij schudde de zwaar neerhangende lichtgroene schermen van de hortensia's uit, die zich meteen verlicht oprichtten. Merels zetten zich schrap op het gras om vette wormen omhoog te trekken. De natte, dikke buik van het boeddhabeeldje tussen de hazelaars glansde verlekkerd in de zon.

Naast het tuinhuis was een topzware agave in een pot omgevallen. Dat ding moest maar meteen in een zwaardere pot. Achter het tuinhuis waren aarden potten in alle soorten en maten opgestapeld. Hij liet zijn oog vallen op een grote, oude pot die omgekeerd op de grond stond; er was weliswaar een scherf uit, maar hij was net van het goede formaat. Hij tilde de pot op en zijn adem stokte even.

Daar zat de pad!

Daar verborg het beest zich dus. Het uit de rand geslagen stuk was groot genoeg om doorheen te kruipen en daar zat hij, donker en koel achter het tuinhuis, daar bracht hij de dag door.

De pad was ook geschrokken. Er ging een schokje door hem heen dat leek op een sprongetje op de plaats en daarna drukte hij zich plat tegen de grond, alsof hij niet wilde laten merken dat hij er was. Hier was slechts bruingrijze modder. Zag je soms verschil dan? Het verschil zat hem in zijn ogen, want hij vergat zijn ogen dicht te doen. Hij was een kwakje modder met gouden ogen.

'Kijk, kijk. Dacht jij zo de oorlog te winnen!'

De pad bleef roerloos zitten.

Hij begon zachtjes te lachen, zette de pot voorzichtig weer over het dier heen, koos een andere pot uit en plantte de agave daarin over.

Daarna liep hij het tuinhuis binnen.

Hier was sinds de tijd dat Sweder er zijn scheikundeproeven deed niets veranderd. Het was een kleine, zeshoekige, houten ruimte met aan drie kanten ramen, dat wil zeggen, twee uit twaalf ruitjes bestaande ramen aan weerszijden en een deur in het midden met eveneens twaalf ruitjes. Middenin stond een reusachtige werktafel met een kaal peertje erboven en erop nog steeds het butagasstel waarop ze vroeger, naast de verschrikkelijkste brouwsels, ook gewoon thee en Nescafé gemaakt hadden. Verder was er een sierlijk fonteintje met een koperen koudwaterkraan langs de achterwand en stonden er een paar gammele keukenstoelen.

Het huisje was klein, maar als je de tafel een stuk naar voren schoof, zou er nog een bed bij kunnen en een potkacheltje. Er was geen stopcontact, maar dat viel gemakkelijk aan te leggen. Geen wc, dat werd dus een sanitaire emmer, niks aan te doen, er waren ergere dingen. Wassen aan de kraan, zoals miljoenen mensen het vroeger gedaan hadden en nog steeds deden. En spuiten kon overal.

Hij ging op een stoel achter de tafel zitten en keek naar buiten. Hier aan het boek te werken... met links uitzicht op het dolfijnenbassin, rechts op het grasveld en de bomen en recht vooruit, half achter struiken verscholen, op het grote huis met zijn pannendak.

'Zeg, zie ik dat goed, brandt daar licht in je tuinhuisje?' zouden de gasten van mevrouw Veere vragen, op een winderige herfstavond met het glas in de hand voor de open haard staand.

'Ja, daar zit een vriend van Sweder in,' zou ze antwoorden. 'Die schrijft daar een boek. Een romanticus, weet je, maar een beste jongen, hoor. Niks geen last van. Hij houdt de tuin nog een beetje bij ook.'

Hij keek de enorme tafel rond. Hier de pc, daarnaast zijn boeken, aan de andere kant kon het gasstel blijven staan, aan die kant kon hij eten, ruimte te over. Achter hem, tegen de blinde wand, het bed. Dat was alles. Geen overbodige onzin. Wat doelmatige kleren. Simpel, maar smakelijk en gezond voedsel. Goede wijn als enige luxe.

Een droomhuisje.

Nacht. Geluid van ritselend blad. Getik van regen op het dak. De glooiende heup in zijn schoot beweegt, verlegt zich steeds.

'Slaap je niet?'

'Nee.'

'Is het bed te klein?'

'Nee. Ik droomde zo vreselijk. Over vroeger.'

Geklater van het fonteintje. Koel water in een glas.

'Drink maar een beetje.'

Ze gaat rechtop zitten en drinkt.

'Wacht even, ik weet wat.'

'Wat ga je doen? Naar buiten?'

De deur. Wind door zijn haren. Blote voeten op een tapijt van natte bladeren. De flessen staan aan de zijkant. Er roept een uil. Weer binnen.

'Dit verdrijft boze dromen.'

Kurketrekker en twee glazen. Het warme bed.

'Midden in de nacht?'

Plop, zegt de kurk.

'Proef 's.'

Een witte hand om een glas.

'Mmm.'

'Sancerre '86. Er staan nóg drie flessen.'

Ze glimlacht. Tanden die oplichten in het donker. Een verschaalde zweem Rose-thé. Een borstaanzet in wit katoen.

Een tweede glas.

Hij buigt zich naar haar toe.

'Dit is een huisje op kippepoten, weet je dat? Het hutje van Baba Jaga.'

Ze laat het glas zakken. Ze herhaalt de naam. Een melodie. Een herinnering.

'Baba Jaga zegt: ga nu maar slapen, de ochtend is wijzer dan de avond.'

'Op kippepoten...' zegt ze.

'Straks rent het weg. Met ons erin. We raken verloren,

voor altijd. Niemand hoort ooit nog van ons.'

De glans van haar ogen in het duister. De slaapgeur van haar haren. Ze begint te giechelen.

'Haal dan maar snel die drie flessen binnen.'

Er brak op het gras een luidruchtig gevecht los tussen twee merels en een ekster. Hij stond op en liep naar buiten. De vogels trokken zich weinig van hem aan en scheerden rakelings langs zijn schoenen. Wat kon mevrouw Veere ertegen hebben? Ze zou erover inzitten dat het zo primitief was. Nou, dan maakte hij haar duidelijk dat hij dat juist wilde. Het moest lukken.

❧

'Heel geschikt voor een oudere dame,' zei de verkoopster. 'Fijntjes, hè? Vrolijk met al die kleurtjes, maar toch fijntjes. En je kunt het haast overal bij dragen. Wat draagt uw moeder meestal voor kleuren?'

'Eh...'

'Ach, dat maakt ook niet uit. Dit staat mooi op zwart en op wit, maar net zo goed op grijs of donkerblauw. Ook op rood, als ze van rood houdt.'

Ze hield het collier aanschouwelijkerwijs tegen een rode sjaal die op de toonbank lag.

'Er zijn ook oorbellen van. Kijk, die heb ik hier. Chirurgisch staal, hoor.'

'Nee, oorbellen draagt ze nooit.'

'Geen oorbellentype,' sprak de verkoopster en legde de oorbellen terug.

'Ik vind de armband toch ook heel aardig,' aarzelde hij, 'maar dan wordt het wel prijzig...'

De verkoopster nam het collier in de ene hand, de armband in de andere en trok met een ernstig gezicht de wenkbrauwen op. Dit was een delicate kwestie.

'U moet het zo zien, meneer, het hóórt bij elkaar, het is een setje. En iedere vrouw heeft het liefst een setje. Als u zegt: alleen het collier... goed, kán, is óók leuk. Maar als u zegt: nu wil ik mijn moeder eens echt verwennen, nu kom ik eens met een echt cadeau voor de dag, dan hééft ze iets... ja...'

Ze haalde haar schouders op en keek discreet naar beneden op de manier van iemand die zich er verder niet in wil mengen.

'Heeft u een mooi doosje waar het samen in kan?' vroeg hij.

'Natuurlijk!' riep de vrouw en sloeg onder de toonbank aan het zoeken.

Vorig jaar had hij zijn moeder een boek over Rembrandt voor haar verjaardag gegeven, waarvan zij had gezegd: 'Knap toch, hè, zoals die man dat kon!', waarna het boek onder op de televisietafel was gelegd, waar het sindsdien keurig afgestoft en onaangeroerd verbleef. Het jaar daarvoor had hij een doos dure Belgische bonbons voor haar meegebracht, die met Kerstmis nog geheel intact bleek. 'Voor als er bezoek komt.' Het cadeau van het jaar dáárvoor was echter een succes geweest: een elektrische koffiemolen. Zijn moeder kocht altijd hele koffiebonen – die waren goedkoper dan gemalen koffie – en haar oude, op de koffiepunten gespaarde apparaat had na dertig jaar dienst opeens kortsluiting veroorzaakt; een gebeurtenis die haar zo geschokt had, dat ze hem er speciaal over opgebeld had.

Of ze dit collier met bijpassende armband nu inderdaad dragen zou, moest je maar afwachten, maar hij was er zelf in ieder geval tevreden over en vond het een passend geschenk voor een zestigste verjaardag. Het bestond uit een dertigtal door schakeltjes verbonden metalen plaatjes in de vorm van regendruppeltjes, die aan de voorkant geëmailleerd waren in mooie, heldere kleuren. Bij het collier hingen de druppeltjes ieder aan het puntje in de hals af, bij de armband liepen ze als een grappig kop-staartlijntje over de pols.

Met het geschenk in goudpapier verpakt reed hij even later naar het dorp terug en stopte onderweg alleen nog bij de sigarenwinkel.

Er was niemand in de zaak, maar door de openstaande deur van de belendende achterkamer klonk het geluid van de televisie, door Renés commentaar begeleid.

'Hakke... hakke... hakke...'

Hij wachtte even, maar toen er niemand kwam, keek hij de achterkamer in. René zat in zijn gewone fauteuil voor het toestel. Op het beeldscherm stapte een ouderwetse prins in maillot, pofbroek en cape met een bijl in de hand door een opengekapt gat in een rozenhaag.

'Hallo, René.'

De zware man keek traag op en meteen weer naar het scherm.

'Lope... lope... lope...'

'Is je moeder er niet?'

'Lope... lope... lope... lopelopelope... lo-pe... lo-pe... lo-pe,' riep René, want de prins had de bijl aan de kant gegooid en deed niets dan lopen en verbaasd om zich heen kijken in een weelderige, maar verwaarloosde tuin. In een geheel door onkruid overwoekerd bloemperk stonden twee tuinlieden roerloos met gesloten ogen, de een met een hark, de ander met een schoffel.

'Harreke...'

'Slape...' zei Lex.

'Lope... lope... lope...' riep René weer.

De prins – een elegante jeune premier, al liep hij in close-up aardig tegen de vijftig – naderde nu een Anton Pieck-achtig kasteel, sprong de traptreden op, betrad een hal vol spinnewebben en roerloze lakeien, wierp een blik in een bestofte zaal met een onderuitgezakte koning en koningin, nam een kijkje in de keuken, waar een dikke kok met opgeheven hand boven het oor van een spichtig koksmaatje door Morpheus overmand was geraakt en beklom een aantal pittoresk draaiende trappen.

'Stappe... stappe... stappe...'

Boven opende de prins de deur van een kleine torenkamer en daar lag, in diepe slaap naast een spinnewiel, het mooiste meisje dat op het westelijk halfrond voor deze rol te vinden was geweest, een adembenemend lieflijk wezen met goudbruine haren die zich als een sierlijk stroompje een weg zochten over de planken van de vloer.

René viel stil.

De prins knielde bij het meisje neer en keek naar haar. En toen...

Toen niets. Hij bleef geknield zitten en keek. Hij keek alleen maar. Hoe lang viel niet te zeggen, een halve minuut, een hele minuut. De regisseur had de vrijheid genomen dit kijken eindeloos te laten duren. Je zag het gezicht van de prins en het gezicht van het meisje, waarbij de camera heel langzaam om het achterhoofd van de prins heen draaide en op haar gezicht inzoomde, zodat van hem ten slotte alleen nog een hand te zien viel, die voorzichtig een lokje van haar wang veegde.

Deze scène had net zo weinig met een kinderfilm te maken als de Kama Soetra met Jip en Janneke. Dit was een credo, een bekentenis. Dit stukje film was de belijdenis van een regisseur die zich liet meeslepen door een verterende verliefdheid, die had gedacht: laat ik het verdomme één keer kunnen zeggen, laat ik het één keer kunnen tonen, ook al is het verstopt in een kinderfilm.

Lex had het gevoel of iemand hem bij de schouders gegrepen had, hier naar binnen geduwd, en tegen hem zei: 'Kijk dan, man, kijk dan, dan kun je het zien!' Hij dacht dat hij sigaretten kwam kopen en van het ene moment op het andere stond hij hier voor de televisie te slikken en met brandende ogen naar het scherm te kijken... totdat de prins zich vooroverboog.

'Zoene...' riep René opruiend.

Het meisje opende haar ogen en stamelde wat in een Oosteuropese taal. De prins antwoordde in een fluwelen volzin, Tsjechisch waarschijnlijk, en hielp haar opstaan.

De film ging over tot de orde van de dag.

De winkelbel ging over. Mevrouw Demse kwam binnen. Ze had een mouwloos bloesje aan en een fles cola in de hand.

'Ach, sta je al lang te wachten?' vroeg ze. 'Ik moest even naar de melkboer.'

Ze pakte direct zijn merk sigaretten en glimlachte naar hem.

'Als er een mooie film op de tv is, kan ik wel even weglopen, weet je.'

'Een sprookje,' zei hij.

'Ja, dat vindt hij prachtig. Eigenlijk houdt hij overal van, als er maar niet te veel in gepraat wordt. Dan gaat-ie rondlopen.'

'Klap... au!' riep René, hikkend van het lachen.

Ze heeft nog mooie armen, dacht Lex.

Hij reed naar huis. Het was al vijf uur in de middag. Hij maakte een fles wijn open, dat had hij wel verdiend na dat getob met het cadeau (en anders had hij hem ook wel opengemaakt). Met fles en glas liep hij naar buiten, ging aan zijn werktafeltje zitten zonder te lezen en staarde de tuin in. Wat is het stil, dacht hij na verloop van tijd en stond op, liep naar de snelwegkant en werkte zich tussen de coniferen door.

De geluidswal was in één middag over de hele breedte van de tuin opgeworpen.

HOOFDSTUK 7

De familie was er al, zag hij, toen hij op donderdagmiddag de Volkswagen voor het voortuintje van zijn moeder parkeerde. Zelden zag je hier zoveel leven achter het voorkamerraam. Hij ving een glimp van zijn moeder op, die hem verbaasd deed staan, en de verbazing nam nog toe toen ze even later de deur opendeed. Ze had een blouse aan van glimmende stof met een motief van grillige roze en paarse vlammen, model windjack, compleet met koordje onderaan, en daarbij droeg ze roze, plastic oorclips. Haar gezicht was rood en warm en ze maakte een opgewonden indruk.

'Wat ziet u er feestelijk uit, mamma.'

'Ja,' zei zijn moeder en ze trok verlegen lachend het koord dat haar heupen omspande naar beneden. 'Ik dacht: ik steek me 's helemaal in het nieuw! Vind je het mooi?'

'Heel mooi. Maar laat me u eerst eens feliciteren.'

Hij gaf haar een kus op beide wangen. Ze rook al bezweet, ondanks de nieuwe blouse.

'Kom maar gauw binnen,' zei zijn moeder, 'dan kun je horen wat Gert en Zwaan verzonnen hebben. Je zal het niet geloven!'

In de voorkamer zat de verjaarsvisite rond de salontafel geschaard.

'Daar hebben we onze rentenier!' riep oom Gert en kwam van de bank omhoog. Ook zijn tante zette haar kopje neer en begon haar massa te verheffen. Het leek hem echter passend eerst zijn grootmoeder te begroeten, die rechtop in een hoge stoel zat. Ze was zeer vermagerd sinds hij haar voor het laatst gezien had: een ouwe-vrouwenjurk vol knoken. Haar hoofd trilde een beetje en ze keek zo streng in zijn richting alsof ze zijn komst afkeurde.

'Dag, oma,' zei hij en bukte zich om haar een kus te geven. 'Hoe gaat het met u?'

De oude vrouw begon onder zijn begroeting nog heviger te trillen en staarde hem met waterige, wijd opengesperde ogen aan.

'Leuk, hè, moe, om Geertje weer 's te zien!' riep tante Zwaan luid.

'Hij is bruin,' snerpte zijn grootmoeder.

Oom Gert schudde hem krachtig de hand.

'Rijdt die ouwe kever nog steeds?' lachte hij, met een knikje naar buiten. 'Man, hoe hou je die aan de praat?'

'Dag jonkie van me,' zei zijn tante en nam zijn gezicht tussen haar mollige handen om hem aandachtig drie, vier keer links en rechts te kussen, zodat zijn neus in een fluïdum van eau de cologne en warme vrouwenhuid langs haar wangen streek. Vervolgens aaide ze nog wat over zijn oren, alsof die opgewarmd moesten worden, en zei: 'Je ziet er goed uit, hoor, jongen.'

Al die tijd stond hij tegen haar voorsteven geprangd, want dat kon niet anders bij haar, en of hij wilde of niet begon zijn geslachtsdeel zich met bloed te vullen. Hij ging snel zitten.

Zijn moeder kwam met een mokkapunt aandragen.

'Luister eens, Geert...'

'We hebben je moeder helemaal van d'r stuk gebracht!' riep oom Gert tevreden.

'Hoor eens wat ze mij nu voor mijn verjaardag willen geven...' zei zijn moeder.

Haar broer en schoonzuster, vernam hij, wilden een reisje naar Praag met haar maken. Met een bus. Helemaal naar Praag! En of dat nog niet onthutsend genoeg was: ze zouden morgen al vertrekken. Morgenochtend al! Uit Arnhem. Om negen uur.

De reisagent die deze tripjes aanbood, lichtte oom Gert toe, was een kennis van zijn oudste zoon, de campingeigenaar. Die had gisteravond opgebeld om te melden dat er wat annuleringen waren. Was zo'n reisje niks voor hen? Voor de halve prijs. Nou, dat leek wel wat. Zij hadden er toch nog een paar daagjes tussenuit willen gaan voordat zij hun zoon in de augustusdrukte op de camping gingen helpen. En dan nemen we Anja mee, hadden ze meteen gedacht. Was dat leuk of niet? Zag die ook eens wat van het buitenland.

'Maar morgen al...' zei zijn moeder.

'Je laat de boel de boel, je pakt wat kleren in een tas en je bent klaar,' zei tante Zwaan. 'Maandagavond ben je alweer thuis, het is maar kort.'

'Reizen is niks voor Anja,' riep zijn grootmoeder schuddebollend.

'En hoe kom ik nou om negen uur al in Arnhem?' vroeg zijn moeder met een ongelukkig gezicht.

Het feit dat ze dit loze argument inbracht, wees erop dat ze zich al aardig gewonnen had gegeven.

'Je hebt toch een zoon met een auto, of niet soms?' zei tante Zwaan.

'Ze wou vroeger al niet mee kamperen...' ging zijn grootmoeder verder. 'Een echte huismus is ze.'

'Wat vind jij, Geert?' vroeg zijn moeder.

'Ze piest in haar broek als ze op reis moet!' gilde zijn grootmoeder.

'Mens, gun jezelf toch eens wat. Straks kan het niet meer!' zei oom Gert, want zulke frivole uitspraken vielen er tegenwoordig uit de mond van zijn familie op te tekenen.

'Doe het maar, mamma,' zei hij. 'Hoe lang van tevoren u het ook weet... u maakt zich toch zenuwachtig en beter een dag zenuwachtig dan drie weken. Praag is erg mooi. U zult eens zien hoe leuk u het vindt. Ik breng u morgen wel.'

'Ziezo,' zei tante Zwaan.

'Wat zegt hij?' riep zijn grootmoeder.

'Dat Anja het moet doen!' toeterde oom Gert.

'Nou ja...' stond zijn moeder te aarzelen.

'Dat eigengereide heeft-ie van niemand vreemd,' zei zijn grootmoeder.

'Goed dan,' hakte zijn moeder plotseling de knoop door.

'Daar zijn we ook weer uit,' zei oom Gert. 'Laten we d'r een pilsje op drinken, meid. Je hebt toch wel een pilsje in huis?'

Zijn moeder knikte.

'Voor mij ook,' zei tante Zwaan.

Zijn moeder stond, nog beduusd over haar eigen beslissing, nerveus over de glimmende mouw van haar blouse te strijken alsof ze jeuk had.

'Ik haal het wel even,' zei hij.

Hij stond op en liep naar de keuken, waar een vettige lucht van vis en groentesoep hing. In de ijskast lag inderdaad bier. Zijn moeder had overal aan gedacht.

Hij koos uit het ratjetoe aan glazen dat in de loop der jaren op zegeltjes, punten of geheel gratis vergaard was een paar exemplaren die als bierglas konden dienen en keerde naar de voorkamer terug, daarbij langs het buffet in de achterkamer lopend, waarop een hem onbekende, verbleekte kartonnen map lag. Dit was de plek waar hier in huis belangrijke papieren neergelegd werden; zijn rapport had daar vroeger altijd gelegen, voordat het, door zijn moeder getekend, mee terug naar school ging. Hij wist direct wat dit voor map was: de adoptiepapieren waar de naam van zijn grootvader in stond. Zijn moeder was dus niet vergeten die klaar te leggen. Hij was nieuwsgierig, maar had nu zijn handen vol en moest eerst zijn familie van bier voorzien.

'Maak uw cadeautje eens open, mamma,' zei hij toen het bier ingeschonken was en zijn moeder voor zichzelf en oma een kelkje advocaat had neergezet.

Zijn moeder begon voorzichtig de gouden strik los te maken en daarna nog voorzichtiger de plakbandjes los te krabbelen, bang als ze was het mooie papier te beschadigen. Dat kwam straks in het mooie-papiertjeslaatje te liggen.

'Nee maar,' zei ze toen ze het doosje open had. Ze nam het collier uit de watten en hield het tegen haar hand.

'Enig!' zei tante Zwaan. 'Doe 's om.'

'Ik dacht dat het een horloge was,' zei zijn grootmoeder. 'Je horloge is toch kapot?'

'Dat laat ik weer maken,' zei zijn moeder snel. 'Dank je wel, hoor jongen. Heel mooi. Heel apart. En nog een armbandje erbij ook.'

Ze legde het collier om haar hals en zijn tante maakte de sluiting vast. Daar lagen de kleurige druppeltjes in de plooien van haar hals, tussen de paarsroze vlammen van de nieuwe blouse, onder de plastic oorbellen. Zijn moeder stak haar dunne permanentkrulletjes naar voren, trok drie onderkinnen om het zelf te kunnen zien en streek aarzelend met haar rode werkhand over het collier.

'Bij die blouse moet je het niet zien,' vond zijn tante. 'Geef mij eens.'

Ze haakte het collier los en legde het losjes, zonder het vast te maken, om haar eigen hals, waar het vanzelf bleef liggen. Haar zomerjurk van lichte stof leek lager uitgesneden dan hij eigenlijk was, omdat haar boezemspleet al zo hoog begon, en hoewel de kleurige druppeltjes haast verdronken in de weelderige massa van hals en boezem, blonken ze vrolijk en wellustig op haar blote huid, als pitjes gebed in vruchtvlees.

'Je tante is binnenkort ook jarig, hoor,' zei ze knipogend tegen hem.

Zijn moeder stond op om hem een kus te geven. Zijn grootmoeder pakte het collier met bevende hand van zijn tante aan, bekeek de achterkant en vroeg: 'Is dat zilver?'

De verjaardag kabbelde voort. Hij informeerde bij zijn grootmoeder hoe het haar beviel in het bejaardenhuis, waarop ze vinnig antwoordde dat ze nog lang niet dood was. Tante Zwaan gaf staaltjes van de intelligentie en welbespraaktheid van de opgroeiende kleinkinderen ten beste en zijn oom begon een verhaal over de op handen zijnde uitbreiding van de camping van de oudste zoon en de pas geopende tweede snackbar van de jongste. Met instemming en trots beschreef hij het vrije ondernemerschap van zijn zoons.

Deze oom Gert, die hier nu pils zat te drinken en morgen een reisje naar Praag ging maken, omdat je jezelf eens wat moest gunnen, had jarenlang tot de gestaalde kaders van de Utrechtse CPN behoord. Het stond Lex nog duidelijk voor ogen hoe hij, als jongetje van een jaar of acht, tijdens een 1 mei-viering samen met zijn neefjes door zijn oom mee de binnenstad in genomen was om mee te lopen in een demonstratie. Langs een groot, statig gebouw komend, waar de stoet langzaam, joelend en spandoeken omhoogstekend langs getrokken was, had zijn oom opeens zijn handen aan de mond gezet en drie, vier keer boven het lawaai uit geschreeuwd: 'Fascistenknechten!' Thuis had Lex zijn moeder gevraagd wat fascistenknechten waren. Dat kon ze niet uitleggen, maar het geval had diepe indruk op hem gemaakt en dat die lui in dat grote huis nog niet jarig waren met zijn oom als tegenstander, was duidelijk.

Maar nu moest hij eens vertellen, zei zijn oom. Wat hadden ze gehoord? Was hij een boek aan het schrijven? Voor de universiteit? Ja, zijn moeder had al over hem opgeschept, hoor.

Nou, een boek... een stukje van een boek. Hij legde uit wat zijn aandeel in de totstandkoming van het eeuwboek inhield. Zijn vroegere hoogleraar had een deel van zijn taak aan hem gedelegeerd, daar kwam het op neer. Hij moest een stuk schrijven over een onderwerp waarin hij toevallig nogal goed thuis was.

'Waarover dan?' vroeg zijn oom.

Zoveel interesse had Lex niet verwacht. Hij aarzelde.

'Over Rusland,' zei hij, omdat hem zo snel niets anders te binnen schoot.

'Over Rusland?' vroeg oom Gert. 'Wat dan?'

Nu kon hij zeggen: over het Bolsjoi-theater. Of over de

ruimtevaart. Over de Trans-Siberiëspoorlijn desnoods, wat maakte het uit? Zijn oom kreeg dat boek toch nooit onder ogen. Maar hij zei het niet. Hij had geen zin om zichzelf en alles waar hij mee bezig was te verloochenen.

'Over de tsaar. De laatste tsaar.'

'De tsaar?'

Zijn oom begon te lachen.

'O, ja, dat is weer in de mode tegenwoordig! Daar heb ik in de krant over gelezen. De belangstelling voor de tsaar leeft weer op in de Sov... in Rusland. Schijnt weer heel populair te zijn, vadertje tsaar!'

Hij wendde zich tot zijn vrouw en zei, na een korte ademstoot door zijn neus: 'Daar vecht je dan je leven lang voor. Dat de nieuwe generatie boeken over de tsaar kan schrijven!'

Dat de nieuwe generatie zijn tweede snackbar kan openen, dacht Lex.

'De tijden zijn veranderd, pa,' zei tante Zwaan.

'De tsaar...' zei zijn oom, 'tsaar Nicolaas bedoel je?'

'Nicolaas II en zijn familie. Vooral de moord op de hele familie moet ik beschrijven.'

Dat laatste had hij ook weg kunnen laten. Dat hij het toch zei, lag waarschijnlijk aan de snackbar.

Er kwam iets kwaadaardigs in het oog van zijn bierdrinkende oom.

'De móórd zeg je, hè?' zei hij langzaam en helde wat voorover. 'Weet je wíe je van moord moet beschuldigen?'

'Ja, de tsaar zelf,' zei Lex effen.

'Ha!' riep zijn oom, geïrriteerd dat hem het gras voor de voeten weggemaaid werd. 'Hoeveel die d'r niet heeft laten vermoorden tijdens z'n leven, daar raak je de tel bij kwijt! Allemaal mensen die rechten wilden. En een bord vreten. En een fatsoenlijk dak boven hun hoofd. Mensen die opkwamen voor de verdrukte klasse, en dat was zo'n beetje de hele bevolking in die tijd. Allemaal de kop afgehakt door vadertje tsaar!'

Er viel een bedrukte stilte. Zijn moeder begon ongerust van de een naar de ander te kijken.

'Ik weet niet over welke tsaar u het heeft,' zei hij kalm, 'maar Nicolaas II was nogal een zachtmoedig mens. Niet erg wraakzuchtig. Meer iemand die bad voor zijn tegenstanders.'

Maar zijn oom was niet gevoelig voor ironie.

'Ha ha, dat zullen ze fijn gevonden hebben met hun nek in de strop!' riep hij. 'En of die vent persoonlijk nou keihard was of niet, daar gaat het helemaal niet om. Het was het regime dat niet deugde. Dat regime moest eraan en daar was hij het symbool van!'

Hoe kon iemand het zeggen na Stalin, na Beria en consorten, na de kampen, de terreur, het hele echec van de Sovjet-Unie! Maar hij wilde er niet op ingaan op de verjaardag van zijn moeder en zocht een passende formulering, een verjaardagsformulering, om deze rare, vooroorlogse discussie, waar hij door zijn eigen schuld in terechtgekomen was, neutraal af te ronden.

Toen mengde zijn grootmoeder zich opeens in de kwestie.

'De tsaar van Rusland?' riep zij schel, met trillende lellen aan haar hals, 'daar zal ik je eens wat over vertellen!'

Haar bemoeienis met het onderwerp bracht meteen ontspanning teweeg, want haar boosheid – alsof zij persoonlijk met de tsaar van Rusland nog een appeltje te schillen had – had iets komisch, en hoewel ze nog lang niet mal was, werd ze niet helemaal serieus genomen, minder serieus dan oom Gert tenminste. Overigens werd die boosheid voornamelijk door haar doofheid veroorzaakt en kon maar het beste als geconcentreerdheid op de haar omringende geluiden geïnterpreteerd worden. Beminnelijk was ze trouwens nooit geweest, altijd nogal cru en kortaf – 'niet zo aanstellen' had hij als kind honderdmaal gehoord – en haar huidige manier van doen verschilde alleen gradueel met die van vroeger.

'De tsaar van Rusland, die had met Pasen graag een eitje, hè?' begon ze. 'Maar een gewoon ei, dat was natuurlijk te alledaags. Dus wat deed hij? Hij had een Franse juwelier in dienst en die liet hij paaseieren maken. Van goud! Met de duurste juwelen erop. Niet van dat benauwde, Lena! Diamanten en parels en sifrasen... of hoe heten die... sarvieren...'

'Saffieren, moe!' riep tante Zwaan.

Zijn grootmoeder keek kwaad haar kant op.

'Saffieren!' riep zijn tante opnieuw.

'Sarfieren. De hele mikmak. En niet zes of zeven... nee, honderden, of nog meer, allemaal op één zo'n ei. Fabbersjee-eieren heetten die. Eén zo'n ei kostte zo verschrikkelijk veel geld, daar had een hele stad met gemak de winter van door kunnen komen. Hadden ze allemaal ruim te eten gehad, maar al die mensen leden honger. En dan kwamen ze bij de tsaar voor het paleis staan, 's winters. Moeders met kinderen, ouwe mensen die niet meer konden werken, boeren die geen biet of geen knol meer in de schuur hadden liggen. En dan kwamen de soldaten naar buiten met karwatsen met leren riemen d'r aan en dan werden ze weggeslagen! En de tsaar, die stond dan voor het raam.'

''t Is toch wat!' zei zijn moeder.

Moeders met zíeke kinderen, dacht Lex. En niet zomaar leren riemen, maar riemen met spijkers erin. En de tsaar, die stond in een gouden zaal met kristallen ramen. En onder het wegjagen nam hij nog een hapje kaviaar. Roze kaviaar.

Het verwonderde hem overigens dat zijn grootmoeder zulke specifieke details uit het huis Romanov bleek te kennen. Maar misschien was dat niet zo vreemd: als er nu één dankbaar onderwerp bestond dat de uitbuiting van de massa door de decadente, spilzieke tiran illustreerde, dan waren het de Fabergé-eieren wel, dus reken maar dat dat verhaal vroeger in communistische kring in geuren en kleuren de ronde gedaan had.

'Dat was de tsaar van Rusland!' riep zijn grootmoeder en keek hem triomfantelijk aan.

'Nou, oma,' zei hij luid en duidelijk articulerend, 'dan zal ik dat ook maar in het boek zetten!'

Zijn grootmoeder keek oom Gert aan.

'Dat zet-ie ook in z'n boek, moe!' riep die en begon te lachen.

'Die Geertje,' zei zijn tante.

'Nemen jullie toch wat van die kaas,' zei zijn moeder opgelucht. 'Laat me nou niet met de boel zitten, hoor, net nou ik morgen met vakantie ga.'

Het gesprek kwam nu op dingen die men bewaren kon en dingen die men niet bewaren kon en Lex stond op, liep de achterkamer in en pakte de kartonnen map van het buffet. 'Anja' stond er in alle eenvoud in keurige schoonschriftletters op het etiket, met een zwierige krul eronder.

Hij kon de papieren nu niet uitgebreid gaan bekijken, maar wilde er even een blik op werpen om de map daarna alvast in zijn plastic draagtas te stoppen die in de gang onder de kapstok stond. Uit het zicht van zijn familie bladerde hij snel de inhoud door – medische attesten, kopieën van brieven aan Russische instanties, voogdijraadstukken – tot hij bij een vergeeld, zeer houthoudend formulier kwam, gedrukt en ingevuld in cyrillisch schrift, maar herkenbaar als een soort uittreksel uit een bevolkingsregister. 'Rostow' stond er in herkenbare letters boven. Namen, plaatsen, jaartallen. Eraan vastgeniet zat een soortgelijk formulier, een kopie in het Duits en ook ingevuld in het Duits.

De naam van de vader van het te adopteren kind stond breeduit over het midden: Filip Grigorovitsj Semjonov.

Wat?!

Filip Grigorovitsj Semjonov.

Geboren: 1902.

Ort: Leningrad (damals Sankt-Petersburg).

Gestorben: unbekannt.

Ort: unbekannt

Hij staarde door het raam naar zijn moeders piepkleine achtertuintje. Achter zijn rug klonk het gelach en gebabbel van de familie.

Het was onmogelijk. Het was een grap. Nee, een code, een afspraak binnen alle sovjets van die dagen: onbekende personen naar wie navraag gedaan wordt, noemen we voor het gemak allemaal Semjonov, Filip Grigorovitsj. Zijn we van het gezeur af. Oekaze nummer zoveel. Wisten alle insiders destijds.

Hij concentreerde zich op het schuurtje in de achtertuin. Dat moest nodig eens geschilderd worden. Het hele huis moest nodig eens geschilderd worden. Waarom klaagde zijn moeder niet over het verval bij de gemeente? Dat durfde ze natuurlijk niet.

Hij keek weer naar het formulier. Het stond er nog steeds: Filip Grigorovitsj Semjonov. Het was te mal. Zijn hoofd gonsde en hij moest moeite doen de overspannen gedachtenflitsen die door hem heen schoten naar de achtergrond te verbannen. Hij voelde zich belachelijk, als iemand die voor gek gezet is één seconde voordat hij het zelf doorheeft.

Een jaar of zes geleden, nog voor hij afgestudeerd was, had hij op een druilerige ochtend een giro-dagafschrift uit de envelop gehaald, waaruit bleek dat er vijfennegentigduizend gulden op zijn rekening gestort was. De aangetekende brief waarin de Postbank zich excuseerde voor het abuis en het afschrijven van het bedrag volgden al twee dagen later, maar hij herinnerde zich nog goed de hilariteit van die ochtend en alle bestemmingen die hij, tegen beter weten in, voor het geld bedacht had.

Nu had hij weer zo'n envelop in handen. En nu was het vijfennegentig miljoen.

Zijn moeder kwam de achterkamer inlopen.

'O, heb je het al gevonden?' zei ze. 'Neem maar mee, hoor. Je mag het mee naar huis nemen.'

Hij keek naar haar. Naar Anja Filipovna Semjonova.

Naar haar goeiige, fletse oogjes, haar plompe neus met de rooddooraderde neusvleugels, haar kleurloze haar, haar oorbellen. Hij keek naar haar en wilde iets zeggen, maar hij wist niet wat.

'Vind je het warm hier, jongen?' vroeg ze.

❧

Wiskunde was nooit zijn sterkste kant geweest en hoe je zo'n berekening aanpakte, was hij eigenlijk vergeten, maar de behoefte aan nuchtere cijfers had hem toch aan het rekenen gezet. Want daar moest de verklaring voor het krankzinnige toeval liggen.

Als je het inwonertal van Sint-Petersburg aan het begin van de eeuw nu eens op een miljoen stelde – zoiets meende hij eens gelezen te hebben, het viel gemakkelijk op te zoeken in elk geval – hoeveel jongetjes werden er dan geboren tussen, laten we zeggen, 1900 en 1906 (want hoe serieus moest je 1902 of 1904 als geboortejaar nemen)? Zeg twintigduizend jongens per jaar. Was dat reëel? Geen idee. Dus honderdtwintigduizend jongens. Hoeveel Semjonovs waren daaronder? Driehonderd? Duizend? Tweeduizend? Nou, duizend dan. Hoeveel van die Semjonovs hebben een vader met de alledaagse naam Grigori? Vooruit, dit was toch allemaal natte-vingerwerk: honderd. En aan hoeveel van die honderd zal de voornaam Filip gegeven zijn? Vijf? Tien? Laten we het laag houden: vijf. Dan waren er tussen 1900 en 1906 vijf Filip Grigorovitsj Semjonovs geboren in Sint-Petersburg.

Wacht eens, je kon zo'n berekening ook heel anders aanpakken...

Hij begon nieuwe cijfers op papier te zetten, maar raakte verstrikt, niet alleen omdat hij niets van demografie wist en zijn eigen ruwe schattingen wantrouwde, maar ook omdat hij onder het rekenen bestormd werd door andere gedachten, met name over zijn hemofilie.

Zijn moeder was geen draagster. Dat was tijdens zijn babyjaren al vastgesteld. Zijn ziekte was een spontaan geval. Stel nu dat de Semjonov uit het boek van Radzinsky, de hemofiliepatiënt uit het Stalinkamp, zijn grootvader was, dan had je dus te maken met het geval dat de dochter van een hemofiliepatiënt, die het geluk heeft geen draagster te zijn, een zoon krijgt met – uiterst zelden optredende – spontane hemofilie! Ha ha. En in het geval dat deze Semjonov geen bedrieger of gek was geweest, maar inderdaad troonopvolger Aleksej, dan liep hij, Aleksej's kleinzoon, nu dus wel met hemofilie rond, maar niet van hem! Niet de erfelijke hemofilie die in de 19de en 20ste eeuw de gesel der Europese vorstenhuizen was geweest, maar een spontane, Hollandse variant. Vers bloed noemde je dat. Godallemachtig, als dat waar was, dan mocht de aarde wel van pure toevalligheid uit zijn baan vliegen. En daarom wás het ook niet waar, want het leven mocht dan van toevalligheden aan elkaar hangen, zulke waanzinnige draaiboeken werden er nu ook weer niet geschreven.

Deze laatste gedachte weerhield hem er ook van om de mogelijkheid dat zijn grootvader Semjonov en de tsarevitsj een en dezelfde persoon geweest zouden zijn langer dan drie seconden in overweging te nemen, hoe vaak die veronderstelling hem ook als een koorts, een dronkenschap, naar het hoofd vloog. Hij liet zich niet gek maken. De weduwe Grol uit de Elsterse patatwijk de kleindochter van de laatste tsaar... zo belandden er jaarlijks noodlijdende buurtkruideniers en bijstandtrekkende huisschilders in het gesticht, menend dat zij erfgenaam van het Rockefellerkapitaal waren of kleinzoon van Van Gogh. Nee, uiteraard was de Semjonov uit het kamp een fantast, maar het feit dat zijn moeder misschien een kind was van iemand die zich, om welke reden dan ook, voor Aleksej had uitgegeven, was al opzienbarend genoeg en diende onverwijld uitgezocht te worden.

Opnieuw doken de mogelijkheden op, die zich een paar dagen geleden al in zijn hoofd aangediend hadden. Zijn grootvader en de tsarevitsj hadden elkaar misschien toch gekend, juist omdat ze beiden bloeder waren. Stel nu bijvoorbeeld dat dokter Derevenko, een van Aleksej's behandelend artsen in Petersburg, een man die zélf een hemofiele zoon had met wie Aleksej wel eens speelde, dat die Derevenko ook zijn grootvader als patiënt had gehad. Dan zou het kunnen dat de drie jongens op die manier met elkaar in contact gebracht waren – lotgenoten onder elkaar, leerzaam en opbeurend – en dat zijn grootvader later, wegkwijnend in het werkkamp, aan het malen geslagen was en in zijn heimwee naar zijn lang vervlogen jeugd zijn eigen identiteit verruild had voor die van de coryfee van zijn kinderjaren, de tsarevitsj. Zich voor twee jaar jonger uitgeven dan hij was, kon daarbij het probleem niet zijn. Het omgekeerde was natuurlijk ook weer mogelijk. De man in het kamp zou, als hij de echte Aleksej was, na zijn wonderbaarlijke redding de naam van zijn vroegere speelgenoot aangenomen kunnen hebben. De niet te verhelen ziekte, belangrijk identificatiemiddel, hadden ze tenminste gemeen.

'Geert,' riep zijn moeder onder aan de trap, 'ben je boven?'

'Ik kom,' riep hij terug.

'Ik ga de soep opscheppen, hoor!'

Hij haalde diep adem en begon over zijn slapen en schedel te wrijven alsof de zaak daarmee tot helderheid gebracht kon worden. Groothertogin Anja Aleksejvna ging de soep opscheppen. Was hij in een Walt Disney-spektakel terechtgekomen, een moderne variant van *Alleen op de wereld*?

Beneden at hij soep.

Hij praatte met zijn tante.

Hij won bij zijn oom, die loodgieter geweest was, advies in over het dichten van scheuren in buitenbaden.

Hij luisterde naar de tobberijtjes van zijn moeder.

‘Slapen we dan met z’n drieën op een kamer?’ vroeg zij.

‘Nee, je hebt een kamer voor jezelf,’ zei tante Zwaan, ‘met ligbad.’

‘O...’ zei zijn moeder timide.

Hij at ook nog paella (waarvan zijn moeder bovendien een flinke portie voor hem inpakte ‘om morgen op te warmen’, want alleen al de gedachte voedsel te moeten weggooien maakte haar paniekerig) en nam vervolgens afscheid.

Om acht uur de volgende dag zou hij voor de deur staan om zijn moeder naar de bus te brengen.

❧

Bij alle consternatie over de persoonsgegevens van zijn grootvader had hij aan die van zijn grootmoeder maar nauwelijks aandacht geschonken. Nu, thuis aan de keukentafel, keek hij er beter naar. Zij bleek Anna Sergejevna Rivina geheten te hebben, geboren in 1909 te Zjdanow en overleden in 1950 te Wisjni Wolotsjok. De naam Anna Rivina had hij wel eens gehoord – die was zijn grootouders bekend geweest – maar dat zij slechts eenenveertig jaar geworden was, realiseerde hij zich nu pas. Van Zjdanow had hij nog nooit gehoord en Wisjni Wolotsjok, was dat niet ergens boven Moskou? Wel erg ver van Rostow. Wacht, mevrouw Veere had een grote *Times-wereldatlas* naast de open haard staan.

Eerst zocht hij Zjdanow op. Dat bleek in de buurt van Rostow te liggen, aan de Zee van Azow, en vervolgens Wisjni Wolotsjok, inderdaad: een stukje ten noordwesten van Moskou. Dus zijn grootmoeder, afkomstig uit het zuidelijkste puntje van de Oekraïne, was dáár helemaal gestorven. Geen wonder dat ze haar niet hadden kunnen vinden na de oorlog. Wat had haar daar gebracht? Ook afgevoerd naar een kamp? Haar man gezocht? Werk gevonden? Een nieuwe man ontmoet met wie ze naar het noorden getrokken was, zonder taal of teken voor haar kind in het verre, vreemde westen? Raadsels.

En stel nu dat zijn grootvader dezelfde was als de man over wie Radzinsky schreef: had zijn grootmoeder dan geweten voor wie hij zich hield? Zou ze hem geloofd hebben? In dat laatste geval kwam zijn moeder vast niet uit zo'n rood nest als iedereen altijd maar aangenomen had. Het zou zelfs kunnen dat deze Anna Rivina alles in het werk gesteld had om haar dochtertje naar het vrije Westen te krijgen, de oogkwaal daarbij gretig aangrijpend, omdat ze vreesde dat haar kind gevaar liep als bekend raakte wie de vader was.

Hangend boven de kaart van Europees Rusland, zocht hij nu ook Petrozawodsk op, de plaats waar Filip Grigorovitsj Semjonov gevangen had gezeten en waar ook de door Radzinsky geciteerde psychiater van Semjonov gewerkt had. Petrozawodsk lag niet ver van Sint-Petersburg – zo'n driehonderd kilometer noordoostelijk. Zijn ogen dwaalden over de kaart, van Rostow en Zjdanow in het zuiden naar Petrozawodsk en Wisjni Wolotsjok in het noorden. Wisjni Wolotsjok lag aan de spoorlijn Leningrad-Moskou, dezelfde lijn die men ook moest volgen naar of van Petrozawodsk. Wie vanuit Rostow naar Leningrad moest (of vice versa), reisde altijd over Moskou. Als zijn grootmoeder nu eens gestorven was op weg naar haar man in Petrozawodsk? Of omgekeerd: op weg van Petrozawodsk naar Rostow? Dat laatste was het waarschijnlijkst. Al tijdens de oorlog was Anna Rivina immers onvindbaar gebleken? Misschien dat zij toen al haar man was gaan zoeken met de bedoeling om zich, bevrijd van de zorg voor haar kind, bij hem te voegen of zich in ieder geval in de buurt van het kamp te vestigen; dat deden wel meer familieleden van gevangenen, in sommige kampen was bezoek toegestaan. Op die manier kon zij wel een jaar of tien in of bij Petrozawodsk gewoond hebben, totdat... ja, tot zij ziek werd bijvoorbeeld en met haar laatste krachten de treinreis terug naar Rostow had aanvaard in de hoop daar door familie verzorgd te worden. Niet verder dan Wisjni Wolotsjok gekomen echter, waar zij keurig als overleden was geregistreerd. Of, nog voor de hand liggender: totdat haar man gestorven was in het kamp! Na 1949 was er volgens de psychiater toch niets meer over Semjonov vernomen? Die zou best spoedig na zijn verblijf in de inrichting de dood hebben kunnen vinden, waarna zijn weduwe weer naar de Oekraïne had willen afreizen. Wat had zijn grootmoeder – een armoedige vrouw, afgaande op de vodden die haar kind bij aankomst in Nederland gedragen had – anders meer dan duizend kilometer van haar woonplaats gebracht? Arme mensen reizen niet, tenzij door iets bijzonders gedreven.

Hij legde de atlas weg, liep naar buiten en begon de tuinslang af te rollen. Het was al vrij donker, maar geen rustgevender bezigheid dan de tuin sproeien.

'Wie-iek woe-oek,' klonk het van onder de rabarberbladeren zodra het kunstregentje erop neer tokkelde. Ja, ook goeiedag. De pad was haast niet te zien in het duister. Nauwelijks hoorbare plof- en zuiggeluidjes in de modderig wordende aarde tussen de planten verrieden waar hij rondwaggelde. Door de druppelstraal te verplaatsen naar een open plek in het gewas hoopte Lex hem in het zicht te lokken, maar de pad bleef tussen de planten rondscharrelen en al snel deed hij geen moeite meer; het dier had nu zijn aandacht niet. Automatisch vervolgde hij de gewone sproeiroute, zijn hoofd overlopend van gedachten.

Volgens Radzinsky heette Semjonovs vrouw Asja, dus niet Anna. Een verschil, maar een klein verschil. Asja, Anna, Anja, Anastasia, het was maar wat je ervan maakte. En Radzinsky vermeldde in zijn boek dat hij een brief bezat, hem toegestuurd door de huidige geneesheer-directeur van de inrichting, een brief van Semjonov aan zijn vrouw; helaas was die brief er niet bij afgedrukt. Hij moest Radzinsky schrijven, om meer dan één reden, maar onder andere om inzage in die brief te krijgen. Stel dat daarin stond: hoe gaat het met onze dochter Anja?

Een tijd lang dacht hij na over de beste, snelste manier om met de Russische schrijver in contact te komen en begon in gedachten de punten die hij in zijn brief moest opnemen, al te noteren, want er was haast bij, veel haast, maar hij kon zich niet concentreren. Er waren nog zoveel andere manieren om het onderzoek aan te pakken. Naar de Russische ambassade gaan met zijn papieren. Zelf naar Sint-Petersburg vertrekken, of naar Rostow, om uit te vinden of er sinds 1950 meer gegevens beschikbaar waren gekomen over oud-inwoner Semjonov. Naar Petrozawodsk, op zoek naar sporen. (Sporen? Een kuil vol beenderen zou je bedoelen.)

En achter al die manieren, achter al die moeizame, omslachtige, tijd- en geldverslindende methoden om de historie, of een deeltje van de historie, blootgelegd te krijgen, rees als een zon die ene superieure, afdoende methode op waaraan hij niet serieus durfde te denken, maar die zich ook steeds maar niet wegdenken liet: het DNA-onderzoek. Als die Semjonov uit het kamp zijn grootvader was, dan hoefde zijn eigen DNA alleen maar vergeleken te worden met dat van de opgegraven Romanovskeletten... en het was in één klap duidelijk of die grootvader van hem een bedrieger was geweest of niet. Zo niet, dan was hij, Lex Grol, de achterkleinzoon van Nicolaas II, de enige directe afstammeling van de laatste tsaar – een veronderstelling die te dwaas, te fantastisch, te adembenemend was om zelfs maar te overwegen. Hij zag zich al bij zijn hematoloog binnenstappen. 'Een DNA-testje graag, ik denk dat ik de achterkleinzoon van de tsaar ben.'

'Ga eens rustig zitten, Lex. Wat voor medicijnen gebruikte je ook alweer?'

Toen hij de slang opgeborgen had, wilde hij nogmaals in de buurt van de rabarberplanten gaan kijken of de pad er nog rondliep, maar terwijl hij door de natte tuin slenterde, was hij zijn doel alweer vergeten en waren zijn gedachten mijlenver van de pad, de tuin, van heel Elsteren verwijderd.

❧

'Kasja, natuurlijk, wat anders?' zei de trotskist. 'Maar wel met aardappels erin en hele beste ook! Nieuwe oogst, meneer. Ik had maar een kleintje, want 't was éénoogie die stond op te scheppen en die heeft 't niet op mij, maar Pavel Iljitsj, die na mij kwam, die kreeg me d'r toch een! Vier, vijf keer zo groot!'

Ze lachten allebei, want op de grote, knappe, goedhartige Pavel Iljitsj met zijn kinderziel kon niemand jaloers zijn en meevallers waren hem gegund.

'Maar reken maar dat Anna Sergejevna nog wel een aardappeltje voor je heeft achtergehouden,' ging de trotskist verder en hij wreef zich alvast in de handen. 'Ik ga nu meteen, anders staan de pannen al op de trollies.'

Hij liep de verlaten barak door, maar bleef vlak bij de deur nog even staan bij een brits waarop iemand lag met een doek over zijn gezicht.

'Je zal wel blij zijn dat je daaraf bent!' riep hij achterom. 'Eindelijk rust!'

En hij was alweer doorgelopen, toen hij nog riep: 'Wie heeft eigenlijk z'n schoenen?'

De man op het bed wees naar een brits tegenover die van het lijk. Praten deed hij niet meer als het niet strikt noodzakelijk was en zeker niet hard.

'Als ik het niet dacht,' zei de trotskist grijnzend en liep de barak uit.

Inderdaad was het hier bijzonder stil sinds de man op de brits bij de deur niet meer lag te gieren en te piepen. Vredig kon je wel zeggen. Hij draaide zich heel langzaam en voorzichtig een beetje op zijn rechterzij, zodat zijn hoofd wat beter op het kussen van ineengerolde broeken kwam te liggen, en deed zijn ogen dicht. Het zou zeker een kwartier duren voor kameraad trotskist terugkwam, misschien kon hij nog wat slapen. Voor het eten hoefde hij niet wakker te blijven, want hij at niet meer. Dat wist de trotskist ook wel, al deed hij net alsof hij het niet wist, maar het was toch goed dat er iemand eten voor hem ging halen. Dat stelde Anna Sergejevna gerust; zolang hij at was er hoop.

Hij dacht aan haar. Aan hoe ze op dit moment met een blauwe doek om het hoofd geknoopt en ongetwijfeld met een paar achterovergedrukte aardappels in haar schortzak, in de soepkokerij de borden aan het spoelen zou zijn. Aan haar lag het niet dat hij het niet redde. Als alle gevangenen zulke vrouwen hadden – vrouwen die de halve wereldbol rondreisden om bij hun man te zijn, vrouwen die het voor elkaar kregen in de kampkeuken tewerkgesteld te worden – dan had niemand hier iets te klagen. Het lag trouwens aan niemand.

Hij lag heel stil op zijn zij, handen tegen zijn buik gedrukt, zoals steeds de laatste dagen, maar nodig was het eigenlijk niet, hij had nauwelijks pijn. Hij maakte zich ook geen zorgen en zat nergens over in, hij was niet bang, hij voelde eigenlijk helemaal niets. Hij wist niet of hij van zijn vrouw hield of ooit van haar gehouden had, of hij zijn dochtertje nog een keer zou willen zien, gesteld dat daar de kans toe bestond, of zijn leven mooi of ellendig was geweest, of hij pech of juist geluk had gehad... Hij lag alleen maar, vredig en pijnloos in de stilte van de verlaten barak.

Opeens klonk het gekloe-kloe-kloe van kraanvogels hoog in de lucht. Hij opende zijn ogen en zag ze overtrekken: tien, twaalf, veertien, vijftien stuks. Hij moest zijn ogen tot spleten knijpen voor het licht.

Zijn zusje kwam eraan rennen met haar diabolo in de hand. 'Zag je die kraanvogels?' riep ze. 'Die gaan naar Livadia.'

'Dat zal jij weten!'

'Ja, toevallig. En weet je hoe ik dat weet?'

'Dat riepen ze naar beneden!'

'Nee. Ik herkende ze. Ik heb ze vorig jaar in Livadia gezien.'

'Tsss.'

'Ze hadden namelijk zwarte strepen onder op hun vleugels en dat hadden die kraanvogels daar ook.'

Hij zweeg even en richtte zich toen half van de ligstoel op.

'Wat zielig als je zo stom bent, zeg! Alle kraanvogels hebben zwarte strepen in hun vleugels.'

'Maar niet zulke strepen als ik bedoel!' riep zijn zusje. 'Je bent zelf zielig, stomkop.'

Ze zwiepte het diabolotouw zo hard rond dat het begon te zoemen en kwam er pesterig mee op hem af lopen, maar hield daar plotseling mee op, keek achter hem en rende het park weer in. Hij hoefde niet om te kijken om te zien wie daar aankwam, hij kende de voetstappen.

'Are you awake?' zei de stem van zijn moeder.

'Ik wil een beetje omhoog zitten.'

Zijn moeder zette de rugleuning van de ligstoel in een rechtere stand en hielp hem overeind te komen, want als hij zijn bilspieren te veel moest spannen, deed zijn been nog zo'n pijn. Haar handen waren zacht en toch sterk, de stof van haar blouse was glad langs zijn wangen. Hij kende geen andere vrouwen die zo lekker roken; of misschien kwam zijn oudste zuster een beetje in de buurt.

Hij sloeg zijn armen om haar heen en gaf haar een kus.

Ze maakte een lachgeluidje en streek zijn haar in de war, en opeens liepen de tranen als een beekje over zijn wangen, zomaar, zonder reden, zonder dat hij verdriet had. Hij liep leeg als een puntzakje water waar het puntje van afgeknipt is, mooi gelijkmatig, in een kalm straaltje. Zijn moeders blouse werd nat, maar zij gaf er niks om, het was helemaal niet erg. Zij bleef hem vasthouden.

De gebutste, tinnen nap met boekweitgruwel voor zich uit houdend, kwam de trotskist de barak weer binnen.

'Die nieuwe bewaker,' riep hij al van ver, 'die trollekop, weet je wel, dat is me een scherpschutter, zeg! D'r kwamen kraanvogels overvliegen, een stuk of tien, en met twee schoten haalt-ie d'r twee uit de lucht. Twee schoten! Da's toch sterk, of niet soms?'

Hij naderde het bed van zijn kameraad, maar die sliep. Hij porde hem even tegen z'n schouder.

'Hé, Filip Grigorovitsj! Kijk 's, ze had nog wat voor je, hoor. Anna Sergejevna weet wat gekroonde hoofden toekomt, wat jou!'

De man op het bed verroerde zich niet.

De trotskist boog zich voorover en bekeek zijn gezicht van dichtbij. Toen zuchtte hij, ging op het bed ernaast zitten en keek naar de kom met kasja. De twee grootste van de drie aardappels die erin gezeten hadden, had hij al op. Nu kon hij net zo goed dat kleintje ook nog opeten.

HOOFDSTUK 8

Schuurtje, keukendeur en wc-raampje dicht, gas uit, cyclamen in de vensterbank tegen de zon beschut, portemonnee, leesbril en hoge-bloeddrukpillen binnen handbereik, de buurvrouw al tussen de vitrage om te zwaaien, op het laatste moment toch maar de gewatteerde duster die een halve tas in beslag nam thuis gelaten…

Ten slotte kon zijn moeder vertrekken.

Krampachtig haar handtas omklemmend zat ze naast hem en zei dingen als: 'Hè, hè', en: 'Nou jongen, daar gaan we dan', of: 'Het kan raar lopen in een mensenleven, wie had dat gedacht!'

Ze waren al lang en breed het dorp uit, voordat ze de tas van haar schoot zette en de geest van de vakantieganger over haar vaardig werd.

'Nou,' riep ze baldadig uit, 'we zullen wel zien wat d'r van komt!'

'Mamma,' begon hij toen, want voor je het wist was je in Arnhem, 'ik heb gisteren die adoptiepapieren van u zitten doorlezen en nu vraag ik me steeds af of u toch niet nog een paar herinneringen heeft aan uw Russische ouders. Ik bedoel: u was vierenhalf toen u in Nederland kwam. Dat is jong natuurlijk, maar toch niet te jong om nog íets te weten? Vage dingen misschien?'

'Ja,' zei zijn moeder, 'opa en oma zeiden altijd dat ik de naaimachine herkende en dat ik wist hoe je daarmee moest omgaan. Dus mijn eigen moeder zal wel zo'n ding gehad hebben, hè? Zelf kan ik het me niet herinneren.'

'Maar,' zei hij, want dit verhaal kende hij al, 'heeft u wel eens heel sterk, heel intens proberen te denken aan die eerste kinderjaren? Komt er dan toch niet een of ander beeld of een herinnering op?'

'Ja...' zei zijn moeder aarzelend. 'Wat ik me wel vaag herinner, dat is een plein, of meer een soort binnenplaats, helemaal door muren omgeven. Niet hoe het er precies uitzag, want ik kon niet goed zien, hè, maar dat ik daar liep, als kind. En dat er andere kinderen waren en dat die stemmen dan zo weerklonken tussen de muren. Ja, dat weergalmen van die stemmen, dat is een herinnering.'

Ze zweeg en staarde even voor zich uit.

'En dat er gezongen werd, dat weet ik ook nog. Niet door kinderen, maar door grote mensen. Dat ze bij elkaar zaten en een lied zongen... wat voor lied, dat weet ik niet meer, maar het was binnen, in een kamer. Dat ik het me herinner, komt misschien doordat het mijn verjaardag was of zoiets. Dat ze voor mij zongen. Dat het daarom indruk maakte. Ik weet het niet, hoor.'

'Maar uw vader en moeder? Is daar helemaal niets van blijven hangen?'

'Ik geloof...' zei zijn moeder langzaam, 'dat mijn moeder mij een keer een klap gegeven heeft. En dat ik daarvan schrok. Ik herinner me zoiets. Maar ik geloof beslist niet dat mijn moeder vaak sloeg, hoor, dat bedoel ik niet. Ik herinner het me juist, omdat het iets bijzonders was.'

Ze viel weer even stil.

'Gek, hè, dat je helemaal niks meer weet van die tijd,' zei ze.

'Dus uw vader, daar weet u niets meer over...'

'Nee,' schudde ze zuchtend.

Een ommuurde binnenplaats. Een lied dat gezongen was. Een opgelopen klap. Wat had je daaraan?

'Ja, nou, het is een beetje onzin,' zei zijn moeder toen, 'maar waar ik nu opeens aan moet denken... Heel gek, maar een tijd geleden, van de winter nog, had ik op een middag het kinderprogramma aanstaan...'

Ze lachte verontschuldigend opzij.

'Want dan ben ik aan het strijken, weet je, en dan zet ik de televisie erbij aan, en toen zag je een vader met een kind op schoot, die vertelde een verhaal, een verhaal over ridders, en hij liet dat kind erbij paardjerijden op zijn knie. En toen ik dat zo zag, had ik opeens het gevoel: zo zat mijn vader vroeger ook met mij, zulke verhalen vertelde hij ook. Mijn Russische vader dus, want opa Kokernoot heeft dat nooit gedaan. Ja, dat was juist het gekke, ik dacht: zulke verhalen vertelde mijn Russische vader ook.'

'Over ridders?'

'Ja.'

Hij voelde zich vreemd licht in het hoofd worden.

'Dat is eigenaardig,' zei hij langzaam, 'want ridderverhalen horen niet zo erg in de Russische cultuur thuis. Er zijn nooit ridders geweest in Rusland. Dus een Rus die over ridders vertelt...'

'Ik zeg toch al,' zei zijn moeder, 'het is natuurlijk flauwe...'

'Nee, nee, ik bedoel: een Rus die ridderverhalen vertelt, dat kon dan wel eens een bijzonder mens geweest zijn.'

'O, ja, zo kun je het ook zien.'

'Maar wat waren dat dan voor verhalen?'

'Dat weet ik niet meer, jongen! Hoe zou ik dat nog weten?'

'Denkt u nou eens na. Probeer het u te herinneren. Wat komt er bij u op als u zich voorstelt dat u bij uw vader op schoot zat en hij vertelde die verhalen?'

Zijn moeder begon lacherig te schokschouderen.

'Ja, ridders... die op paarden rijden... met van die schilden en zo... wat bedoel je nou, Geert?'

'Niets bijzonders?'

'Nee.'

Hij dacht na.

'En dat verhaal dat die vader op de televisie vertelde, weet u dat nog?'

'Nee. Maar wat doet dat er nou...'

'Mamma, het interesseert me gewoon! Probeer het nou te bedenken! Wat voor soort verhaal was dat? Waar ging het over? Was het zomaar een verzonnen verhaal of ging het over beroemde ridders, zoals... zoals Richard Leeuwehart bijvoorbeeld?'

'Wie?'

'Ik noem maar wat. Denk eens na.'

'Eh... gut, jongen, wat vraag je nou moeilijke...'

'Kwam er een naam in voor die u wel eens gehoord had? Laten we zeggen: Robin Hood? Ging het over zulk soort figuren, over wie ook boeken bestaan?'

'Robin Hood... Dat kan best, hoor. Ja, wacht 's, zoiets was het wel. Robin Hood... zoiets...'

'Maar niet helemaal?'

'Nee. Als ik het nou zo bedenk... je hebt er ook wel eens een serie van gehad op de televisie... Iets met "Hood" of zo...' deed zijn moeder haar best.

Hij zweeg. Zijn hart klopte in zijn keel.

'Verdikkeme, het ligt me voor op de tong.'

'Ivanhoe?'

'Dat bedoel ik! Ivanhoe!'

'Ivanhoe dus.'

'Ja, die naam, daar zat ik naar te zoeken!'

'Dus die vader op de televisie vertelde over Ivanhoe en toen dacht u: die verhalen heb ik vroeger ook gehoord!'

'Ja, zo was het.'

'Dat is heel interessant, mamma.'

'Nou, och...' zei zijn moeder aarzelend.

Zijn ademhaling was sneller geworden, alsof er opeens minder zuurstof in de auto was. Hij omklemde het stuur en nam gas terug, want de automatische piloot seinde dat het beter was nu niet te hard te rijden. Zijn moeder praatte door en hij ving haar stem op als op een slecht afgestemde radio, een stem door het zingen en kraken heen.

'Rare tijd... oorlog... opa en oma... nooit veel aan gedacht...'

Welke patronen volgt het menselijk geheugen? Waardoor was deze winter, onder het strijken, in zijn moeders hoofd opeens een herinnering – hoe vaag dan ook – aan meer dan vijfenvijftig jaar geleden opgedoken? Was dat het beeld van een vader met een kind op schoot? Het paardjerijden op de knie? De sfeer van het ridderverhaal? Waarschijnlijk een combinatie van dat alles, maar de naam Ivanhoe kon daarin een belangrijke rol spelen. Ivanhoe is een bijzondere en evocatieve naam en als zijn moeder die destijds maar vaak genoeg gehoord had, wellicht dat het dan juist die naam was die bij het kijken naar het tv-programma de sluimerende herinnering aan de verhalen van vroeger wakker geroepen had. Dat zij zich die naam nu niet direct te binnen had kunnen brengen, was niet vreemd. Ze kende de naam passief, herkende hem als ze geconfronteerd werd met een ridder op een paard, maar dat betekende niet dat ze hem ook kon noemen op het moment dat iemand ernaar vroeg.

Mijn god, was hij Atlantis op het spoor? Kreeg hij nu werkelijk, zo onverwachts en bizar, in zijn eentje, zonder dat iemand er erg in had, de route naar het verzonken rijk in de schoot geworpen?

'Moeten we deze afslag niet hebben?' vroeg zijn moeder. 'Daar stond Arnhem Centrum bij.'

Hij kon nog net bijtijds naar rechts zwenken.

'Nu nog eens iets, mamma...'

Het was een ongelukkig moment, druk op de weg, ze moesten het parkeerterrein zoeken waar de bus stond en zijn moeders hoofd stond er niet naar, maar nu kon het nog. Straks was ze vier dagen weg.

'Nu ik opeens zoveel nieuwe dingen over uw ouders hoor, vraag ik me toch af: is het wel helemaal zeker dat mijn hemofilie niet van uw vaders kant komt? Is dat wel goed getest vroeger? Ik bedoel, het komt juist heel veel voor in Rusland, dat is bekend, dus het zou zo voor de hand liggen.'

Dat laatste voegde hij eraan toe in een poging zijn vraag tegenover haar te rechtvaardigen; je kon zijn moeder toch de grootste onzin wijsmaken.

'Jongen...' zei ze, 'hoe, wat... waarom begin je daar nu over?'

Ze bukte zich naar haar tas, zette die op schoot en begon erin te rommelen, zonder te kunnen vinden wat ze zocht. 'Dat is al zo'n tijd geleden.'

'Daarom juist. Wat hebben ze indertijd gedaan, weet u dat nog? Bloed afgenomen?'

'Ja, ja...'

'Het is misschien toch geen gek idee om het eens opnieuw te laten onderzoeken. Tegenwoordig hebben ze veel verfijnder methoden om erfelijke afwijkingen op te sporen.'

Zijn moeder zweeg en keek uit het raam.

'Niks engs, hoor! Geen akelige toestanden. Gewoon bloedonderzoek, maar dan beter dan vroeger.'

'Hm-mm, ja,' zei zijn moeder en begon opnieuw in haar tas te graven.

'Niet dat het veel uitmaakt, maar ik zou het toch graag willen weten. Ik weet niet wat het is, maar ik ben nieuwsgierig naar dat soort feiten.'

'Is dat de bus daar niet?!' riep zijn moeder.

Langs de weg, op de vluchtstrook, stond een touringcar stil.

'Hoe komt u daar nou bij?'

'Nou, ik dacht het soms.'

Zijn moeder draaide zich in het voorbijrijden geheel achterstevoren en riep: 'Nee, nu zie ik het. Allemaal kinderen erin. Maar ik dacht het eventjes, hoor. Ik dacht dat-ie het was.'

Ze ging weer recht zitten.

''t Zal wel net zo'n bus zijn, denk je niet?'

'Misschien, dat zien we zo wel. Maar... als ik nu binnenkort...'

'Al die bussen lijken natuurlijk op elkaar!'

Ze zwegen beiden een moment. Het punt waar ze moesten zijn, was niet ver meer.

'Als ik nu binnenkort nog eens bij de hematoloog moet zijn, zal ik dan eens een afspraak voor u maken? Ik breng u dan wel, hoor, dat is het probleem niet.'

Zijn moeder begon aan het hengsel van haar tas te plukken.

'Daar moeten we... daar zullen we het nog wel een keer over hebben, Geert. Als ik terug ben, dan hebben we het daar nog wel over.'

Hij keek naar haar, maar ze keek niet terug en tuurde overdreven halsreikend een zijstraat rechts in.

Ze kwamen nu aan een rotonde, vanwaar het even zoeken was naar de aangeduide parkeerplaats, maar toen ze die opreden, veerde zijn moeder overeind. De bus stond er al en tussen de rondwandelende bejaarden sprongen meteen tante Zwaan en oom Gert in het oog, die de kever zagen aankomen en zich zwaaiend in het zicht posteerden.

Hij droeg zijn moeders beide tassen aan de chauffeur over, die ze aan de onderkant van de bus in het bagageruim stouwde, en zijn moeder begon druk met haar familie te praten. Hij kon zich niet aan de indruk onttrekken dat ze opgelucht was niet meer met hem alleen te zijn. Waarom had ze zo eigenaardig gedaan over het onderzoek naar haar draagsterschap? Waarom wilde ze er niet over praten? 'Daar hebben we het nog wel over.' Waarover?

Al snel namen ze afscheid, want er kon ingestapt worden, maar toen iedereen zat, vertrok de bus nog niet. Tussen de andere wegbrengers bleef hij staan wachten, af en toe glimlachend naar zijn familie achter het raam. De vrouw die achter zijn moeder zat, kwam moeizaam overeind en riep met haar mond bij het steekraampje: 'Het schelpenzand staat op de plank boven de stofzuiger, Hannie!'

Het parkeerterrein lag aan de Rijnoever en als je je omdraaide zag je vracht- en passagiersschepen en kleine zeilboten voorbijvaren, heel gewoon en realistisch. Toen hij zich weer naar de bus wendde, leek het even of zijn moeder wat angstig naar hem zat te kijken, maar toen lachte ze alweer en hij knikte haar toe. Wat hield ze voor hem verborgen? Onuitstaanbaar dat ze uitgerekend nú op reis ging; zijn moeder die nooit ergens heen ging.

In de bus begon de stemming er al in te komen. 'Waroeoe-oem ist es am Rijn so sjeun...' klonk een koortje iele damesstemmen.

Nadat een laatste echtpaar was komen aandraven, en hijgend en lacherig de bus in klom, en de chauffeur met een klap het bagageluik had dichtgesmeten, kon men vertrekken. Iedereen zwaaide en de bus zwenkte sierlijk het parkeerterrein af. Zijn moeders buitenlandse reis was begonnen.

Hij ging niet dadelijk naar de auto terug, maar liep in de richting van de rivier en bleef bij een laag muurtje staan kijken naar het water dat glinsterde in het ochtendlicht. Er kwam een rijnaak langs met zeven puntige zandhopen op een rij, motorbootjes, een vroege rondvaartboot...

Er schoot hem een gedachte te binnen die zijn haarwortels deed jeuken. Een jaar of zes geleden had zijn moeder wegens een klein maagprobleem een week in het ziekenhuis gelegen en verschillende onderzoeken ondergaan. Was zij toen iets te weten gekomen dat ze hem nooit gezegd had? Omdat ze dacht dat hij het haar kwalijk zou nemen als zij 'schuld' had aan zijn ziekte? Alsof het er iets toe deed hoe hij eraan kwam, spontaan of geërfd! Maar je wist het niet. Zijn moeder kon wonderlijk zijn in haar redeneringen. God, wat een stom misverstand lag er misschien ten grondslag aan het verzwijgen van iets wat nu van zoveel belang bleek! Stel nu toch dat het zo eenvoudig lag. Dat zijn moeder hem in haar onnozelheid een van de sleutels van het raadsel onthouden had, de sleutel naar Atlantis...

Over de rivier kwam stroomopwaarts, achter een vrachtschip, een groot, oud jacht aanvaren. Mahoniehout aan dek, blinkend koperwerk, een in het wit geklede vrouw in de stuurhut. Er woeien flarden geluid over het water: gegil van kinderen. Twee meisjes renden achter elkaar aan. De voorste viel, de achterste viel er bijna overheen, de voorste sprong weer op en beiden renden verder. Een man met een ringbaard aan de reling hield een verrekijker op de oever gericht en gaf hem aan een jongen naast hem. De naam van de boot, op de achtersteven, was in schrijfletters en onleesbaar, maar daaronder stond in duidelijke blokletters 'Helsinki'. Helemaal vanuit de Finse golf hierheen gevaren? De jongen hield de verrekijker onbeweeglijk zijn kant op gericht. In een impuls stak Lex zijn hand op. De jongen liet de kijker zakken en wuifde. Lex wuifde weer terug. Nu stak ook de man zijn hand op.

Er liep een rilling over zijn rug en hij tuurde de boot na alsof hij de Vliegende Hollander zag, varend over de eeuwenzeeën. Zelfs toen het jacht allang uit zicht was, stond hij daar nog, bij het muurtje, starend over het water als iemand die van het rivierlandschap staat te genieten.

❧

'Jazeker, die woont hier,' zei de receptioniste. 'Kamer 311. Derde verdieping, meneer.'

Toen hij uit de lift stapte, stond hij in een hal van waaruit naar links en rechts een lange gang liep. Hij gokte op rechts en passeerde een zaaltje met een glazen wand waarin een groep mensen rond een grote tafel geschaard zat, voornamelijk vrouwen. In de andere helft van de zaal waren twee verpleegsters bezig tafels te dekken. Hij bleef staan, zocht de grijze hoofden af en inderdaad: daar zat ze.

Dat was nou vervelend. Was er een therapie aan de gang of een 'praatgroep'? De deur stond half open, maar er klonk niet veel gepraat. Mocht je hier zomaar binnenstappen? Een van de tafeldeksters zag hem staan en kwam naar hem toe.

'Ik kom voor mevrouw Kokernoot,' zei hij. 'Ik ben haar kleinzoon.'

De verpleegster liep om de grote tafel heen.

'Mevrouw Kokernoot,' riep ze zijn grootmoeder in het oor. 'Bezoek voor u. Uw kleinzoon.'

Zijn grootmoeder draaide haar bibberende hoofd alle kanten op tot ze hem bij de deur zag staan.

'Is er wat met je moeder?!' riep ze meteen.

'Nee, nee, oma,' zei hij, verbaasd over haar snelle reactie, 'helemaal niet. Zij zit nu in de bus. Ik heb haar vanochtend weggebracht. Ik wilde gewoon even met u praten.'

Alle ouden van dagen die niet doof, dement of doezelig waren, hadden zich naar hem omgewend.

'Alles in orde, hoor,' vertaalde de verpleegster in zijn grootmoeders oor. 'Hij komt gewoon op bezoek.'

'We gaan zo eten,' zei zijn grootmoeder.

'Dat duurt nog wel een half uur,' zei de verpleegster. 'U kunt best nog een poosje met uw kleinzoon babbelen.'

'Kunnen we even naar haar kamer gaan?' vroeg hij.

Hij moest er niet aan denken om zijn grootmoeder te midden van al deze mensen, van wie er sommige met open mond naar hem zaten te staren, toe te moeten schreeuwen.

'Natuurlijk,' zei de verpleegster en ze reed de stoel van zijn grootmoeder, die een soort rolstoel bleek te zijn, al achteruit.

'Dan gaat u gezellig met uw kleinzoon naar uw kamer, mevrouw Kokernoot!'

'Ik blijf hier!' riep zijn grootmoeder. 'We moeten zo eten!'

'Het is nu net halftwaalf,' zei de verpleegster, 'we spreken af dat u hier om vijf voor twaalf weer afgeleverd wordt, nietwaar meneer? Om twaalf uur wordt hier gegeten.'

'Ze komen meestal vroeger!' wierp zijn grootmoeder tegen.

De verpleegster boog zich met gefronste wenkbrauwen naar haar over.

'Ziet u uw kleinzoon soms alle dagen, mevrouw Kokernoot?'

'Daar lijkt het wel op!' riep zijn grootmoeder. 'Ik heb hem gisteren nog gezien. Nooit zie je hem en nou twee dagen achter elkaar. Hij heeft zeker geld nodig. Maar dan vist-ie mooi achter het net. Mij niet gezien!'

Een paar van de oude vrouwen blikten verontwaardigd in zijn richting.

'Nou, erg aardig bent u niet,' merkte de verpleegster op. 'Hè, wat valt me dat tegen.'

'Ik kan misschien beter na het eten...' begon hij, maar de zuster lachte en reed de rolstoel tot aan de deur.

'Ach, welnee, meneer,' zei ze op normale toonhoogte. ''t Is niks, hoor. Ze schrikt een beetje van onverwacht bezoek, dat is het, maar dat is zo weer over. En na het eten gaat ze slapen, dus dat komt niet zo goed uit. Kamer 311. Dat is daar aan het eind de hoek om, rechts.'

Gegeneerd duwde hij zijn grootmoeder in de rolstoel de gang op. Het witte plukhaar voor hem trilde hevig. Zich vooroverbuigend verzekerde hij haar dat ze om vijf voor twaalf weer in de eetzaal zou zitten, daar hoefde ze zich geen zorgen over te maken.

'Ik heb kip opgegeven,' bitste zijn grootmoeder opzij, 'maar d'r zijn er altijd bij die hebben vis aangekruist, en als het dan gebracht wordt, zeggen ze dat het kip was!'

Ze keek weer voor zich uit.

'Zal ik dan even tegen de zuster zeggen dat u kip moet hebben, voor het geval ze vroeg komen?'

'Ik moet geen vis,' riep de oude vrouw.

Hij zette de rolstoel aan de kant, liep terug, gaf de boodschap door aan de verpleegster en vervoegde zich weer bij zijn grootmoeder.

'Het is in orde, oma. De zuster let erop dat u kip krijgt.'

'Pgg,' zei zijn grootmoeder.

Ze liepen de lange gang door. De architect die dit gebouw ontworpen had, had gemeend dat grijsgroen de geschiktste kleur voor oude mensen was. Wanden, deuren, vloerbedekking, alles grijsgroen. Op de muurvlakken tussen de kamerdeuren hingen posters van jonge poesjes, verstrikt in kluwens wol, en kruissteekschilderijen van molens en zeilschepen. Naast kamer 311, waarvan zijn grootmoeder met trillende hand een sleutel uit haar vest te voorschijn bracht, hing een grote uil van touw met lange franjes bij wijze van onderlijf.

'Heeft u die gemaakt, oma?' vroeg hij, op het handwerk wijzend.

Zijn grootmoeder bekeek de uil alsof ze het ding voor het eerst zag.

'Ja, ik ben daar gek!' zei ze. Maar ze lachte er een beetje bij, zodat ze godzijdank met iets als verstandhouding, die wel aan het veiligstellen van de kip toe te schrijven zou zijn, de kamer betraden.

Hij had deze kamer nooit eerder gezien, maar herkende direct de plompe, sjofele meubels die vroeger in het huis van zijn grootouders hadden gestaan. Het onvermogen om een huis smaakvol in te richten en de onwil daar geld aan uit te geven had zijn moeder van niemand vreemd. Voor zijn grootmoeder was een tafel haar leven lang een ding geweest om spullen op te zetten en een kast om spullen in op te bergen, meer niet. Mooie meubels, gordijnen, alles wat een huis sfeer gaf, leidde maar tot gehechtheid aan bezit en dat leidde weer af van de klassenstrijd. Haarzelf had hij nooit anders gekend dan met bot onder het oor afgeknipt haar waar geen kapper aan te pas kwam. Voor kleren gold de eis dat ze warm, sterk en goedkoop waren; mode was belachelijk. Wat nu eigenlijk de waarden in haar bestaan waren geweest – behalve het streven naar de bevrijding der massa, hetgeen natuurlijk niet niks was – was hem nooit goed duidelijk geworden. Aan Gorter of Henriëtte Roland Holst was ze nooit toegekomen. Muziek, toneel, kunst... ze stond er onverschillig zo niet vijandig tegenover. De 'vrije natuur' had geen rol gespeeld in haar leven, om over de 'vrije liefde' maar te zwijgen. In geschiedenis of wetenschap was ze niet geïnteresseerd, alleen in sport en techniek (na de dood van haar man had ze in het oude huis eigenhandig de hele elektrische bedrading vernieuwd). Wel werd deze kamer gedomineerd door een reusachtig televisietoestel in de stand by-stand; de gedachte dat alle media in handen van de vijand waren, was blijkbaar zelfs door zijn grootmoeder opgegeven.

'Wat ik u wil vragen, oma...' begon hij duidelijk articulerend, zodra hij haar rolstoel tot aan de tafel geschoven had en naast haar was gaan zitten, want er moest nu zo min mogelijk tijd verloren gaan, '...dat is wat u zich nog herinnert over de Russische ouders van mamma.'

'We hebben nooit wat van ze gehoord,' riep zijn grootmoeder.

'Nee, maar ik vroeg me af: u zult toch wel het een en ander óver hen gehoord hebben. Van die partijgenoot die haar opgehaald heeft bijvoorbeeld? Die heeft toch wel iets verteld?'

'Dat was Koos Lam. Koos Lam is daarheen geweest. Die heeft Anja meegebracht.'

Koos Lam. Die naam had hij nooit eerder gehoord. God in de hemel, geef dat er ergens in Utrecht nog een stokoude maar helder van geest gebleven Koos Lam woonde die nog precies kon vertellen wie of wat hij destijds in Rostow had aangetroffen.

'Koos Lam? Leeft die nog?'

'Dat mocht-ie willen!' zei zijn grootmoeder. 'Die was in het eerste jaar van de oorlog al dood. En niet door de moffen, hoor. Hij zat bij zijn broer achter op de motorfiets en toen is hij in slaap gevallen. Hij is d'r afgegleden en overreden. Opa ging wel eens met hem vissen.'

'Maar heeft hij dan nooit verteld of hij mamma's ouders gezien heeft?'

Zijn grootmoeder keek hem priemend aan.

'Heeft hij de vader en moeder van mamma ook gezien?' schreeuwde hij.

Ze schudde haar hoofd.

'Nee. Anja was toen in een kindertehuis. Of een ziekenhuis. Daar had haar moeder haar al heen gebracht.'

'Maar wilde die moeder dan helemaal niet zien wie haar kind meenam?!'

Zijn grootmoeder haalde haar schouders op.

'Waarom wil je dat allemaal weten?' vroeg ze.

De verklaring die de beste kans zou bieden op een antwoord waar hij iets aan had, had hij onderweg al bedacht. Hij boog zich wat voorover.

'Kijk oma, de bloedziekte die ik heb, weet u wel... die hemofilie...'

'Dat zeg ik wel eens tegen iemand hier in huis,' zei zijn grootmoeder. 'Hemofilie heeft-ie, zeg ik. Maar dan denken ze altijd dat je van de verkeerde kant bent. Dat zijn ze toch allemaal tegenwoordig? Maar jij niet, of wel soms?'

'Dat is homofilie, oma!'

'Dat weet ik wel. Maar dat heb jij toch niet?'

'Nee.'

'Nee, ik zeg ook altijd: dat is het niet! Wat dat betreft istie normaal. Hij is wel niet getrouwd, maar dat kan nog komen. Maar ze denken altijd...'

'Ja, ja. Ik snap het. Maar wat ik zeggen wilde: ik heb aanwijzingen dat die ziekte van mij toch erfelijk moet zijn. Mamma heeft altijd gedacht dat zij geen draagster is, maar dat klopt waarschijnlijk niet, zij móét haast wel draagster zijn. En daarom wil ik graag iets te weten komen over mijn Russische grootvader, hoe hij leefde, of hij moeilijk liep bijvoorbeeld, dat soort dingen, als die op de een of andere manier te achterhalen vallen.'

Zijn grootmoeder kneep haar lippen op elkaar en keek van hem weg. Hij had het zeker te ingewikkeld gemaakt.

'Ik bedoel...'

Maar zijn grootmoeder trok zichzelf aan het wiel van haar stoel van hem weg.

'Ik snap wel wat je bedoelt!' riep ze en keek uit het raam.

Haar hoofd schudde hevig heen en weer.

'Het is alleen maar dat ik wil weten...'

'Kijk...' riep zijn grootmoeder, 'ik zeg niet voor niks tegen Anja... ik zeg: práát met die jongen. Ik zeg: vertel hem wat hij weten moet. Ja, zegt ze. Maar ze doet 't niet! Ze doet 't gewoon niet!'

Het bloed steeg naar zijn hoofd. Zijn hart begon te bonzen. Zijn mond werd droog. Wat hij nu te horen kreeg, zou zijn leven voorgoed veranderen.

'Wat moet ze vertellen? Wat moet ik weten?'

Hij hoorde zelf hoe schor zijn stem klonk.

'Wat moet ik weten, oma?'

'Ja, hoor eens...' zei zijn grootmoeder geërgerd, 'dat moet je mij niet vragen. Dat kan ik niet zeggen. Vraag dat maar aan je moeder.'

'Die is er nu toch niet!'

'Is er niet? Is er niet? Komt ze niet meer terug soms?'

'Zij is dus wel draagster!' constateerde hij. 'En dat heeft ze mij nooit verteld!'

De oude vrouw bewoog haar schonkige schouders in het vest.

'Dat krijg je nou...' monkelde ze kwaaiig, meer in zichzelf dan tegen hem. ''t Is toch te gek om van te praten! Zij altijd maar d'r mond houden... en nou komt hij hierheen! Wat een bescheten Marie is het toch! Een lief kind, hoor, een best kind, maar soms zou je d'r bij kop en kont willen pakken en door mekaar schudden.'

Hij was opgestaan. Er zwol een vreugde in hem aan die te groot was om te blijven zitten, een genade haast die hem ten deel viel, die hem van top tot teen vulde. Hij zou zijn grootmoeders handen willen vastpakken, haar uit de stoel willen tillen, haar omhelzen. Maar hij deed niets en zei niets. Hij ging aan de andere kant van het raam staan. Het leek of er helium in zijn borstkas gepompt was en hij bij de minste of geringste beweging zou opstijgen.

'Maar ik snap het wel,' ging zijn grootmoeder verder, 'ze

is bang dat je niet meer bij d'r komt, dat is het. En hoe langer ze wacht hoe banger ze wordt. Die jongen trekt toch al niet naar mij, zegt ze. Die trekt naar z'n vader. Heeft-ie altijd gedaan...'

'Niet meer bij haar komt? Wat... wat een misverstand. Ze doet me er juist een groot plezier mee, als ze vertelt hoe het zit!'

'Hm,' zei zijn grootmoeder.

'Oma...'

Hij zette zijn armen op de leuningen van haar rolstoel.

'Dit is belangrijk voor mij. Ik wil het nú weten. Waarom zegt u niet...'

Maar deze aanpak bleek zijn grootmoeder te irriteren. Ze greep de wielen van de rolstoel en duwde zichzelf onder hem uit.

'Soms bén je ook net je vader!' riep ze. 'Die moest ook altijd zijn zin hebben. En altijd mooie praatjes... maar ondertussen.'

Ze schoof de mouw van haar vest omhoog en wierp een blik op haar oude Prismahorloge, waarvan het koper door het chroom heen blonk.

'Tien voor twaalf geweest. Ik moet eten. Je moet hier de hele gang nog door. Ik zeg altijd: waarom zetten jullie de mensen die slecht ter been zijn niet vlak naast de eetzaal? Maar niks hoor, de pokken mag je je rijen in die stoel!'

Ze verlieten de kamer en hij duwde de rolstoel voort in een soort trance. De lange, grijsgroene gang was van massief rubber geworden en er was een ongekende kracht in hem gevaren. Met gemak zou hij zijn grootmoeder met stoel en al door de lucht kunnen zwieren of ten minste de handgrepen van haar stoel naar believen tot vrolijke krullen kunnen verbuigen, en het níet doen van die dingen prikkelde als een elektrische stroom door zijn lijf. Het heldere, niets verhullende licht waarin de gang baadde, trof hem als een teken; wat altijd verborgen was gebleven, was nu geopenbaard.

Hij leverde haar af in de eetzaal, waar men reeds rond de gedekte tafels zat, nam afscheid en bleef nog een moment op de drempel staan kijken, met vertedering haast, hoe ze haar rolstoel aan tafel schoof en direct het bestek anders begon te leggen. Kon het echt bestaan? Een simpel Utrechts communistengezin dat een Romanovkind grootbrengt? Het koekoeksjong van de eeuw?

Buiten, in de frisse lucht, haalde hij diep adem en liep naar de Volkswagen. Maar toen hij ingestapt was, kon hij niet dadelijk wegrijden. In de vertrouwde beslotenheid van zijn auto werd hij bestormd door gedachten en zát hij maar, met zijn handen aan het stuur. Hij sloot zijn ogen en legde zijn hoofd op zijn handen.

❧

Een kamer in een huurkazerne in Rostow aan de Don. Geluiden van spelende kinderen op de binnenplaats. Een afgesloofde vrouw aan een trapnaaimachine. Een man met een slechtziend kind op schoot. Het is vlak voor het uitbreken van de Tweede Wereldoorlog. Voor dit kind geen koets, geen auto, geen pony, geen hond, geen fiets. Geen park dat naar gras geurt, geen bedienden die aardbeien en marsepein aandragen, geen witte kanten jurk – nog geen diabolo, geen boek. Een gebreide pop met een houten been, een kom borsjt als het meezit. Maar er is één ding dat de man zijn kind kan overdragen: de verhalen van vroeger. En hoewel het meisje op zijn schoot niet eens bedeeld is met een grote fantasie, ziet ze alles voor zich, louter door zijn manier van vertellen. Ze ziet de nerveuze oren van het paard als het over de kloof springt, ze ziet de harnassen en maliënkolders blinken in de zon, de wrede trekken van de verrader als hij het vizier licht, de rechtschapen ridder op het witte paard, hoe hij zijn koning groet, hoe het zonlicht over zijn ferme kaak strijkt. En een halve eeuw later herkent ze hem, in een andere tijd, in een ander land. Met zoveel passie is hij door zijn verteller in haar prille brein tot leven gewekt dat hij daar nooit meer uit verdwenen is. Wat ze ook vergeten mag zijn, het blinde, volgzame kind, het enige van waarde dat haar vader haar heeft kunnen nalaten, is niet verloren gegaan.

❧

Toen hij opkeek, stond er tussen de struikjes die de parkeerplaats omzoomden een man in overall met een snoeischaar in de hand naar hem te kijken. Hij startte de Volkswagen, ving in het spiegeltje zijn eigen koortsig glanzende blik op en dacht: de boodschap is overgekomen, Filip Grigorovitsj Semjonov. De morsetekens zijn opgevangen. Het heeft meer dan een halve eeuw geduurd, maar ze zíjn onderschept.

❧

De hal van het Veerehuis was overdag gedempt maar gloedvol verlicht vanwege de hoge, smalle glas-in-loodramen aan weerskanten van de voordeur. Hij liep naar het telefoontoestel, maar bleef midden in de hal staan.

In de spiegel stond Aleksej. Hij had een kaki broek aan en een donkerblauw T-shirt en hij was veel ouder dan op de foto's: een volwassen man, maar onmiskenbaar Aleksej. Dezelfde gezichtsvorm, de lijnen van het kindergezicht strakker en hoekiger geworden, dezelfde weifelend vorsende oogopslag, hetzelfde sluike, bruine haar.

Hij liep op de spiegel toe en keek van dichtbij. Een herboren Aleksej, de bloedeloze jeugd overwonnen, niet langer beknot, gefnuikt, maar vrij en vitaal. Een man die het leven mag overdoen, gereïncarneerd in zijn eigen kleinzoon.

Hoe duidelijk was dit plotseling. Hoe viel alles op zijn plaats.

Hij staarde met ingehouden adem in de blauwgrijze ogen van de man tegenover hem en keek toe hoe die zich vulden met tranen; tranen waarvan hij de warmte achter zijn eigen oogkassen voelde, vreugdetranen.

Ze legden hun vingers tegen de spiegel en raakten elkaar aan. Dwars door de eeuw heen raakten zij elkaar aan – alle voorbije decennia samendrukkend tot niet meer dan een vliesdunne, gladde koelte tussen hun vingertoppen.

HOOFDSTUK 9

Wanneer er een bizar gerechtshof zou bestaan, een inquisitie, een kafkaiaanse raad van gezagdragers, die verdachten als straf voor een of ander vergrijp zou opleggen zich voor de rest van hun leven één ding te ontzeggen: seks of zwemmen, dan zou Lex Grol tot de zeldzame gevallen behoren die daarover in grote tweestrijd kwamen te verkeren. Erotiek was geen zwemmen. Zwemmen was wel erotiek. Zijn eerste orgasme had hij in het lauwe water van de Dodemansvijver, een eindje buiten het dorp; niet door de aanwezigheid of gefantaseerde aanwezigheid van een meisje, maar louter door het water zelf, de zoelte, de streling, het ritme van het zwemmen.

Het was een grote, ondiepe bosvijver, donker en ondoorgrondelijk. Hij had zijn vriendjes achter zich gelaten, was naar het midden gezwommen en was zich plotseling bewust van het donkere mysterie, het water, waarin hij zou verzinken als hij ophield met zwemmen, maar dat hem nu juist droeg en streelde en inwijdde in een geheim dat op verdrinken leek, maar zonder stikken, en een heftig maar zoet stromen teweegbracht, een vervloeien met het water. En omgekeerd: in de jaren daarna bracht het klaarkomen de sensatie in hem teweeg van in een vijver verzinken, in een draaikolk naar de diepte getrokken worden, zonder angst of ademnood, in volledige overgave aan de wil van het water, alsof die eerste ervaring daarvoor de toon had gezet.

In de azuren baaien van Griekse eilanden had hij gezwommen, in de Seine, in de Loosdrechtse plassen, in de Kromme Rijn en als derdejaars student geschiedenis tijdens een studiereis in het Romeinse bad te Bath; een niet voor publiek toegankelijk antiek bassin, door een zuilengang vol goden en helden omgeven, zo indrukwekkend dat het zwemmen er vanzelf een gewijd karakter kreeg en de zwemmer zich een aanbeden atleet, een verrukkelijk decadente uitverkorene voelde. Maar dit oude zwembad in zijn geboortedorp, dit verweerde, verwaarloosde dolfijnenbassin, waarover mevrouw Veere nog wel eens het woord 'onhygiënisch' liet vallen, dit bassin dat de hele twintigste eeuw had liggen wachten tot hij er bezit van zou nemen, was hem het liefst. Dit bad maakte een danser van hem, een acrobaat, een zeemeerman. De schade aan zijn lichaam, door plompe materie veroorzaakt – vloeren, tafelranden, deurposten – was hier opgeheven. Gewrichten scharnierden of ze vers geolied waren, voeten klapten moeiteloos uit, dikke ellebogen en polsen slonken ter plekke, pijn vloeide weg. Het water maakte hem vrij. Het pantser van behoedzaamheid dat zijn tweede huid was geworden, loste hier op en liet een soepel, lenig wezen los, dat blij en roekeloos kon zijn als nergens anders.

Vandaag was dat al heel duidelijk. Zo goed als vandaag was het wentelteefje nog nooit gelukt. Hij wentelde als een rad door het water, legde wel vier meter af, dook hijgend en briesend op en begon weer opnieuw. In één ochtend maakte hij meer vorderingen dan in de hele voorafgaande maand, gedreven door een energie die door al die cirkels en draaiingen zelfs nog gevoed leek te worden. De figuur naderde de perfectie, kon je wel stellen.

Ten slotte sloeg de vermoeidheid toch toe en liet hij zich traag naar een hoek drijven, spreidde beide armen achterwaarts over de rand van het bad en sloot zijn ogen in de zon.

Toen hij weer opkeek stond ze aan de overkant, vlak bij het trapje. Ze droeg een ouderwets, zwart badpak en haar armen bewogen als vleugeltjes ter weerszijden van haar gezicht, omdat ze bezig was haar haar boven op haar hoofd vast te zetten. Ze lachte naar hem met een schuifspeldje tussen haar tanden. Toen ze klaar was, daalde ze voorzichtig de eerste treden van het trapje af en bleef huiverend staan, het water tot net boven haar knieën. Haar dijen hadden de roomwitte kleur van ledematen die nooit aan de zon blootgesteld worden. Ze kon nog nét slank genoemd worden, over een paar jaar zou ze mollig zijn, heupen en borsten wezen daar al op. Stapje voor stapje daalde ze tot aan haar middel in het water af, draaide, liet zich langzaam vooroverglijden, handen met de palmen tegen elkaar, en zwom in keurige schoolslag, precies zoals haar vader het haar geleerd had, naar hem toe. Hij ving haar op. Hij sloeg zijn armen om haar heen, zodat ze allebei hevig moesten watertrappelen om niet te zinken. Ze greep de rand beet en hij tilde haar boven zich uit, wurmde zijn handen onder de pijpjes van het badpak en omvatte haar stevige, zachte billen. Ze lachte, maar keek tegelijk bezorgd naar beneden in de wig die hun beider lichamen vormden. Het badpak was van wol en rekte onverantwoord ver uit nu zijn polsen de pijpjes zo omhoogtrokken. Haar venusheuvel stond strak en geprononceerd tegen zijn middel. Hij kneedde haar billen, perste haar tegen zich aan en stak zijn neus in het gespannen staande breiwerk tussen haar borsten, waarvoor hij nu handen te kort kwam. Al die tijd moest hij watertrappen als een gek om niet onder te gaan en hield zij zich aan de rand in balans. Haar wang lag op zijn kruin.

'Rybka*,' fluisterde ze in zijn natte haren.

❧

Wat hij precies in Zutphen moest doen, was niet helemaal duidelijk, maar thuisblijven was onmogelijk gebleken. Hij

**Rybka*: visje

had in elk geval de brief aan Radzinsky naar het hoofdpostkantoor gebracht. Of die brief, geadresseerd aan Radzinsky's Engelse uitgever, daardoor eerder in Londen zou aankomen dan wanneer hij hem gewoon in Elsteren had gepost, viel te betwijfelen, maar zo had hij het gevoel tenminste iets in beweging gezet te hebben. Het was trouwens niet belangrijk of hij hier iets te doen had of niet. Hij liep maar, in de zaterdagse drukte, in de middagzon, bekeek de etalages en de winkelende meisjes – waarbij opviel hoe buitengewoon hoog het percentage mooie, jonge vrouwen was dat Zutphen onder haar inwoners telde – en moest voortdurend denken aan een film van Wim Wenders die hij een paar jaar geleden gezien had: *Himmel über Berlin*. In die film lopen engelen in de gedaante van gewone stervelingen door de straten van Berlijn en slaan het menselijk bedrijf gade zonder dat iemand hen opmerkt. Zo'n engel was hij ook. Een doodgewoon ogende man die langs de winkels liep. Hij voelde zich sereen en gelukkig; een eenling was hij, een buitenstaander met onzichtbare vleugels onder zijn T-shirt, een man op wie de zwaartekracht maar half vat had. Of had de gemeente de straten soms laten plaveien met een nieuwe, revolutionaire substantie die ongekende veerkracht gaf?

Bij een herenmodezaak bleef hij staan. In de etalage stond een antiek houten bankje waarop achteloos een tiental in leer gebonden boeken en een oude viool neergelegd waren. Over de leuning was, als enig kledingstuk in de hele etalage, een blauw linnen jasje gedrapeerd, waarvan de prijs gekalligrafeerd stond op een decent muisgrijs kaartje naast de bank: een bedrag omgekeerd evenredig aan de bescheiden aankondiging ervan. Op het moment dat hij het jasje zag, wist hij dat dit het jasje was waarnaar zijn verlangen altijd uitgegaan was.

Hij liep naar binnen en vroeg een gesoigneerde verkoper naar het jasje in zijn maat. Het was voor het eerst in zijn leven dat hij in een dergelijke winkel kwam, maar hij voelde zich geheel op zijn gemak in zijn oude spijkerbroek en vale T-shirt en wachtte met eenvoudige nonchalance tot de verkoper met het jasje kwam aanlopen. De man hielp hem met veel egards passen en dook vervolgens discreet naast de spiegel weg om hem de ruimte te laten zichzelf van alle kanten te bekijken.

Het was een schitterend jasje. Licht, zwierig, perfect van snit, gloedvol maar niet opdringerig van kleur, en het vormde zo'n vanzelfsprekend geheel met zijn spijkerbroek en T-shirt dat het leek of het allang tot zijn garderobe behoorde.

'Het staat of het voor u gemaakt is, meneer.'

Dat was waar.

'En zo'n bijzondere kleur, hè? Moeilijk te zeggen wat het is. Geen kobalt, geen mauve, geen lavendel... nee, absoluut geen lavendel.'

De verkoper streek zich peinzend over de kin.

'Gewoon een heel bijzondere kleur.'

'Russisch blauw is dit,' zei Lex.

'Russisch blauw zegt u? Hé, dat ken ik niet. Wel Pruisisch blauw, maar dat is weer iets anders.'

'Dit is Russisch blauw.'

'Wat leuk,' zei de verkoper, 'weer wat geleerd. Een mens leert elke dag, zeg ik maar. Russisch blauw...'

'Ik wil het aanhouden,' zei hij.

Hij schreef onbekommerd een drietal girocheques uit en stapte met het jasje aan weer de zon in.

Waarom had hij zoiets nooit eerder gedaan? De man die daar weerspiegeld in de etalageruiten liep, was een geheel andere dan degene die hier daarnet gelopen had, maar geen vreemde. Het was iemand die altijd in het verborgene gebleven was, weggestopt in de Wethouder Tesselinkstraat, schuilgegaan achter de stille scholier, de student, het geschiedenisleraartje, de huisbewaarder, maar nu in het licht getreden was en niet meer verdwijnen zou. Omdat zijn tijd gekomen was. Ja, zo was het: omdat zijn tijd gekomen was.

Er passeerden vrouwen die zijn blik zochten achter zijn zonnebril. Van twee vriendinnen die gelijk met hem opliepen, keek er één wel drie keer opzij. Waarom had hij dit niet eerder gedaan? Geld? Wat deed geld er nou toe? Dan vrat hij toch gewoon de hele maand molsla!

Op een pleintje, voor een bakkerij, stond een Japanse toeriste op een uitgevouwen kaart te turen. Een blauwzwarte helm van haar op een rank nekje dat uit een getailleerde kanten blouse stak. Kort strak rokje.

'Can I help you?'

Ze keek op. Glanzende gitten in een breed kindergezicht. Een kersemond. Ze zocht 'the fortress'.

Hij wees haar op de kaart hoe ze daarheen moest lopen.

'May I bring you?'

Het kon aan het Engels liggen, maar zijn stem had een melodieus timbre dat hij amper herkende.

Ze begon verlegen te draaien. Dat was echt niet nodig. Ze kon het wel vinden. Tenk joe. Verrie nijs.

Er kwam een Japanner de bakkerij uitlopen met een zakje in zijn hand, tegen wie het meisje begon te praten.

Ooit een Japans meisje in haar eentje in Europa gezien, slimbo?

Hij herhaalde in een paar woorden hoe ze naar het fort moesten lopen en nu knikte ook de man hem vriendelijk toe. Tenk joe verrie muts.

'You're welcome,' zei hij en hij maakte een hoffelijke buiging.

Een buiging, ja. Een buiginkje. De man in het blauwe jasje zei: 'You're welcome,' en boog daar hoffelijk bij. Omdat het Japanners waren, dacht hij even later, toen hij verder liep. Een onbewuste anticipatie op hun eigen manieren; ze hadden beiden ook direct meegebogen. Maar dat was maar een halve verklaring: de buiging was hem volkomen natuurlijk afgegaan.

Bij een modieuze slager kocht hij een gemarineerd lamshaasje en omdat we vandaag toch niet op geld keken bij een wijnhandel met zand op de vloer, waar een ijl hoboconcert tussen de flessen doorklonk, maar liefst een compleet proefpakket Minervois, Belvezet en witte Beaujolais voor een 'zomerprijsje' plus nog een Domaine Trevallon '85, waarover de wijnhandelaar sprak in termen van 'soepele attaque, mals vet, zinderende afdronk', voor absoluut geen zomerprijsje.

Op de terugweg naar Elsteren trof de schoonheid van het landschap hem als een weeë pijn. Het vee onder de bomen, de dahlia's en de sperzieboontjes in de tuinen, de kappen van de boerderijen tegen de lucht, kinderen in zwembroekjes die elkaar natspoten op de boerenerven, flarden krekelgezang door het open raam. Hij zocht steeds zijn eigen ogen in het spiegeltje.

Toen hij het dorp in reed, fietste er op de Bessenweg een meisje voor hem uit met een gevlekt hondje naast zich, dat voor haar uit draafde of zijn leven ervan afhing. Ze droeg een short en had een blauwe pet op, waar een paardestaartje onderuit kwam. Door die pet herkende hij haar dunne, besproete benen eerder dan haar gezicht.

Hij remde af, boog zich naar het rechterraampje over en bleef naast haar rijden, zodat ze opzij keek.

'Hallo.'

Ze lachte.

Hij gaf gas, reed voor haar langs de berm in, kwam tot stilstand en stapte uit. Ze stopte naast de Volkswagen.

'Jouw hond?'

'Van mijn ouders. Hij gaat altijd mee boodschappen doen. Naast de fiets draven vindt-ie heerlijk.'

Ze droeg een mouwloos bloesje en haar blote armen, gestrekt naar het fietsstuur, leken dunner en kinderlijker dan de keer dat hij haar in badpak had gezien, net als haar spichtige benen, die sierlijk uit de short staken. Ze was evenals de hond een beetje buiten adem (de weg liep hier op) en blies een sliertje haar weg dat niet door de pet gevangen was.

'Je bent niet meer komen zwemmen.'

Ze verschoof de pet een paar keer over haar hoofd en keek naar zijn jasje.

'Toch niet leuk meer als je ervoor moet aanbellen?'

'Nou, ja...' zei ze, 'ik dacht eigenlijk: laat ik de badmeester maar niet storen.'

Hij knikte.

'Je dacht: laat die frustraat met smetvrees maar in zijn eigen sop gaarkoken.'

Hij keek haar strak aan en leunde ontspannen met een elleboog tegen de dakrand van de Volkswagen. Ze probeerde stoïcijns terug te kijken, maar had zichtbaar moeite haar mondhoeken in bedwang te houden.

'Eerlijk gezegd niet. Ik dacht: als ík daar op het huis paste, zou ik er ook niks van moeten hebben als Jan en Alleman maar bij me kwam zwemmen.'

'Jan en Alleman...' herhaalde hij. 'Nee, daar moet je niet aan denken.'

Ze zweeg. De hond was om de fiets heen gelopen en kwam aan zijn broek snuffelen.

'De badmeester nodigt je uit om straks te komen zwemmen.'

Ze lachte. Ze had tandjes van melkwit, doorzichtig porselein.

'Dank je wel,' zei ze, 'maar vandaag kan ik niet. Ik moet nu boodschappen doen en daarna ga ik naar Nijmegen, tot morgenavond. Ik studeer in Nijmegen, zie je. Ik heb daar een kamer.'

'Wat studeer je?'

'Amerikanistiek.'

'Ameri... God, dat bestaat ook tegenwoordig, da's waar.'

'Dat kun je wel zeggen, dat het bestaat,' zei ze met spottend opgetrokken wenkbrauwen. 'Ik ben nu vierdejaars en ik heb er mijn handen behoorlijk vol aan. Wat doe jij?'

'Ik ben historicus. Ik ben bezig met een publikatie over de laatste Russische tsaar.'

Hij vertelde haar in het kort over zijn project.

'Dan moet je zeker wel eens naar Rusland,' zei ze.

'Binnenkort. In het najaar ga ik naar Sint-Petersburg.'

'Spreek je Russisch?'

'Niet zo best eigenlijk. Maar ik red me wel.'

'Nou,' zei ze, 'als de uitnodiging ook nog voor volgende week geldt, dan kom ik volgende week een keer zwemmen. Dan bel ik wel aan. Net als je midden in het historisch onderzoek zit, natuurlijk.'

Hij glimlachte langzaam, alsof hij vijftig jaar ouder was dan zij.

'Ik kan mij niets prettigers voorstellen,' zei hij.

Het was de fin-de-siècle vorst die hier sprak, telg uit een eeuwenoud geslacht, wie de elegante scherts met de dames der schepping een tweede natuur was geworden en het daarbij passende flegma aangeboren. Nog nooit had hij zoiets tegen een meisje gezegd. Hij hoorde het zinnetje over de Bessenweg klinken alsof hij uit zijn lichaam getreden was en naast zichzelf stond. De blos die zich over haar gezicht verspreidde, bekeek hij met de aandacht waarmee men een wetenschappelijk verschijnsel observeert.

Ze herstelde zich echter snel.

'Nou, voor een gefrustreerde badmeester val je nog wel mee,' zei ze.

Ze trok de hond aan de goede kant van de fiets en greep haar stuur vast.

'Tot volgende week dan.'

Ze zette er dadelijk een flinke spurt in en het was pas aan het eind van de Bessenweg dat hij haar met een tikje op de claxon inhaalde. Ze stak kort haar hand op. Pas in de achteruitkijkspiegel zag hij haar lachen.

Hij voelde zich zeer behaaglijk en bekeek het oude dorp waar hij doorheen reed met welwillende vertedering.

Bij de sigarenwinkel stond een ladder tegen de pui. Een man in overall probeerde de oude zonnewering, die er lelijk scheef bij hing, recht te trekken. Mevrouw Demse stond naast de ladder aanwijzingen te geven.

Als hij rijk was, zou hij een flink bedrag op haar rekening kunnen storten. Anoniem natuurlijk. Hij zag haar peinzende gezicht al boven het dagafschrift, een zweem van vermoeden in haar ogen.

Dan kwam hij achteloos de winkel binnenlopen.

'Dag Geert,' zei ze, want ondanks alle kranteartikelen – 'Achterkleinzoon tsaar woont in tuinprieel' – bleef ze gewoon zeggen wat ze altijd gezegd had.

'Mooie zonnewering heeft u laten maken.'

'Mooi, hè?'

En dan keek ze hem dromerig aan en glimlachte haar droevige glimlach, waarbij ze hem peilend diep in de ogen keek en als vanzelf met een paar vingers over haar borstaanzet wreef, die zwaar en blank opbolde in een laag uitgesneden blouse...

Thuis zette hij de Volkswagen in de garage, bracht de doos met flessen de keuken binnen en liep de hal in, die vrolijk verlicht was door de glas-in-loodruitjes, waar de middagzon op stond. Tientallen helder gekleurde vlekjes lagen in formatie bijeen op het Perzische tapijt; de ruimte als caleidoscoop. Na een laatste tevreden blik in de grote halspiegel trok hij zijn jasje uit en hing het aan een hangertje. Daarbij viel zijn oog op het etiket aan de binnenkant. 'Royal' stond er in gele letters op een zwart fond, met 'made in Italy' eronder, en boven dat woord, tussen de grote 'R' en het haaltje van de 'l', was een kittig, driepuntig kroontje afgebeeld. De kroonpunten bogen speels van elkaar weg en iedere punt was gesierd met een balletje. Eigenlijk meer een narrenmuts dan een kroontje.

Hij schoot in een slappe lach die opklonk in de stille hal van het Veerehuis.

❧

Een jongen van een jaar of twaalf zit op een simpele, witgeschilderde keukenstoel op een veranda. Hij draagt een militair uniform met één medaille op de borst. Zijn voeten, in kniehoge laarzen, staan stevig op de grond. Op zijn rechterbeen zit een Siamese kat, die van de camera wegkijkt, en over zijn linkerknie liggen de voorpoten van een hond – in de boeken altijd een spaniël genoemd, maar niet erg raszuiver ogend; eerder een Drentse patrijs of heidewachtel met te korte poten – die alert in de verte kijkt alsof daar iets te zien valt waar hij graag op af zou rennen. De jongen kijkt niet in de lens. Hij houdt de ogen neergeslagen naar de dieren op zijn schoot en heeft zijn rechterarm om de kat geslagen en de linker om de hond. Een lieve, wat onhandige foto, genomen door iemand die niet heeft gewacht tot alle betrokkenen de goede kant op keken, maar dacht: vooruit, afdrukken maar, straks springt de kat weg of krijgt die hond er genoeg van.

Wat dit soort foto's meerwaarde geeft, is de wetenschap dat de jongen een jaar later dood was en de dieren hem overleefd hebben. De kat is niet meegenomen in ballingschap; de hond wel, maar het doodseskader in het Ipatjevhuis was kennelijk van mening dat des tsaren hond geen schuld had aan de uitbuiting der massa: Joy werd vier dagen na de executie door de invallende Witten in zijn eentje op de binnenplaats van het huis aangetroffen en de rest van zijn leven door een keizersgezind officier verzorgd. En ook als blijkt dat de jongen níet dood was, dan schrijnt bij het bekijken van de foto zijn onwetendheid: er hangen hem gruwelen boven het hoofd, hij wordt voorgoed verdreven uit het paradijs, maar hij weet het nog niet.

Met het laatste glas Domaine Trevallon in de hand – de wijnhandelaar had niet overdreven, deze nasmaak liet je telkens weer inschenken; hij moest zichzelf dwingen de kurk op de nog halfvolle fles te doen – hing Lex boven de foto en kreeg opeens een schok van herkenning.

Die keukenstoel!

Zo vaak had hij deze foto bekeken en nog nooit had hij gezien dat de stoel waarop Aleksej zat precies, maar dan ook precies dezelfde stoel was als waarvan er drie bij zijn moeder in de keuken stonden! Zijn hele jeugd lang had hij op zo'n witgeschilderde stoel met matten zitting de maaltijd gebruikt. Exact dezelfde stoel, en dat viel hem nu pas op.

Op zijn armen en benen kwam zwaar kippevel opzetten. Hij zette het wijnglas neer en staarde naar de foto, waarop de contouren van de keukenstoel zich opeens aftekenden alsof ze lichtgevend waren.

Een teken. Daar zat de jongen die zijn evenbeeld was op dezelfde stoel als waarop hijzelf dagelijks had gezeten toen hij zo oud was, zijn armen om de dieren geslagen die hijzelf zo graag had willen hebben. Dat hij dat nooit eerder had opgemerkt! Daar zat hij zelf, in een vroeger leven. Een teken dat hij nu pas begreep.

Hij trok gedachteloos de kurk weer uit de fles, schonk zich nog eens bij, maar kon niet blijven zitten en liep met zijn glas de tuin in, die glansde in het laatste zonlicht en geurde vol beloften. De euforie die bezit van hem nam, tilde hem op als een golf in zee en liet hem gewichtloos door de tuin dwalen. Bij het zwembad had hij het gevoel over het water te kunnen lopen of er minstens met één elegante sprong overheen te kunnen springen. Maar hij deed geen van beide. Hij bleef op de rand staan en haalde diep adem.

❧

Uiteindelijk hield hij het niet meer uit: hij móést iemand deelgenoot maken van zijn ontdekkingen van de laatste dagen. Hij liep de hal in en draaide een nummer.

'Veere,' zei een slaperige stem, nadat de telefoon een paar keer was overgegaan.

Hij keek op zijn horloge. Halfelf.

'Met Lex. Lig je al op bed?'

'Nee... ja... eventjes. Wat is er?'

'O, ik wou even praten. Maar als je al slaapt, bel ik morgen wel terug.'

'Ik ben al wakker. En ik moet er toch uit, want ik moet nog werken.'

Nu klonk er een vrouwenstem op de achtergrond. Er werd gelachen.

'Hou op,' riep Sweder, maar niet tegen hem.

'Ja, ik hoor het al. Blijf d'r maar in. Zet dat werken maar uit je hoofd.'

'Helemaal niet. Ik kom er...'

'Hij hééft al zo hard gewerkt,' zei een melodieuze vrouwenstem plotseling in de hoorn, 'en moet hij nou...'

'Wel verdomme...' riep Sweder, 'je houdt het niet voor mogelijk zo ongegeneerd als... geef hier!'

De telefoon sloeg ergens tegenaan en er viel alleen nog gedempt gelach te horen en een gilletje. Hij overwoog net op te hangen toen Sweders stem weer klonk op de toon van iemand die nu alle gekheid aan de kant zet.

'Lex, ik neem je op het andere toestel. Blijf aan de lijn. Even mijn kamerjas aanschieten.'

Hij liet de hoorn zakken en staarde naar zijn spiegelbeeld in de grote halspiegel. De plotselinge confrontatie met Sweders realiteit had hem op zichzelf teruggeworpen en dat was maar goed ook. Hij kón Sweder niets vertellen. Voor Sweder zouden het fantasieën zijn, hersenspinsels, uitvloeisels van te ver doorgevoerd kluizenaarschap. Het kwam later wel, volgende week misschien al. Intussen moest hij snel bedenken wat hij dan wel kon zeggen. Er klonk al geklik in het toestel.

'Daar ben ik weer,' zei Sweder. 'Dat was Anouk van Brandtwijk die je net hoorde, die juriste met wie ik in de clinch lag over die aanbestedingsregels, weet je wel?'

'Daar zijn jullie dan blijkbaar aardig uitgekomen.'

Sweder lachte.

'De zaak is naar genoegen opgelost, kun je wel zeggen. Ik neem haar binnenkort wel eens mee, kun je haar zien. Wat had je op je lever?'

'O, niks bijzonders. Maar ik heb een paar leuke dingen ontdekt in het materiaal waar ik mee bezig ben. Daar wou ik je over vertellen.'

'Heb je al uitgeverijen gebeld?'

'Nee, dat zal ik binnenkort doen.'

'Doen, man. Doen! Wat heb je ontdekt?'

'Moet je luisteren. Een van die nieuwe boeken over de tsarenkwestie is van Edvard Radzinsky, een Rus die de afgelopen jaren een heleboel uitgespit heeft en toegang heeft gekregen tot geheime dossiers en zo, en die is iets op het spoor gekomen...'

Zo helder en beknopt mogelijk, maar niet zonder de saillante details aan te stippen, vertelde hij Sweder, die daar nu in de voorkamer van zijn Rotterdamse appartement in kamerjas zat te luisteren, over Radzinsky's theorie omtrent de overleving van de tsarevitsj. Hoe de lichamen haastig in de vrachtwagen waren gegooid; hoe de wagen in de modder was blijven steken en door iedereen verlaten, behalve door een paar soldaten, die hun hart hadden laten spreken toen er nog steeds gekreun van onder het dekzeil klonk; hoe vreemd chauffeur Ljoekjanov zich naderhand gedragen had en hoe hij door zijn revolutionaire vrouw was verlaten; hoe Joerovski, bij de mijn aangekomen, twee lijken miste en zich in zijn rapport in allerlei bochten wrong om dat te verheimelijken; hoe de lichamen van de meisjes door pantsers van diamant omhuld bleken. En hoe er later in het kamp van Petrozawodsk een man was opgedoken die aan alle kenmerken van de tsarevitsj voldeed, van hemofilie tot aan een niet-ingedaalde teelbal toe, een man die zei door onbekenden gered te zijn, die cavalerist geweest was en economie had gestudeerd en na een zwerftocht door de Sovjet-Unie uiteindelijk in een Stalinkamp was terechtgekomen.

'Die man heette Filip Grigorovitsj Semjonov, althans, onder die naam stond hij bekend...'

Hij wist vrijwel zeker dat hij Sweder de meisjesnaam van zijn moeder nooit verteld had en mocht dat wel zo zijn, dan was hij die natuurlijk allang vergeten.

'...en wat gebeurt mij van de week? Ik heb hier een hele map met documentatie liggen over contacten tussen Nederland en de Sovjet-Unie, die heeft Schürkenbrett me meegegeven, daar deed toch nooit iemand iets mee, en in die map zitten rapporten over correspondentie die er na de Tweede Wereldoorlog is geweest tussen Hollandse CPN'ers en mensen in dat kamp van Petrozawodsk, of nou ja... geen echte correspondentie... een soort berichtenuitwisseling... een allegaartje aan stukken...'

Hij begon te hakkelen. Als Sweder nu maar niet al te kritisch luisterde. Ja, het Sovjetregime van die dagen stond correspondentie tussen gevangenen uit de heropvoedingskampen en buitenlanders uit het kapitalistische Westen toe! Schrijft u maar, dames en heren, verwijdt uw horizon! En daarna bracht de CPN zijn rapporten bij de Universiteit van Utrecht onder!

'In elk geval: daar was een rapport bij van contact met ene Filip Grigorovitsj Semjonov. Begin jaren vijftig. Móét wel dezelfde zijn. De CPN heeft contact onderhouden met de zoon van de tsaar! Hoe vind je die? Volgens mij ben ik de eerste die het ontdekt!'

Hij begon zelf te lachen, want zo à l'improviste had hij toch wel een mooie draai aan de zaak gegeven. Soms kwam een levendige fantasie wel van pas.

'Haha,' riep Sweder. 'De ene volksverlakker weet niet dat hij met de andere van doen heeft!'

'Nou, volksverlakker, dat zeg je nu...'

'Ja, sorry als ik de partij van je voorvaderen beledig.'

'Nee, ik bedoel die Semjonov. Er zijn heel wat feiten die

erop wijzen dat hij echt de zoon van de tsaar was. Serieuze feiten.'

'Jezus, Lex!' riep Sweder. 'Krijgen we dat nou weer? Dat mens in de VS, hoe heet ze, is amper ontmaskerd of jij ziet weer een ander lid van de familie in levenden lijve opduiken!'

'Anna Anderson.'

'Wat?'

'Anna Anderson heette ze. Anastasia.'

'Ja. Goed. Maarre... waar het om gaat: het is leuk dat je dat ontdekt heb. Moet je publiceren. En ik zou het die Radzinsky melden.'

'Ja. Heb ik al gedaan zelfs. Maar... geef me eens één bewijs dat die man een oplichter was.'

Het bleef even stil aan de andere kant.

'Een bewijs? Wat bedoel je?'

'Nou, je gaat er zonder meer van uit dat hij de zaak belazerde. Waarom?'

'Waarom? Vraag je waarom? Zoals die executie in zijn werk gegaan is, je hebt het zelf vaak verteld... één groot bloedbad waar niemand aan kon ontsnappen. Vraag je naar het bewijs dat zo'n kasplantje dat al haast doodging als hij een keer van z'n fiets viel, dat niet overleefd heeft?! Moet ik jóu dat vertellen?'

'De tsaar gooide zich over hem heen toen ze gingen schieten. Hij heeft half onder het lichaam van zijn vader gelegen.'

'Daar alleen al zou hij aan bezwijken!'

'En hij had misschien ook zo'n korset met diamanten aan.'

'Al had hij dat. Dan schoten ze hem toch door zijn hoofd! En daarna hebben ze met de bajonet toch iedereen afgemaakt die nog een pink bewoog!'

'Dat zeggen ze. Dat schrijven ze in hun rapporten. Lenin moest ervan overtuigd zijn dat er geen mens meer leefde. Maar het was een grote chaos en een paniektoestand. De vent die op Aleksej moest schieten, kende zijn pistool helemaal niet en was vreselijk zenuwachtig; een schutter van niks. En ze hadden haast. Nog bij het inladen van de vrachtwagen hebben ze er een paar horen kreunen.'

'Dan is hij in die vrachtwagen wel doodgebloed!'

'Hier maak je de denkfout die de meeste mensen maken als het over hemofilie gaat. Je bloedt uit open wonden niet sneller dood dan een ander, gesteld dat het niet al te grote wonden zijn. Het gaat veel meer om de inwendige kneuzingen. Als hij beschermd was door het lichaam van zijn vader en hij is niet door het hoofd geschoten, maar alleen in niet-vitale delen, dan is het mogelijk dat hij het overleefd heeft.'

'O ja. Kneuzingen treden natuurlijk niet op als je met een stuk of tien lijken in de laadbak van een vrachtwagen wordt gesodemieterd en ze rijden kilometers ver met je over hobbelige bospaden! Nee, ik snap het: als die jongen struikelde in de tuin van zijn paleis, dan moest ome Raspoetin de kloten van zijn lijf komen bidden om hem nog in leven te houden, maar na zo'n executie staat meneer vrolijk op en gaat bij de cavalerie! Haha.'

Lex trok het telefoonsnoer strak om de rugleuning van een nabij staande stoel. Sweders gelach maakte hem kwaad. De vanzelfsprekendheid waarmee hij maar aannam dat alles wat onwaarschijnlijk was dus ook niet gebeurde. De ontkenning van alle mogelijkheden die wonderbaarlijk en bizar waren en niet pasten in zijn geordende wereldbeeld, in zijn door geld en 'aanbestedingsregels' geregeerde wereld waarin mensen als de Veeres al eeuwenlang de scepter zwaaiden. Ja, dat heette gezond verstand. En wie anders geloofde, was een naïeve gek. Mijn god, wat zou Sweder Veere opkijken als straks bleek wie deze naïeve gek was!

'Het lijkt raar,' zei hij beheerst, 'maar behalve bloed en wonden en pijn en een rotziekte is er ook nog zoiets als geestkracht, de wil om te leven... de gedachte: ik leef nog, ik ben nog niet verloren. Raspoetin, om die maar eens als voorbeeld te nemen, heeft twee keer een aanslag overleefd. Eén keer werd hij doorzeefd met kogels, de tweede keer werd hij met een mes overal gestoken waar ze hem maar raken konden. En de derde keer gaven ze hem eerst een stoot vergif waar je een kudde olifanten mee had kunnen vellen, maar hij bleef gewoon rondlopen. Ze moesten hem met stenen aan zijn lijf in de rivier gooien voordat hij eindelijk verzoop!'

'Ja, maar die was niet...'

'Dat dondert niet! Ook een ouderwetse bloeder kan op wonderbaarlijke manier blijven leven. Negenennegentig van de honderd natuurlijk niet, maar die ene wel!'

Sweder zweeg.

'Nou net die ene wel! Ik zeg niet dat het voor de hand ligt, ik zeg dat het kan!'

'Waarom is er je zoveel aan gelegen dat het zo is?' vroeg Sweder rustig. 'Waarom wil je dat per se geloven?'

Hij zocht koortsachtig naar argumenten.

'Omdat ik voel dat het zo is!' riep hij en schaamde zich op hetzelfde moment.

'O, ga dat maar in Utrecht verkopen,' zei Sweder schamper. 'Ik voel dat het zo is, meneer Schürkenbrett!'

Hij balde zijn vuisten en haalde zwaar adem, alsof de lucht in de hal dik was geworden.

'Er zijn meer dingen tussen hemel en aarde, Horatio... weet je wel...' maakte hij het nog een beetje erger en hield toen abrupt en geïrriteerd zijn mond.

Sweder gaf niet meteen antwoord.

'Zeg,' zei hij toen, 'mijn moeder houdt ergens een honderd jaar oude Armagnac verstopt. Voor bijzondere gelegenheden. Heb je die soms gevonden?'

Het leek of Lex onder stroom gezet werd.

'Nee!' schreeuwde hij. 'Ik heb de Armagnac van jouw moeder niet nodig! Als ik wil zuipen, dan zuip ik mijn eigen wijn wel op! Die ik zelf gekocht heb! Snap je dat? Kan je dat snappen? Of gaat dat je regentenbrein te boven?'

‘Wat? Wat zeg je?’ vroeg Sweder verbluft. ‘Mijn regentenbrein?’

‘Ik groet je,’ zei hij en smeet de hoorn op het toestel.

Zijn gezicht in de spiegel was bleek vertrokken. Zijn ogen schitterden. Het Veerehuis stond groot en donker als een mammoet over hem heen; geen toevluchtsoord meer, maar een bedreiging. Hij liep de keuken door, de tuin in, en bleef onder de lindeboom staan hijgen van woede en ongerustheid. Hij had het gevoel bijna in een afgrond gevallen te zijn en nog steeds op de rand te staan, een rand die ieder moment onder zijn voeten kon afbrokkelen.

De tuin lag onverschillig om hem heen.

Na een paar minuten besefte hij zijn onredelijkheid. Waarom was hij nu zo kwaad geworden? Omdat Sweder zijn hypothese aanvocht? Maar Sweder had maar de helft van het verhaal gehoord, over de nieuwe gegevens omtrent zijn grootvader en de dingen die zijn moeder verzwegen hield, had hij het immers expres niet gehad. En op grond van alleen Radzinksky’s theorie kon Sweder toch moeilijk meteen zeggen: ja, dat is duidelijk, Aleksej is blijven leven! Dat had hij zelf ook niet gedaan. Die gedachte kalmeerde hem wat en hij begon spijt te krijgen van zijn overspannen reactie.

Intussen was hij het grasveld overgelopen en bij het Rembrandtboompje aangekomen. Zacht, als van ver weg, klonk het gedruis van de snelweg, dat hem nu eensklaps opviel omdat er even geclaxonneerd werd, maar dat na het oprichten van de geluidswal een te verwaarlozen achtergrondgeruis was geworden. En plotseling kwam er een grote rust over hem. De geluidswal was toch ook een teken! Net als zijn voorvaderen zat hij hier afgesloten van de straat, het verkeer, de voorbijgangers. Aan Aleksej’s leven, dat wil zeggen zijn leven als troonopvolger, was een eind gekomen achter een hoog opgerichte schutting. Van achter een ander soort schutting, ook pas opgericht, zette hij dat leven nu voort.

Hij liep het gras over, het huis binnen en draaide opnieuw het nummer in Rotterdam.

'Ja,' zei Sweder.

'Dat was niet de bedoeling, Sweed. Sorry.'

'Je hebt het verkeerd begrepen. Het was een grapje.'

'Ja. Ik snap ook niet waarom ik zo uitviel. Bovendien ben ik inderdaad niet helemaal nuchter. Goeie wijn gekocht vanmiddag, beetje té goed; er is een hele fles doorgegaan vanavond.'

'Hmhm,' zei Sweder en daarna bleef het stil.

'Dus eh... vandaar.'

'Je zit er weer helemaal middenin, hè?' vroeg Sweder. 'Het heeft je weer helemaal in de greep.'

Tot zijn ergernis werd zijn keel dik, om geen andere reden dan de toon waarop Sweder dat zei.

'Luister...' begon hij, er zorgvuldig op lettend gewoon te praten, 'ik heb nog meer ontdekt dan ik je daarnet verteld heb. Het voert nu te ver om dat allemaal uit te leggen, dat komt een andere keer wel, maar waar het op neerkomt...'

Hij wist zelf niet waar het op neerkwam. Het verlangen om Sweder te vertellen wat hij op het spoor was, nam opnieuw bezit van hem, maar tegelijkertijd besefte hij duidelijk dat hij dat beter niet kon doen.

'Ik móét me wel intensief bezighouden met... met alles wat de Romanovs betreft. Ik heb met ze te maken. Ik ben... er is een verwantschap...Vroeger wist ik dat nog niet, maar nu begint het te dagen. Zo is het nu eenmaal.'

Ik spreek in raadsels, dacht hij. Ik zeg iets en ik zeg niks. Laat ik nou mijn bek houden.

Aan de andere kant van de lijn klonk een geconcentreerde ademhaling.

'Mmm... vorige week stond er een stuk in de *NRC*,' begon Sweder, 'over die Italiaanse professor die een tijdje terug is overleden, die man die zoveel over de Etrusken geschreven heeft. Hoe heet hij ook alweer? Ik ben even zijn naam kwijt, maar in ieder geval: die zei hetzelfde als jij. De geest van de Etrusken leeft in mij voort, zei hij. Ik ben aan hen verwant. Ik ben een Etrusk. Nou, jij bent een Romanov.'

'Ja.'

'En als historicus moet je dat ook zijn. Je kiest een onderwerp, omdat je erdoor gegrepen wordt. Da's goed. Dat levert interessante boeken op.'

'Ja.'

'Wat natuurlijk niet wil zeggen dat je onwetenschappelijk te werk moet gaan.'

'Wie zegt dat ik dat doe?' riep hij.

Het komende DNA-onderzoek zweefde hem voor de geest. Parel der wetenschap, die in zijn geval spectaculair in dienst van de geschiedschrijving gesteld zou worden! Onwetenschappelijk. Haha.

'Nee, nee,' zei Sweder snel. 'Natuurlijk niet. Dat bedoel ik niet. Dat komt vast allemaal wel in orde, dat is je heus wel toevertrouwd. Gewoon stug doorgaan. Eh...'

Hij leek nog iets te willen zeggen, maar veranderde plotseling van onderwerp.

'Voor ik het vergeet: je moet de hartelijke groeten van Wendela hebben.'

Nog nooit had Sweder gezegd dat hij de groeten van Wendela moest hebben, laat staan de hartelijke groeten. Nog nooit had iets erop gewezen dat Wendela zich zijn bestaan herinnerde.

'Ik belde haar van de week en toen heb ik verteld waar je mee bezig was. Dat je een boek ging schrijven. Vond ze echt iets voor jou. Schrijver vond ze echt bij je passen.'

'Nooit geweten dat Wendy zich voorstellingen maakt van wat bij mij past of niet,' zei hij zo droog mogelijk.

'Ai, klinkt hier oud zeer door?' riep Sweder meteen. 'Nou, ze heeft je altijd heel aardig gevonden, hoor. Dat heeft ze me zelf verteld.'

'Dat doet me plezier,' zei hij stijf. 'Ik haar ook.'

'Als ik het niet dacht. Ze had het nog over een of ander hutje, een eng hutje, waar jij blijkbaar eens sterke verhalen over hebt zitten vertellen toen ik er niet bij was, dus ik dacht al...'

'Dat was een sprookje dat ik verteld heb.'

'Jaaja...' zei Sweder met een vettig lachje. 'Trouwens, over hutjes gesproken: heb je al nagedacht over Rotterdam? Ik zie die vent van die flat woensdag op een vergadering.'

'Nagedacht wel, maar ik zit toch liever in het tuinhuis.'

Sweder zuchtte.

'Je weet hoe ik erover denk. Totaal mataglap.'

'Kan best een prettige toestand zijn.'

'Jij liever dan ik.'

'Precies. Ik heb trouwens een mooi jasje gekocht in Zutphen.'

'Goed zo, dan zit je daar tenminste netjes aangekleed.'

Toen hij even later de telefoon neergelegd had, liep hij naar de spiegel en keek zichzelf in de ogen, die glansden in het strijklicht vanuit de keuken.

Dus Wendela had hem altijd heel aardig gevonden. Wendela vond schrijven echt iets voor hem. Wendela vertelde na twaalf jaar opeens over het hutje van Baba Jaga aan haar broer. Alle dingen vielen samen deze dagen. Aan de vooravond van haar huwelijk zweefde zijn beeltenis Wendela voor ogen, alsof zij daar aan de overkant van de oceaan plotseling, als bij ingeving, via een ragfijn zendertje doorgeseind kreeg wie hij was, de jongen uit de patatwijk aan wie ze nooit enige aandacht had besteed. Wat zou ze denken als ze het nieuws vernam? Ik had de achterkleinzoon van de tsaar kunnen krijgen, maar hij was mij te min.

Hij liep de trap naar de eerste verdieping op en opende de deur van Wendela's kamer, waar het nog niet eens helemaal donker was. Wendela's bed op leeuwepoten ving het laatste hemellicht.

❧

Hij trok haar ogen in Chinese plooitjes en liet zijn handen over haar slapen naar boven glijden, zodat de korte haartjes stuk voor stuk onder zijn vingers uitsprongen en weer op hun plaats kwamen te liggen. Haar huid was zo fijn als een kinderhuid; het beginnend netwerk van rimpeltjes rond haar ogen een lieflijk craquelé. Hij duwde zijn onderlijf zo heftig tegen haar aan dat haar benen vanzelf uiteenweken. Ze trok haar knieën op langs zijn heupen en hij stootte zo diep en volledig in haar door dat het was alsof hij daarmee alle jaren dat hij dat niet had kunnen doen moest goedmaken. Haar armen hadden zich om zijn hals gesloten, maar hij maakte ze los en drukte ze boven haar hoofd bij de polsen op het bed: een geketende Balinese danseres. Langzaam bewoog hij in haar heen en weer, kuste de tere huid van haar rechterbovenarm net boven de oksel, die gekmakend geurde, en richtte zich tussendoor voortdurend op om naar haar gezicht te kijken. Zij had haar achterhoofd in het kussen geduwd en hield haar ogen gesloten, maar haar mond stond een beetje open en liet hijg- en piepgeluidjes door die hem tot op de bodem van zijn ziel raakten. Ten slotte liet hij haar polsen los, legde zijn handen om haar wangen en kuste haar mond, waarop haar armen zich weer om zijn hals vouwden en hij met haar in een snelle stroom terechtkwam. Via duizeligmakende draaikolken werden zij naar grote diepten gevoerd, waar hij met haar en met het water vervloeide en tot zijn essentie werd teruggebracht.

Nadat ze elkaar losgelaten hadden, zweefde hij willoos door een blauwe oceaan, als een bewusteloze zwemmer overgeleverd aan stroming en tij.

Het gras lag als een blauwgrijze vlakte in het maanlicht. Het was zo stil, dat hij zijn eigen voeten in de tuinmocassins de sprieten hoorde kneuzen.

De Domaine Trevallon mocht dan een uitmuntende wijn zijn, het drinken van een hele fles op één avond veroorzaakte dezelfde middernachtelijke verschijnselen als mindere soorten: wakker worden met een mond van leer en een gevoel van grote onrust. Ja, het moest beslist de wijn zijn die hem nu als een schim door de tuin voortdreef, langs het zwembad, het tuinhuis, de coniferen, rond en rond en dan weer de andere kant op; een oud, gewatteerd jack omgeslagen, want het was behoorlijk fris. Het was de wijn, waardoor hij midden in de nacht half op de tast uitgebloeide margrietjes van de stengels stond te knijpen, slakken van de hostabladeren plukte en op zijn hurken onder de struiken zat te speuren of de pad ook ergens te zien was. Tot aan het ochtendgloren hield hij zich met dit soort beuzelarijen bezig, want als hij dat niet deed en dadenloos onder de linde ging zitten, deed het ergste effect van de kater zich gelden: een slinks naderbij sluipende twijfel aan alle dingen waaraan hij de laatste dagen geloofd had. Een twijfel die opklom van buik tot borst, die hem bij de keel greep en langzaam begon te wurgen. Een twijfel als een sombere nachtgeest, die alles wat logisch en voor de hand liggend en vrijwel zeker was, onderuit haalde en op losse schroeven zette onder het mom van de rede en het waarschijnlijkheidsprincipe.

Pas toen de voltallige vogelpopulatie van de buurt zich bij het licht worden in het ochtendconcert wierp, verbleekte de kwelgeest.

Hoe vaak komt het voor dat iemand die niet in ploegendienst werkt of als boer een loeiend dier moet verlossen een zomerse zonsopgang meemaakt? Wie het overkomt, wordt op slag een bekeerling en neemt zich voor de eerstvolgende weken om halfvijf op te staan – vooral als de emotionele huishouding toch al wat ontregeld is en het voor een handvol merels en lijsters een koud kunstje is de ontvankelijkheid voor het fenomeen in een oogwenk naar de hoogste toppen te stuwen.

De coniferen vingen het eerste licht, daarna begon het oranje te flonkeren tussen de bomen in het oosten, dauw schitterde als kwikdruppels op de bladeren, de boeddha tussen de hazelaars lachte en de madeliefjes in het gras werden allemaal tegelijk wakker. De tuin was een heilige plaats vol zilver en goud; het zwembad begon de hemel te weerspiegelen.

Dit was al de tweede nacht dat hij vrijwel niet geslapen had, maar dat was van geen enkel belang. Hij kon nog weken zonder slaap. Ook zonder eten en zonder medicijnen als het moest. Hij leefde op louter verwachting.

HOOFDSTUK 10

Een uur te vroeg stond hij op het parkeerterrein en de bus was ruim een uur te laat. Het schemerde al toen de touringcar het terrein op kwam rijden en de vakantiegangers een voor een verhit, verbrand en in opgewekte stemming de treetjes afklauterden. Zijn familie lachte zo breed dat het was of ze van een wereldreis ingehaald werd. Zijn moeders permanent was verwaaid, de stijve krulletjes in nonchalante grijsgrauwe pieken veranderd, haar hoge-bloeddrukkleurtje verweerd tot een stoer roodbruin. Haar gezicht straalde. De vier dagen dat zij weg geweest was, hadden haar tot een wereldreizigster gemaakt die na interessante omzwervingen de armzalige thuisblijvers begroet. Haar hele wezen, altijd zo aarzelend, bang om dingen verkeerd te doen, straalde ineens een kordaat zelfvertrouwen uit. Ze droeg een witte blouse die hij niet kende op een bruine, katoenen rok, en ze had zijn druppeltjescollier om, dat vrolijk om haar verbrande hals spande. Uw onbekende moeder.

Zijn oom droeg een gele katoenen pet met een propellertje bovenop en zijn tante een T-shirt met PRAHA-PRAG-PRAGUE erop, waarvan het haast onvoorstelbaar was dat men in de Tsjechische hoofdstad die maat had kunnen leveren.

'Jongen, wat heb je een mooi jasje aan,' was het eerste dat zijn moeder zei, terwijl ze hem omhelsde.

'O, we hebben het zo fantastisch gehad!' vervolgde ze meteen. 'We gaan volgend jaar weer!'

Had hij zijn moeder ooit het woord fantastisch horen zeggen?

'Je moeder wou helemaal niet meer terug!' zei oom Gert.

Ze brachten de bagage naar de auto en dronken gezamenlijk nog een kop koffie op een nabij gelegen terras, waar hij alles vernam over fraaie bruggen, straatjes en kerkhoven, de wijn en het bier, de beluisterde zanggroep, de toestand van de Praagse toiletten en de verstrekte hoeveelheden slagroom op het ijs. Daarna liepen ze terug naar het parkeerterrein, waar het opeens zachtjes begon te regenen, en aanvaardden oom en tante in hun eigen auto de thuisreis naar Utrecht.

Zodra zijn moeder in de Volkswagen was gestapt, begon ze in haar handtas te zoeken en haalde er een pakje ter grootte van een pocketboek uit.

'Ik wou toch wat voor je meebrengen,' zei ze, 'al moest ik wel lang zoeken. Ze kochten allemaal van die grote bierpullen, maar ik dacht dat je dat niet zo leuk zou vinden. Kijk maar eens. 't Is maar een aardigheidje, hoor.'

Hij wikkelde het papier van het pakje. Er kwam een zwart, plastic lijstje te voorschijn met een romantische afbeelding erin. Op een wild kolkende rivier waaruit gemene, grillige klippen opdoken, voer een kleine boot regelrecht op een hoge rots af. De man aan het roer, met fladderend wit Schillerhemd en wapperende lokken, deed niets om het naderend onheil nog te keren, maar stak zijn armen in opperste overgave naar de rotspunt uit, alsof hij verwachtte op het laatste moment nog opgetild te zullen worden of vleugels te krijgen. Op de achtergrond, hoog op de rivieroever, was een dansfeest aan de gang. Mannen met fluiten en schalmei-achtige instrumenten maakten muziek, vrouwen met goudblonde haartressen voerden een menuet uit. Niemand had oog voor het drama dat zich binnen enkele seconden op het woest schuimende water zou voltrekken. De schipper had van niemand hulp te verwachten.

'Potverdikkie,' zei hij.

'Vind je het mooi?' vroeg zijn moeder.

'Prachtig. Dank u wel. Blij dat u geen bierpul heeft genomen.'

'Hè, gelukkig,' zei zijn moeder tevreden. 'Ik vond het zo moeilijk, hè? Maar ik dacht: iets van vroeger, iets moois... zoiets wat je nu niet meer ziet, daar hou jij altijd nogal van.'

Hij lachte, gaf haar een kus en legde het prentje op het dashboard. Toen startte hij de auto en zette de ruitewissers aan. Iets van vroeger, iets moois, zoiets wat je nu niet meer ziet, daar houd ik altijd nogal van, dacht hij. Zo is het.

'O, dat hotel was toch zo enig...' zei zijn moeder, opgelucht door zijn instemming, en zij begon opnieuw te vertellen.

Haar woorden gleden langs hem af als de regendruppels langs het raam. Het was nu nog een kwestie van een paar kwartier. Zo vol als zijn moeder nog van het reisje was, kon hij haar niet met zijn vraag confronteren, dat moest z'n tijd hebben. Maar het uitstel maakte hem niet ongeduldig, integendeel, hij genoot ervan. Hij was een vrijer die weet dat zijn liefje niet zal weigeren wat hij wil en haar in die rustige wetenschap nog niet benadert, maar eerst nog wat geniet van haar onschuldig gekout.

'...en toen moesten we nog terug. Nou liep het daar zo af, hè, allemaal van die kinderhoofdjes naar beneden. Ik zeg tegen Zwaan, ik zeg: laten we elkaar maar een arm geven, anders gaat het nooit goed. Nou, d'r was nog een andere meneer bij en nog twee zusters, die konden ook haast niet meer rechtop lopen, dus wij allemaal gearmd naar beneden met z'n zessen naast elkaar...'

Hij liet haar gepraat in gedachten vergezeld gaan van een muziekstuk van Vivaldi dat hij vaag in zijn hoofd had en wel op zo'n manier dat het klavecimbel zich richtte naar het ritme van haar woorden. Opgewekte, nerveuze en toch harmonieuze muziek die eindeloos door kon gaan. Hij beidde zijn tijd. Dat doe ik, dacht hij, ik beid mijn tijd, ik ben mijn tijd aan het beiden.

Daar was de afslag al. Ze reden Elsteren in en even later de Wethouder Tesselinkstraat en stopten voor zijn moeders huis. Hij droeg de tassen naar binnen. Zijn moeder werd direct aangeklampt door de buurvrouw, die over het hegje kwam stappen. Terwijl zij bleef staan praten, ging hij naar binnen, de voorkamer in, waar het muf rook en waar de kranten voor het raam vergeeld achter de cyclamen hingen. Hij haalde ze weg, kneedde ze tot een prop, gooide die in de keuken in de vuilnisbak en bleef een moment staan kijken naar de witgeschilderde keukenstoelen om het formica tafeltje. Daarna zette hij het raam van de achterkamer wijd open en wandelde met zijn handen in zijn zakken de kleine kamers op en neer.

Hij keek naar de geborduurde sierkussens op de bank. Naar de lectuurbak: twee door een smeedijzeren standaard bijeengehouden houten wiggen, waarop aan de ene kant in schuinschrift 'kranten' gebrand was en aan de andere 'tijdschriften'. Naar de uit een grillig stuk boomwortel vervaardigde klok, die zijn vader nog met biljarten gewonnen had...

Wat voorkomen moest worden, was dat de pers hier foto's kwam maken. Van zijn moeder zelf, dat zou moeilijk tegen te houden zijn, maar niet van dit huis, niet van dit interieur. Daarover moest hij met zijn moeder een duidelijke afspraak maken als het zover was.

Hij liep naar het raam en inhaleerde de zoete avondlucht. Geschreeuw van buurkinderen drong de kamer in; zo laat nog.

Zijn moeder dribbelde binnen, inspecteerde de cyclamen en vond dat het toch fijn was om weer thuis te zijn. Wilde hij nog een kopje...

'Kom eens zitten, mamma,' zei hij en nam zelf alvast aan de tafel in de achterkamer plaats. 'Ik wil het nog even over iets anders hebben. U moet even omschakelen als het kan.'

Zijn moeder bleef tussen de schuifdeuren staan. Haar gezicht betrok.

Hij trok de stoel om de hoek van de tafel een beetje weg en tikte op het tafelkleed. Zijn moeder kwam weifelend naderbij, ging op de punt van de stoel zitten, legde haar dikke handjes gevouwen op haar knieën en keek hem ongerust aan.

'We hadden het vrijdag bij uw vertrek toch over de herkomst van mijn hemofilie, weet u nog?'

Zijn moeder hapte naar lucht als een goudvis die uit de kom gesprongen is en begon de rand van het tafelkleed op te rollen.

'U was daar zo... afhoudend over. En toen ben ik oma gaan opzoeken in Utrecht...'

'Oma?!' riep zijn moeder opkijkend. 'Ben je bij oma geweest?'

'Ja,' zei hij, 'ik dacht dat zij misschien toch nog wat gegevens over uw vader kon hebben, dingen die op hemofilie wijzen.'

'En wat zei ze?' fluisterde zijn moeder met in haar ogen de ontzetting van het schoolkind dat vreest dat er op de ouderavond een boekje over haar opengedaan is. Al het gezonde bruin dat zij op het reisje had opgedaan, was opeens verdwenen en op haar huid leek zich een vaalgrauw waas te hebben gevormd. Ook op haar lippen was geen kleur meer te bekennen.

'Niets. Maar u had mij iets te vertellen, zei ze.'

Zijn moeder staarde wezenloos naar de tafel.

'Ik heb er in Praag ook nog aan gedacht, jongen...' zei ze toonloos. 'Maar dat je er nu meteen over beginnen zou, dat had ik niet verwacht...'

'Mamma,' zei hij en raakte haar handen aan. 'U bent draagster, hè? Dat is toch helemaal niet erg! Weet u dat ik dat juist wíl horen? Ik wil dat juist!'

Maar hij had het nog niet gezegd of zijn moeder drukte haar vuisten tegen haar ogen en begon te huilen. Ze huilde als een kind dat niet meer opgewassen is tegen de grotemensenwereld waarin het zich moet weren.

Een vage ongerustheid kwam in hem op. En ook medelijden. Het was voor het eerst dat hij haar zag huilen. Voor het eerst dat zij zichtbaar maakte dat er grote emoties in haar omgingen, verdriet, schaamte, spijt... wat was het?

Hij ging achter haar staan en legde zijn handen om haar schouders, maar het snikken werd alleen maar erger. Hij keek om zich heen naar een servet of een papieren zakdoekje en haalde toen maar de theedoek uit de keuken. 'Niet aan de theedoek,' had zijn moeder vroeger altijd geroepen als hij als kind zijn natte handen uitstak naar het eerste het beste stuk keukentextiel, maar nu nam ze hem aan, depte er haar gezicht mee en snoot zelfs haar neus in een punt.

Toen hij weer aan tafel ging zitten, stond zijn moeder op en ging voor het raam staan met de theedoek als een prop in haar hand.

'Het is helemaal verkeerd van me om je niet te vertellen... om nooit verteld te hebben wat je allang had moeten weten,' begon ze, manhaftig proberend haar stem onder controle te houden. 'Maar dat komt... ik wilde het zelf liever ook vergeten, geloof ik. En ik... ik hou van je, jongen...'

Haar stem begaf het weer.

Zijn ongerustheid zwol op als een geest uit een fles.

'Waar heeft u het over!' riep hij.

Zijn moeder vermande zich en keek in zijn richting. Ze haalde diep adem en zei met een dun maar beslist stemmetje: 'Ik heb nooit kinderen kunnen krijgen, Geert. En je vader... die had een vriendin, je weet wel: Leida. Hij kende haar van het werk. Al jaren voordat ze samen dat ongeluk kregen, is Leida bij ons in huis geweest. Ze was in verwachting van je vader en ze kon nergens heen, haar familie mocht het niet weten. Ze was nog heel jong, net achttien. Toen ben jij geboren en je vader heeft je gewoon als ons kind aangegeven. D'r was haast niemand die het wist. Leida vond het best, het kwam haar goed uit. En ons ook. Ik... ik was zo blij met je.'

Terwijl zij doorsprak, was het alsof er in zijn hoofd een paar draadjes losgetrokken werden. Hij hoorde nog wat zijn moeder zei, maar daarmee hield ook alles op. Alle verbindingen naar de delen van zijn hersens die de woorden zouden moeten verwerken, waren uitgeschakeld. Het was alsof bij een spreker in een zaal plotseling de microfoon uitviel: de woorden vallen nog op te vangen, maar zonder versterking hebben ze geen uitwerking meer op de toehoorders.

Zijn moeder draaide zich naar het raam. Haar rok en blouse waren verkreukeld aan de achterkant. Er zat een spatadertje op haar rechterkuit in de vorm van een rivierdelta. Hij staarde ernaar. Nee, het was een vlieger met drie staarten. Of een inktvis, ja, een inktvisje met slordig naar beneden bungelende armpjes.

'Zij was wél draagster. Haar vader had hemofilie. Dat heeft ze pas verteld toen we met je begonnen te dokteren, eerder durfde ze het niet. Nou, 't had niks uitgemaakt, hoor. Als we het van tevoren hadden geweten, dan hadden we je net zo goed willen hebben. Al... al had je tien ziektes gehad, dat had me nog niet kunnen schelen.'

Omdat hij als het ware met haar mee het raam uit keek, zagen ze tegelijkertijd een bal het achtertuintje in vliegen die iets raakte wat brak, een bloempot waarschijnlijk. Een paar seconden later zwiepte er een jongetje in pyjama over de omheining, greep de bal, gooide hem terug in zijn eigen tuin en sprong weer over de afrastering. Je zou coniferen kunnen planten, dacht hij, dicht tegen elkaar aan. Maar hoe snel die ook groeiden, als ze hoog genoeg waren om ballen tegen te houden, waren die kinderen het huis al uit.

'Haar vader was fietsenmaker,' zei zijn moeder, 'ergens in Overijssel. Maar die kon allang niet meer werken. Toen waren er nog niet zulke goede medicijnen, hè? We hebben nooit contact met die mensen gehad, nooit, maar ik ben jarenlang bang geweest dat ze jou zouden komen opeisen, na het ongeluk, bedoel ik. Maar nooit iets van ze gehoord. Ik zou niet weten of ze nog leven. Ik dacht wel eens: het is toch gek, de enige echte familie die Geertje heeft, kent hij niet.'

Ze draaide zich weer om en keek naar hem. Ze had roodbehuilde ogen, waarnaar hij niet wilde kijken. Hij keek naar haar blouse, die erg aardig was voor haar doen. En dat collier zat een tikje strak om haar hals, maar niet zo dat het stoorde. Wellicht kon er een schakeltje tussen gezet worden.

'Vreemd, hè?' zei zijn moeder. 'Wie had kunnen denken dat het reisje zo af zou lopen. Wat een wonderlijke dagen zijn dit. Vanavond zaten we nog zo te lachen in de bus en nu sta ik je dit te vertellen.'

Ze plukte aan de theedoek alsof ze het ding in stukken wilde trekken.

Mijn moeder doet filosofische uitspraken, dacht hij. Hoor wat ze zegt. Wonderlijke dagen zijn dit. Wonderlijke dagen.

'Nu weet je het, jongen.'

Nu weet ik het, dacht hij. Ik weet het nu. Het is nu duidelijk.

'Je zegt helemaal niks...'

Hij stond op, ging voor het buffet staan en liet de stof van zijn jasje voor het ingelegde spiegeltje in de opbouw bewegen.

'Als je boos bent... dan snap ik dat wel, hoor.'

Hij keek naar haar. Hij zag haar vlekkerige wangen, haar trillende lippen. Weerloos, dacht hij, dit is weerloosheid.

Zij kwam op hem aflopen, sloeg haar armen om hem heen en legde haar hoofd tegen zijn schouder.

'Neem het me alsjeblieft niet kwalijk, jongen. Oma heeft gelijk: nu ben je bijna dertig en nu moet je die dingen pas horen. Het is fout van me, maar... ik kon het niet.'

Hij begon haar automatisch over de rug te strijken, wat hem niet goed afging, omdat haar vlezige rug door een strakzittende bustehouder in twee heuvels verdeeld werd.

'Ik ben absoluut niet boos, mamma. Het is goed dat u het gezegd heeft. Heel goed.'

Hoor hoe rustig ik dit zeg, dacht hij. Het is heel prettig dat ik het zo kalm opvat. Prettig voor beide kanten.

Zijn moeder maakte zich los, veegde weer nieuwe tranen weg en zei aarzelend: 'Ik heb nog ergens een fotootje van Leida. Zal ik je dat laten zien?'

Het was erg benauwd in de kamer, hoewel het raam openstond. Het zweet brak hem uit en tegelijkertijd trok het bloed uit zijn hoofd weg, zodat hij opeens bang was van zijn stokje te gaan.

'Een andere keer, mamma, ik moet nu weg.'

Zijn moeder staarde hem geschrokken aan.

'Je wilt nu toch niet weggaan!'

In zijn borst was een zwaar bonken begonnen. Hij moest snel naar buiten.

'We praten binnenkort verder, maar ik moet... ik wil nu naar huis. Maakt u zich geen zorgen, ik ben blij dat u het verteld heeft. Niet tobben. Ik moet nu weg.'

Hij gaf haar een snelle kus en liep de kamer uit.

'Ik bel morgen nog even!'

'Maar Geert...' riep zijn moeder vertwijfeld.

Hij rukte de voordeur open, beende het voortuintje door en stapte in de Volkswagen. Bij het optrekken gleed het prentje van het dashboard en viel op de versnellingspook. Het glas in het lijstje barstte. Hij raapte het op en legde het op de stoel naast zich.

Door het rijden werd hij kalmer, maar de gedachte aan het stille, lege huis waarnaar hij op weg was, maakte dat hij heel langzaam ging rijden. Dat huis was een grote, donkere overkapping vol pijn, die zijn schaduw ver vooruit wierp. De eenzaamheid van dat huis joeg hem angst aan en op het laatst reed hij nog maar dertig kilometer.

Desondanks was het Veerehuis de enige plek op aarde waar hij nu wilde zijn.

❧

Kleertjes van het gestorven kind moet je meteen weggooien; niet wachten tot later. Koel en met overleg ging hij te werk. Hij schoof in de bijkeuken, waar hij nooit kwam, weckflessen en conserveblikjes aan de kant en stapelde alle boeken op de vrijgekomen plaats op. Eén van de boeken lag nog opengeslagen bij de foto van Aleksej op de keukenstoel, dus dat moest hij dichtslaan, en één boek viel uit zijn handen toen hij een stapeltje van acht, negen banden tegelijk oppakte: zijn oude schoolboek met de geknakte rug, het boek dat altijd vanzelf openviel op de plaats waar het jarenlang open had moeten liggen. Hij staarde naar de foto die nu op de keukenvloer lag. Dat was het enige moeilijke moment. Toen pakte hij het boek op en sloeg het boven op de stapel. Bijkeuken op slot en dat was dat.

Naar boven. De badkamer. Tussen zijn spullen lag een doosje scheermesjes, dat hij even in handen nam. De meeste mensen pakten het verkeerd aan, had hij gelezen. Je moest niet overdwars snijden, maar over de lengte van de ader en dan in een lauwwarm bad, dan was het zo afgelopen.

Hij zocht zijn slaappillen op, die hij maandenlang al niet ingenomen had. Op twee sliep je als een os. Voor de zekerheid nam hij er drie.

Hij kleedde zich uit, poetste zijn tanden zonder in de spiegel te kijken en kon toen naar bed. Maar in plaats van rechtstreeks naar de zolder te gaan, opende hij de deur van Wendela's kamer, ging daar voor het raam staan, keek over de tuin uit en verzonk in gedachten.

O nee, het was niet de tsarenfamilie waaraan hij dacht. Hij dacht aan een onbetekenend voorvalletje dat ooit in dit huis plaatsgevonden had. Zo'n onnozel feitje dat opeens in de herinnering opduikt, God mag weten waarom, en waarvan je je afvraagt waarom je het toch al die jaren onthouden hebt. Dát wel en veel belangrijker dingen, waaraan anderen soms refereren, niet.

❧

Van alle dingen die het verschil markeerden tussen Sweders jeugd en de zijne hadden de maaltijden bij de Veeres altijd de meeste indruk op hem gemaakt. Als dertienjarige voor het eerst bij hen aan tafel was hem opeens de betekenis van het woord 'tafelzilver' duidelijk geworden, een woord dat je in Agatha Christie-achtige detectives wel eens tegenkwam: tafelzilver was kennelijk aantrekkelijk om achterover te drukken. Hij had altijd gedacht dat het zilveren snuisterijen waren om op tafel te zetten, maar het waren dus messen en vorken. Zwaar, glanzend, met krullen en ranken versierd bestek, dat voor Sweder net zo gewoon was als het niets wegende, doffe aluminium bestek dat bij hem thuis naast de borden lag. Het serviesgoed bij de Veeres was juist weer dunner en lichter dan hij ooit gezien had en maakte bij aanstoten of opstapelen een heel ander, hoger geluid dan zijn moeders borden. Als hij bij Sweder at, vroeg hij zich wel eens af of de andere smaak van de gerechten, juist als het vlees of groenten betrof die hij van thuis kende, niet voor een groot deel door dit bestek en dit serviesgoed veroorzaakt werd. Alsof aan een gewone bruine boon op zo'n bord, aan zo'n vork geprikt, een onbenoembare dimensie toegevoegd werd, waardoor het een andere boon werd.

Maar het waren niet deze dingen die hem het meest opvielen en ook niet het scala aan onbekend voedsel dat bij de Veeres op het menu stond – olijven, vissoep, avocado, asperges, zelfs zijn eerste pizza had hij hier gegeten – maar het onbekende en voor hem ondoorzichtige stelsel van codes en gedragsregels die in Sweders ouderlijk huis golden.

De eerste keren dat hij er at, was hij verbijsterd over de dolle boel die het aan tafel was en de onderwerpen die er in het bijzijn van meneer en mevrouw Veere ter sprake gebracht werden. Als Carolien meldde dat haar leraar Frans in de klas over kapotjes had gesproken, zei meneer Veere dat die man beter 'condooms' had kunnen zeggen, 'wat een toegankelijker woord was', daarin bijgevallen door Eva van amper tien. Als Sweder, om zijn zussen te stangen, midden onder de maaltijd uitvoerig uitweidde over wat er die dag bij biologie besproken was: ontstaan, woeden en bestrijding van de lintworm, dan moest hij daar van zijn moeder wel mee ophouden, maar dat nam niet weg dat de hele familie bij zijn plastische overdrijvingen hilarisch lachend weggedoken zat in de linnen servetten. Eens kwam er na het eten bij wijze van dessert een reusachtige schaal kersen op tafel, die al snel aanleiding gaf tot een fel pittengevecht, waarbij meneer Veere net zo fanatiek zijn kinderen bekogelde als zij hem en mevrouw Veere samen met de keukenhulp dwars door de pittenregen heen onverstoorbaar het restant aan glazen en karaffen naar de keuken bracht.

Maar er was ook een andere kant: onbekende, onbegrijpelijke regels die terdege gerespecteerd dienden te worden. Aardappels werden hier niet geprakt, maar met de zijkant van de vork in stukjes gebroken en als Eva, die nog wat ouderlijk vermaan nodig had, dat sneller, efficiënter en hoorbaarder met haar mes deed, zei mevrouw Veere: 'Niet met je mes!' Eens maakte hij mee dat aan Eva gevraagd werd of ze nog een portie van het een of ander wilde en dat zij antwoordde: 'Nee, dank je, ik kan niet meer.' Toen hief haar vader het hoofd en vroeg ijzig: 'Wát zeg je, Eefje?' Waarop Eva snel antwoordde: 'Ik heb genoeg, pappa.'

Dat het in een gezin waar over condooms gelachen werd en waar de kersepitten door de kamer vlogen, niet getolereerd werd 'ik kan niet meer' te zeggen, maakte hem kopschuw. Hij begreep niet wat er mis was met de uitdrukking 'ik kan niet meer'. Als dat al niet deugde, wat zei hijzelf dan niet allemaal wat in de ogen van de Veeres niet door de beugel kon? Hoe vaak had hij al zonder het te weten hun codes geschonden en waren er op hun verfijnde radarschermen alarmsignaaltjes waarneembaar geweest, die alleen niet becommentarieerd werden, omdat hij een gast was?

De gebeurtenis waaraan hij nu terugdacht, had tijdens zo'n maaltijd plaatsgevonden. Er waren die avond twee soorten vlees: zwezerik voor meneer en mevrouw Veere en kalfsoesters voor de rest van de familie, die niet van zwezerik hield.

'Ik ga er maar van uit dat jij ook liever een kalfsoestertje hebt, Lex,' zei mevrouw Veere, die de vleesvork hanteerde.

Toen ze Eva, die naast hem zat, er een wilde geven, riep die: 'O, nee, hè? Niet met blauwe kaas erin!'

Ja, de kalfoesters waren met gorgonzola gevuld, zei haar moeder; wie dat niet lekker vond, sneed er maar een beetje omheen. Dan nam ze wel helemaal geen vlees, riep Eva bokkig, en mevrouw Veere haalde haar schouders op en zette de schaal weg. Dit zat Eva, die nogal verwend was, niet lekker en ze begon erover te mokken.

'Met mij wordt nooit rekening gehouden,' zei ze, 'als Sweed of Wendy of Lien iets niet lekker vindt, dan is er altijd iets anders, maar ik moet alles maar eten', en waarschijnlijk hopend in hem een medegedupeerde te vinden, voegde ze er strijdlustig aan toe: 'Houd jíj van blauwe kaas, Lex?'

Zowel de naam 'gorgonzola' als het begrip 'blauwe kaas' was hem onbekend. Hij lachte en haalde zijn schouders op.

'Ik weet het niet.'

'Je weet toch wel of je van blauwe kaas houdt of niet! Eet je dat thuis dan nooit?' riep Eva geprikkeld uit. 'Schimmelkaas. Wie weet nou niet...'

'Geef haar een dreun op haar hoofd,' zei Sweder goedmoedig aan zijn andere kant.

En toen ving hij de blik op die mevrouw Veere haar jongste dochter toezond. Een blik waarvan de kilheid slechts tot stand kwam door het twee of drie millimeter opheffen van de wenkbrauwen, maar die Eva direct liet verstommen of althans in onverstaanbaar gesputter liet vervallen. Een korte, maar ijskoude blik. Want waar Eva in haar argeloosheid tegen zondigde, was niet zomaar een code, begreep hij op slag, niet een simpele kwestie van met-je-mes of met-je-vork, maar een wet. Een van de strikte wetten van haar klasse, een grondbeginsel, een heilig canon dat zij behoorde te kennen, hoe jong ze ook was. Gij zult uw mindere niet in verlegenheid brengen. Gij zult uw kennis, uw gebruiken, uw privileges niet bekend veronderstellen. Gij zult u naar de mindere toebuigen – hij kan het niet naar u. Het was niets minder dan het noblesse oblige dat Eva hier met voeten trad. Sweders hoffelijkheid tegenover mevrouw Grol uit de patatwijk moest zij nog onder de knie krijgen.

Hij had dit alles in een oogwenk beseft. Toch hadden mevrouw Veeres opgetrokken wenkbrauwen destijds niet veel meer betekend dan een scherp korreltje op het damasten tafelkleed: het prikt even in je hand en dan is het al niet meer terug te vinden. Een futiliteit die hij na het eten alweer vergeten was. Waarom stonden die wenkbrauwen hem na zestien, zeventien jaar dan opeens haarscherp voor ogen?

❧

Het duurde een tijdje voordat tot hem doordrong dat het eindeloos repeteren van het beeld op zijn netvlies toe te schrijven viel aan het in werking treden van de slaappillen. En toen nog lukte het niet dadelijk zich aan mevrouw Veeres telkens opnieuw verkillende blik te onttrekken. De camera van zijn geheugen leek ingezoomd te zijn op een willekeurige seconde tijd en was daar blijven steken. De cameraman was verlamd geraakt, niet meer in staat in te grijpen, willoos geworden, uitgeschakeld.

Ten slotte draaide hij zich om, verliet de kamer en liep met loden benen de hoge trap naar de zolderverdieping op. Boven aan de trap bleef hij staan, hield zich met één hand aan de leuning vast en helde zwaar achterover.

Nu loslaten.

Een gebroken nek. Maar waarschijnlijk niet. Een gebroken rug. Ontzettend veel pijn en niet dood. De tuinman die hem morgenochtend vond. Hersenbeschadiging. Een dwarslaesie. De rest van je leven in een wagentje. Een zuster die de ontlasting uit je kont moest lepelen.

Traag als een schip aan een ketting trok hij zich naar voren.

HOOFDSTUK 11

Aan één stuk door was hij bezig modder van zijn benen te spoelen. De taaie, drekachtige substantie liet zich echter nauwelijks oplossen, vooral niet omdat er alleen maar modderwater als spoelmiddel voorhanden was. In plaats van zijn benen schoon te maken, wreef hij ze in met een egale laag leem, die ook zijn handen en onderarmen al bedekte. Als hij even ophield met spoelen, begon de leemlaag direct uit te drogen en bedekte een harde, zware korst zijn benen, armen en onderlijf. Lomp en traag strompelde hij dan met stramme knieën over de paar vierkante meter moerasgebied, als een zombie uit het graf verrezen. Toch was hij niet wanhopig of in paniek, zelfs niet ongeduldig. Kalm en stoïcijns ging hij door met zich te reinigen, als iemand die deze bezigheid nu eenmaal als taak opgelegd heeft gekregen en wie het weinig uitmaakt of zijn handelingen resultaat hebben of niet. Soms waren er mensen in de buurt, kinderen, vakantiegangers die achter een bal aan renden of vliegers oplieten zonder hem op te merken, en hij sloeg evenmin acht op hen. Hij nam slechts hun stemmen waar, hun meeuwekreten door het luchtruim, en werkte rustig door.

Ook als hij wakker was, bleef hij met de modder aan de gang, want er was nauwelijks verschil tussen de doezelingen van de naslaap en de verdoving waarin hij wakker lag, of het zou moeten zijn dat hij wakend op andere manieren zon zich van de kleverige massa te ontdoen: afschrapen met een stuk hout of een handvol bladeren, hard laten worden en stukje bij beetje afbreken. Weer in slaap verzinkend ging hij echter op de oude voet verder; er viel bovendien nergens hout of blad te bekennen.

Uiteindelijk was de situatie gewijzigd. Nu lag hij, van top tot teen in een verhard modderomhulsel, op een houten brits aan een verlaten strand. Dat het verlaten was, wist hij zonder zijn ogen te openen; je hoorde het aan het voorwereldlijk gonzen van de stilte en het meeuwengekrijs. Het was niet onaangenaam zo te liggen met de zon op het lemen pantser, maar er was één allesoverheersende gedachte, of beter wetenschap: dat hij nooit meer op zou staan. Dat hij voorgoed vergeten en achtergelaten was, buiten de tijd geplaatst. Vredig, pijn- en wensloos, zonder behoeften, levend gemummificeerd, misschien wel ingepakt als offerande aan een onbekende god. Een genadig bestaan tussen leven en dood in.

❧

Het zeurderige geluid van een elektrisch tuinapparaat (een zaag of heggeschaar) klonk tot op de zolderkamer door. Hij keek op zijn horloge: halftien. De tuinman was al bezig.

Hij stond op, schoor zich, douchte en kleedde zich aan. Al die routinehandelingen gingen traag en moeizaam, en hij sleepte met zijn spitsvoet alsof tot de spieren daar nog niet goed was doorgedrongen dat hij opgestaan was.

Eenmaal beneden liep hij gelijk door naar buiten om de tuinman te begroeten. Op het gras voor de coniferenpartij aan de snelwegkant lag het Rembrandtboompje in mootjes gezaagd. De tuinman was doende de dunste takken, met het lichtgroene loof eraan, in een vuilniszak te proppen. Het stammetje en de dikkere takken lagen al in handzame openhaard-afmetingen opgestapeld.

Er laaide zo'n haat tegen de tuinman in hem op dat het hem grote moeite kostte beleefd te blijven. Dat boompje was ziek, 'aangetast', meldde de man. Had hij dat niet gezien aan dat rare, gekrulde blad? Het moest nodig opgeruimd worden, voordat het andere bomen aanstak. Toch zou hij het op prijs gesteld hebben als het omzagen even met hem besproken was, zei Lex, hij was toevallig nogal op dat boompje gesteld. De tuinman was niet zichtbaar onder de indruk. Hij had 'geen mens gezien' toen hij daarstraks kwam en hij had nú de zaag te leen, dus het moest nu gebeuren. Mevrouw zou het hem ook kwalijk nemen als het er nog stond wanneer zij terugkwam. Zo simpel was dat. Hij ging verder met het opruimen van het blad.

Net zo snel als zijn woede opgevlamd was, ebde die weer weg. Er bleef slechts een vermoeid, mat gevoel over. Er was toch niets meer aan te doen, met kwaad worden kwam dat boompje niet terug. En het was zijn tuin niet; als mevrouw Veere een boompje weg wilde hebben dan verdween het boompje. Punt uit.

De keukentafel, waaraan hij een kwartier later zat te ontbijten, was erg leeg zonder boeken, dat schrijnde een beetje, maar voor de rest was het niet duidelijk of het suffe gevoel van verdoving dat als een lauwe dweil over zijn hersenpan lag door hemzelf aan de omgeving werd meegedeeld of andersom. Het was bewolkt, mokkerig weer. Het zwembad vertoonde van hieraf gezien aan één kant een groene aanslag, die hem de afgelopen dagen helemaal niet opgevallen was. Aan het brood zat geen smaak. Op de radio begon een gesprek over hedendaagse tendenzen bij uitvaarten.

Na het ontbijt draaide hij in de hal het nummer van de afdeling Hematologie van het ziekenhuis. Tegen dezelfde vriendelijke assistente die hij vrijdagmiddag nog van de urgentie van zijn geval had weten te overtuigen en die haar uiterste best gedaan had hem er in de agenda 'tussen te plakken' zei hij dat de afspraak voor het eind van de middag kwam te vervallen. Ze wilde meteen op de computer nagaan welke andere dag dan zou kunnen.

'Nee, gewoon annuleren. Het hoeft niet meer. De hele afspraak kan vervallen.'

'O,' zei ze. 'Nou, prima. Beter kun je niet hebben dan dat de klachten vanzelf verdwijnen.'

'Zo is het. Alle klachten verdwijnen trouwens vanzelf, als je maar lang genoeg wacht.'

Hij voelde zich voor joker staan, maar dat zonk in het niet bij hoe erg het geweest had kunnen zijn. Het had niet veel gescheeld of hij was vrijdagmiddag bij zijn grootmoeder vandaan meteen doorgereden naar het ziekenhuis om een DNA-onderzoek te regelen. Zou hij zijn oude, vertrouwde arts in dat geval ooit nog onder ogen hebben durven komen?

Daarna belde hij zijn moeder.

Ze was heel bedeesd aan de telefoon. Ging het goed met hem?

Hij hield het kort en zakelijk. Hij was gisteren 'een beetje beduusd' geweest, ze moest het maar niet erg vinden dat hij zo plotseling weggelopen was. Het was goed dat ze nu alles verteld had. Morgen of overmorgen kwam hij nog wel langs.

'Goed, jongen,' zei ze stilletjes. 'Graag.'

Hufter, dacht hij, navelstaarder die je bent.

'Het prentje dat u meegebracht heeft, heb ik hier opgehangen, hoor,' zei hij. 'Ik kijk er steeds naar.'

'O,' zei zijn moeder verrast, 'wat leuk.'

Hij schuurde die ochtend het groen van de noordrand van het bassin, waarbij hem constant 'schure... schure...' door het hoofd dreinde.

Hij zoog met de stofzuiger de Volkswagen uit.

Hij legde mevrouw Veeres post op kaarsrechte stapels.

Hij schroefde een schemerlamp uit elkaar die niet meer wilde branden en daarna nog niet brandde.

Hij reed naar de supermarkt en sloeg boodschappen in, die hij thuis met grote precisie begon op te bergen.

Daarna bleef hij voor het keukenraam staan en keek naar buiten.

De tuin was stil, de tuinman al vertrokken. Een doffer trad een duifje op de duikplank van het zwembad.

Het was alsof de slaappillen die hij gisteravond had ingenomen nog steeds niet waren uitgewerkt. Drie was toch wat veel geweest.

Opeens liep hij naar de bijkeuken, draaide de deur van het slot en gluurde voorzichtig naar binnen, alsof hier een dier sliep dat niet wakker gemaakt moest worden. Op een plank aan de muur, naast een partij conserven, lagen zijn boeken in slordige stapels.

Niets zo vertrouwd als de ruggen van vaak gebruikte boeken. Kleur, lettertype, versiering, inscheuring, afbladdering, mate van geknaktheid... voor de eigenaar roept iedere rug het boek als geheel op, een vluchtige schim van de inhoud. Over de rug van een scheef uitstekende paperback bungelt een handje en de bezitter van het boek weet dat het meisje aan wie die hand vastzit op de voorkaft staat te zwaaien op een balkon, naast haar zusters, haar lachende gezicht steekt net boven de kapitaal van de titel uit; ze zwaait het volk toe en haar linkerhand hangt op de rug van het boek langs haar donkere jas af alsof hij niet meer bij haar hoort.

Zijn ogen begonnen te prikken. De kilte die uit de halfduistere bijkeuken stroomde, leek vermengd met zenuwgas. Hij trok snel de deur dicht, greep zijn zonnebril van tafel, liep met een in het dorp gekochte krant de tuin in en zette zich onder de linde.

Nu een berichtje op de buitenlandpagina. 'Na drie jaar graven in de bossen rond Jekaterinenburg zijn eindelijk de ontbrekende skeletten van de veertienjarige Russische troonopvolger en een van zijn zusters opgespoord. Het gebeente werd aangetroffen op nog geen tien meter afstand van het graf van de overige familieleden, maar was moeilijk vindbaar, omdat er in de loop der eeuw een boom bovenop gegroeid is. Met deze vondst is een einde gekomen aan alle speculaties omtrent het mogelijke overleven van kinderen van de laatste tsaar.'

Maar dat stond niet in de krant.

❧

Werd daar aangebeld? Hij stond uit zijn tuinstoel op en keek om de hoek van de keukenuitbouw naar het hek, waar de bel in een stenen pilaartje ingebouwd zat. Daar stond Loti. Of liever gezegd: daar zat Loti op haar fiets en leunde tegen het hek. Dezelfde hond die hij zaterdag al gezien had, stond hijgend, met de kop door de spijlen gestoken, de tuin in te kijken.

Hij dook weg. Zijn eerste reactie was om te doen of hij niet thuis was. Ze kon hem niet gezien hebben, want ze keek niet deze kant op. Maar toen streek hij toch maar zijn haar glad, zette zijn zonnebril recht en liep op het hek toe, ervoor zorgend niet met zijn voet te slepen.

'Stoor ik?' vroeg Loti hoopvol.

Hij deed het hek open.

'Ik zit te lezen.'

'O,' zei ze teleurgesteld, 'ik had gedacht dat je bezig was historische ontwikkelingen in een sociaal-economisch kader te zetten of zoiets.'

'Dat laat ik de mensen altijd doen die hier komen zwemmen.'

Ze zette grinnikend haar fiets tegen de binnenkant van het hek. Ze droeg een witte katoenen broek, een groot, wit herenoverhemd met opgerolde mouwen en een snoer van schelpjes om haar hals. Haar haar was verwaaid, haar wangen waren warm van het fietsen en de manier waarop ze lachte, verzoende hem ermee dat hij opengedaan had.

De hond stond kwispelstaartend naar hem op te kijken.

'Ik heb hem meegenomen, omdat hij niet alleen kan zijn,' zei Loti. 'Maar je hoeft niet bang te zijn dat hij het zwembad vervuilt, hoor. Als hij water zíet is hij al weg. Hij heeft een watertrauma. Het is onbekend hoe hij eraan komt, maar voor een regenplas op straat is hij al bang.'

Ze liepen om het huis heen. Hij zette een stoel voor haar

bij onder de boom, schonk een glas tonic voor haar in en gaf de hond een bak water en een plak salami.

Ze pakte het boek op dat opengeslagen op het leestafeltje lag.

'De Amerikaanse Burgeroorlog. Ken ik, die pil. Maar jij was toch met Rusland bezig?'

'Ach, je wilt wel eens wat anders.'

Ze praatten over het huis en over Eefje en mevrouw Veere, de enige twee leden van de familie die Loti kende. Meneer Veere was al overleden in de tijd dat zij hier aan huis kwam en de twee oudere zusters en Sweder kende ze slechts uit verhalen.

'Waar woon jij als je hier niet op het huis past?' vroeg ze.

'Op het moment nergens, maar als mevrouw Veere terugkomt, ga ik in Rotterdam wonen. Ik kan daar waarschijnlijk een appartement van iemand overnemen.'

'Rotterdam...' zei ze peinzend. 'Kom ik nooit. Ik ga altijd naar Amsterdam als ik zin heb in de grote stad.'

'Amsterdam is zo kneuterig,' zei hij. 'Zo van: kijk ons 's leuk gek zijn. Rotterdam is veel internationaler. Meer op de wereld gericht. Die haven geeft het allure. Rotterdam is onze enige wereldstad.'

'Dat kan wel,' zei Loti inschikkelijk.

'En je reist veel zeker?' vroeg ze. 'Binnenkort Sint-Petersburg toch?'

Dit deed pijn. Verdomd, dit deed pijn. Dit vlijmde als een rondgedraaid mes in een wond. De hele dag – eenzaam en wel – de pijn netjes buiten de deur weten te houden en amper bemoeide iemand zich met je zaken of het sloeg toe.

Hij keek naar haar. Ze zoog een schijfje citroen uit, gooide het terug in haar lege glas en rilde ervan. Vlekjes zonlicht vielen door de bladeren op haar haar en in haar hals. Ze droeg linnen schoenen waarvan ze de rechter aan haar grote teen op en neer liet bungelen. De hond zat als toonbeeld van braafheid naast zijn drinkbak en keek van de een naar de ander, alsof geen woord van het gesprek hem mocht ontgaan. En achter haar strekte de mooiste tuin van de wereld zich uit. De tuin die hij liefhad en verliezen zou.

''t Is nog niet zeker of dat doorgaat. En zoveel reis ik niet, dat valt wel mee,' zei hij. 'Wil je nog wat drinken?'

Maar dat wilde ze niet. Ze wilde zwemmen.

Natuurlijk, ze ging haar gang maar.

'Jij niet?'

'Straks misschien. Je hebt het hele zwembad voor je alleen.'

'Hier klinkt toch geen sarcasme door, hè?' lachte ze.

Ze pakte haar tas op en keek naar de krant, die nog onder de tafel lag.

'Mag ik die meenemen om zo even in te kijken?'

Hij gaf haar de krant aan en ze liep naar het zwembad, op de voet gevolgd door de hond. Hij bleef zitten en probeerde te lezen.

Na een paar minuten klonk er een plons. De hond begon woest te blaffen. Hij pakte de glazen op, liep naar de keuken en zag door het raam hoe Loti in het bassin zwom, het haar in een paardestaartje bijeengebonden. De hond stond er een flink eind vandaan te blaffen, de voorpoten schrap alsof er elk moment een kaaiman uit het water kon opdoemen.

Hij trok zijn spijkerbroek uit, verwisselde zijn onderbroek voor een zwembroek die over een keukenstoel hing en trok zijn broek weer aan. Voor alle zekerheid. Buiten ging hij weer aan het leestafeltje zitten, maar de hond hield maar niet op met blaffen en ten slotte legde hij het boek neer en liep naar het zwembad.

'Geef dat beest een mep!' riep Loti.

Jankend, met de staart tussen de benen zijn nood klagend, kwam de hond op hem toelopen. Hij klopte het dier in de nek en ging op de stenen bank naast het bassin zitten met de hond, die nu stilviel, tegen zijn knieën. Loti's kleren lagen op het andere einde van de bank. Alleen het schelpjessnoer had ze over de snuit van de dichtstbijzijnde dolfijn gehangen, die er een jongleernummer mee leek uit te voeren.

'Die zenuwelijer,' riep Loti. 'In Taiwan ging hij zo de soep in!'

De hond gaf een zucht en legde de kop op de poten.

Ze liet zich ontspannen achterovervallen en zwom, genietend van de plotselinge stilte, een paar baantjes op haar rug. Ze droeg een dun, blauw-wit gestreept badpak waarin haar ribben zich aftekenden. Boven op die ribbenboog, daar waar de streepjes wat bol stonden, waren fijne tepelknopjes waarneembaar. Haar armen en benen bewogen als leliestengels in een stroming, maar zodra ze aan het eind van het bassin was, dook ze zo vliegensvlug om haar as dat je amper kon zien hoe ze het precies deed. Een seconde later lag ze dan weer verstild in het midden van het zwembad. Hij keek gefascineerd toe. Wat een techniek. Na de rugslag klom Loti het trapje op en dook met een lichte aanloop van de kant, vrijwel zonder een spatje. Dit herhaalde ze een paar keer, tot ongenoegen van de hond, die weer overeind was gekomen en vragend naar hem omkeek om te zien hoe hij hierover dacht.

'Duik je niet van de plank?' vroeg hij.

Nee, het was een gammele rotplank, zei Loti en dook nog een paar keer achterstevoren van de bassinrand af. Uiteindelijk hield ze ermee op, kwam uit het water en droogde zich af, speels naar de hond trappend, die opgelucht kwispelend om haar heen begon te springen. Ze spreidde haar handdoek in de buurt van de bank uit, ging erop zitten, schudde haar haar los, haalde een spiegeltje uit een tasje te voorschijn en bekeek haar ogen.

'O, o,' zei ze en begon met een pink onder haar ogen te wrijven. 'Dat noemen ze dan swimmer's mascara. Betaal je je scheel voor.'

'Je zwemt fantastisch,' zei hij. 'Professioneel haast.'

'Ik heb een paar jaar wedstrijd gezwommen,' zei ze.

'Maar ik werd altijd derde of vierde. Ik zwem wel goed, maar ik heb geen spiermassa. Ik ben niet sterk genoeg. En dat telt bij wedstrijdzwemmen.'

'Je bent tenger gebouwd.'

'Ik ben een spriet,' zei ze, misprijzend langs haar lijf naar beneden kijkend.

Ze sloeg haar armen om haar knieën en legde haar kin erop, van spriet tot balletje wordend, en liet zich opdrogen in de zon zonder nog veel te zeggen. De hond ging eerst naast haar liggen, maar kreeg het al snel te warm op de tegels en liet zich in de schaduw van de hazelaars neervallen.

Hij zweeg ook een tijd lang. Het was prettig hier zo met haar te zitten.

'Zal ik je eens wat bekennen?' zei ze plotseling. 'Toen ik hier voor het eerst bij Eefje thuis kwam, dacht ik: wat een huis en wat een mooie spullen allemaal en wat een prachtige kamer heeft zij, maar dat deed me niet zoveel. Ik bedoel: ik ben niet iemand wie het veel kan schelen of een ander alles mooier en duurder heeft. Ik heb wel een hoop slechte eigenschappen, maar jaloezie, dat valt nogal mee, geloof ik. Maar goed, ik was hier al een paar keer geweest toen we voor het eerst de tuin in liepen. Toen zag ik dit zwembad. Het was herfst, dat weet ik nog, er dreven allemaal gele bladeren op het water en daar scheen de zon op. Ik was veertien of zo.'

Ze hield even op en keek voor zich uit.

'En dat is nu misschien gek… maar zo jaloers als ik toen werd, ben ik mijn leven lang niet meer geweest. Dat Eefje zo'n zwembad had! Of liever gezegd: dat ze dít zwembad had, dit speciale zwembad, kapot en gebarsten en al. Ik was gewoon op slag verliefd op dit zwembad. Ik kon niet verdragen dat zij het had en ik niet. Ze gaf er ook niks om, geloof ik, ze deed er altijd een beetje onverschillig over. Ouwe troep en 't water bleef niet helder, dat soort dingen. Ik weet nog dat ik een keer gedroomd heb dat ik het gekocht had. Het werd gewoon uitgegraven, met een heel stuk tuin erbij, van hier tot aan die struiken daar, en op een kolossale aanhanger geschoven. En dan te bedenken dat mijn ouders in een klein nieuwbouwvillaatje wonen met voor en achter zo'n tuin met bielzenterrasjes, je weet wel. Dus wat zou ik ermee moeten?'

Ze lachte en keek weer naar het water.

'Maar als je nu denkt dat ik hier graag zwom... helemaal niet! Ik wilde hier helemaal niet zwemmen. Ik heb het wel een paar keer gedaan, hoor, maar liever niet eigenlijk. Uit een soort trots of aanstelleritis of hoe je het wilt noemen. Dat zwembad hoorde van mij te zijn en als het niet van mij was, dan d'r maar liever helemaal niet zwemmen dan als gast van een ander, zo'n soort gedachte.'

Ze trok hoekig en geïrriteerd haar schouders op, alsof het hele onderwerp haar eigenlijk pijnlijk was.

'Idioot, hè?'

'Nee,' zei hij.

'Nee,' zei ze zonder hem aan te kijken. 'Dat vind jij niet. Dat dacht ik al. Daarom vertel ik het ook.'

Kennelijk was daarmee alles gezegd, want ze hield verder haar mond, raapte een gevorkt takje op en begon er figuurtjes mee op de tegels te trekken.

Er kwamen verschillende opmerkingen in hem op, dingen die hij zou kunnen zeggen, maar hij zei niets. Er was iets opmerkelijks met hem gebeurd: van het ene moment op het andere waren de slaappillen uitgewerkt. De versuffing was voorbij. Zijn gevoel stroomde terug als water in een oude rivierbedding. Alsof er ergens sluisdeuren opengezet waren. Het zonlicht werd anders van intensiteit, de geluiden van de namiddag werden helderder.

Hij begon diep adem te halen.

'Ik heb een witte Beaujolais koud staan,' zei hij ten slotte. 'Voel je daar wat voor?'

'Wauw,' zei ze.

Hij stond op en liep naar de keuken, ontkurkte de fles, vulde een koeler met ijsblokjes en zette die samen met twee glazen op een blad. Ook pakte hij het turkooizen oorbelletje uit het schaaltje in de kast en legde het op het blad, maar voor hij naar buiten liep, bedacht hij zich en stak het in het borstzakje van zijn poloshirt.

Hij zette het blad op de stenen bank en schonk de wijn in.

'Op het zwembad dan maar.'

Ze praatten over het onderhoud van het bassin, de regels bij zwemwedstrijden, ze prezen de wijn en zwegen ten slotte weer, een ontspannen zwijgen, zoals zelden voorkomt tussen mensen die elkaar net kennen, maar dat Loti heel natuurlijk afging. Ze zat schuin van hem afgewend in kleermakerszit, nog steeds op haar handdoek, en liet haar glas bevallig aan twee vingers in de open ruimte tussen haar knieën zweven. Het blauw-wit gestreepte badpak dat ze droeg, had een laag uitgesneden rug, waardoor haar gehele werveltjeslijn, die hem aan een zeepaardje deed denken, te zien was. Het was een simpel badpak zonder versiering, maar onder aan de ruguitsnijding viel hem opeens een strikje op. Een strikje van dezelfde stof als van het badpak, blauw-wit gestreept, niet te groot, niet te klein, geen opvallend strikje, niet overdreven lief of wuft, maar, als je oog er eenmaal op gevallen was, wel een dartel strikje en een subtiele onderstreping van die lenige werveltjesboog. Een geraffineerd strikje kon je wel zeggen en het was beslist dit strikje dat in Lex Grols hersencellen het chemische proces dat daar op gang gekomen was, aanzienlijk versnelde. De wijn steeg hem bovendien zo snel naar het hoofd dat het was alsof hij voor het eerst van zijn leven alcohol dronk, maar hij had ook vrijwel niets gegeten vandaag.

Hij keek naar Loti, naar haar bijna opgedroogde haar, naar de stenen dolfijn met het schelpjessnoer over zijn snuit, naar de hond die met z'n kop op z'n poten in de schaduw van de hazelnotestruiken lag, naar de gele rozen die als lampionnen in het zonlicht hingen, naar twee blauwe libellen die elkaar schoksgewijze boven het zwembad achtervolgden. Hij keek en zag die dingen niet alleen buitengewoon scherp, maar ook anders dan anders: van de vlieg die over het schilderij loopt, was hij plotseling de schilder geworden, die een pas achteruit doet en zijn schepping overziet. Hij keek tot zijn blik troebel werd en zijn ogen warm. Alles wat zich buiten de straal van dit rozenperk, de dolfijnen, de liggende hond bevond, werd naar de grenzen van zijn bewustzijn verbannen. Over de grenzen heen zelfs. Alles wat hem ooit van belang was voorgekomen, leek samengebundeld op deze plek, op dit tijdstip, een dinsdagmiddag halfvijf laat in de maand juni, aan het eind van de twintigste eeuw. Als hij gelovig was geweest, had hij het de plotseling voelbare aanwezigheid van God kunnen noemen.

Hij zocht naar woorden om de stilte te verbreken.

'Die naam van jou,' zei hij, '...Loti. Hebben je ouders je naar de lotusbloem vernoemd?'

Ze keek van opzij naar hem.

'Nee. Het zijn mijn initialen. Ik heet L.O.T.I. Swart. Leonore Olga Theresia Irene.'

De stenen dolfijnen glimlachten.

'Mondvol, hè? Dat komt zo: mijn moeder heet Leonoor en haar moeder ook en die haar moeder ook al. Zo'n naam die steeds op de oudste dochter overgaat, en mijn ouders hechten aan zo'n traditie, die wilden de keten niet verbreken. En ze wilden er ook nog eens de namen van mijn andere oma aan vastplakken. Dus zou ik Leonore Theresia Irene komen te heten. Is al meer dan genoeg zou je denken, maar wat gebeurt er vier weken voor mijn geboorte?'

Ze keek hem aan met een grappig soort ontzetting.

'Mijn moeders jongste zusje ging dood! Mijn tante Olga. Een hartstilstand. En ze was pas midden twintig. Een drama, dat snap je. Toen hebben ze "Olga" er nog aan toegevoegd. Vroeger heette ik Noortje, maar dat heb ik altijd truttig gevonden. Dus werd het Loti, heel eenvoudig eigenlijk. Mijn moeder wilde nog dat ik Olga zou kiezen als ik per se iets tegen Leonoor had. Maar dat vond ik ook niks, Olga.'

'Nee?'

'Nee. Doet me altijd aan van die dikke matrones denken. Mijn tante was ook flink mollig, zo op foto's te zien.'

'Je kunt ook denken aan... aan danseressen van het Bolsjoi-theater bijvoorbeeld.'

'Ja, natuurlijk, maar dan nog: ik vind het niet leuk om te heten naar iemand die zo plotseling dood is gegaan. Zij ging naar de kelder om appels te halen en ze kwam maar niet terug. Gingen ze kijken waar ze bleef en daar lag ze, tussen de appels. Mijn oma is er nog voor opgenomen geweest...'

Ze keek even peinzend voor zich uit.

'Ik ben nu drieëntwintig,' zei ze toen, 'maar mijn ouders hebben gelukkig geen appels in de kelder. Ze hebben niet eens een kelder!'

Hij hoorde zichzelf een grap maken, iets over Sneeuwwitje. Hij hoorde haar lachen. Hij hoorde haar nog meer zeggen over haar familie en over namen, maar gedempt, alsof ze opeens van achter glas sprak.

En toen kon hij niet meer luisteren. Haar woorden werden golfjes die tegen zijn hoofd rolden en zich vandaar als rillingen over zijn hele lijf verspreidden.

Hij stond op.

'Wacht even,' zei hij. 'Blijf even hier. Je moet even hier blijven.'

Bedaard als een slaapwandelaar die precies weet waar hij heen moet, liep hij om het rozenperk heen, het gras over, op het tuinhuis af, ging tegen de rechterbuitenwand staan waar zij hem niet kon zien, zelfs al ging ze op de duikplank staan, nam zijn zonnebril af, sloeg zijn handen voor zijn ogen en begon geluidloos te schokken van het huilen – alsof dit alles als een perfect staaltje timing bedoeld was.

Hij huilde zoals hij sinds zijn kindertijd niet meer gehuild had – misschien toen ook niet eens – en zoals hij de rest van zijn leven nooit meer zou huilen. Hij huilde voor vroeger en nu, voor eens en voor altijd, verrekening en voorschot tegelijk. Hij huilde om het kind dat hij geweest was en de man die hij geworden was. Om wat dichtbij geleken had, maar eindeloos ver weg was. Om weefsels, gesponnen door het vacuüm van de tijd heen en nu in één haal verscheurd. Om alles wat dierbaar en vertrouwd was geweest en nu vreemd en afzijdig geworden. Hij huilde om verstoorde dromen, om cirkels die hermetisch gesloten waren en zich nooit meer zouden openen.

Hij was Orpheus die huilde om Euridice. Hij had schimmen uit het dodenrijk willen leiden, maar ze waren teruggeweken in een eeuwigheid waarin ze genoeg hadden aan elkaar, waarin ze hem niet meer kenden, nooit gekend hadden, geen enkel besef hadden van zijn bestaan. Hij was de minnaar die na de dood van zijn geliefde het huis opruimt en een briefje tegenkomt dat zij neergelegd heeft, opdat hij het vinden zal: een groet van gene zijde, een glimlach achterom. Zie wat ik je gelaten heb: een naam, een halslijn, een strikje.

Hij huilde om een achttienjarige fietsenmakersdochter, zwanger geraakt van de vlotte magazijnmeester op haar fabriek, die haar kind afgestaan had. En om het simpele, dikke naaistertje dat het kind grootgebracht had en er zo blij mee geweest was.

En al die tijd school op de bodem van het huilen de angst dat Loti de tuin in zou komen lopen en hem zou zien staan. Maar dat gebeurde niet.

Uiteindelijk veegde hij zijn gezicht af, snoot zijn neus in een paar lijsterbesbladeren, zette zijn zonnebril weer op en bleef staan tot zijn ademhaling weer normaal was.

Morgenochtend zou hij bij zijn moeder langsgaan, dacht hij. Hij zou tompoezen meebrengen voor bij de koffie en ook een goed, degelijk handdoekenrekje, dat hij meteen even voor haar zou vastzetten. Voor de kleindochter van de tsaar.

Hij keek voorzichtig om de hoek van het tuinhuis en liep in de richting van het zwembad. Loti zat nog op dezelfde plek en las de krant. Ze keek even op toen hij aan kwam lopen, maar ook direct weer voor zich, alsof ze absoluut niet hoefde te weten wat hij al die tijd gedaan had.

Hij vertrouwde zijn gezicht niet, bukte omslachtig naar de fles in de koeler en zei: 'Er zit hier een pad in de tuin. Een lelijk beest maar met prachtige gouden ogen. Die wilde ik je laten zien. Maar hij is weg. Verdwenen. Ik heb overal gekeken, onder de potten achter het tuinhuis, overal, maar hij is niet te vinden.'

'Die is zijn prinses tegengekomen natuurlijk.'

'Je bedoelt: die is de weg overgestoken. Die plakt nu tegen het asfalt.'

''t Is maar wat je wilt geloven.'

Er dreef nog wat ijs in de koeler. Loti begon de krant op te vouwen en keek niet naar hem, wat hem de kans gaf zijn bril omhoog te schuiven en snel wat ijsblokjes tegen zijn oogleden te duwen. Gelukkig was dit een perfecte donkere bril.

'Wil je nog wat wijn? Geef je glas maar.'

Ze gaf haar glas aan. Hij haalde achter haar rug het oorbelletje uit zijn borstzakje, legde het in het glas en schonk dat halfvol. Toen vulde hij zijn eigen glas, liep met beide glazen op haar toe en ging naast haar op de tegels zitten.

'Alsjeblieft. Laten we dan maar op hem drinken.'

'Ja, dat hij...'

Ze zweeg en staarde naar het glas in haar hand.

'Wat ontzettend gemeen ben jij...' zei ze langzaam en kleurde dieproze tot in haar hals toe.

Ze viste de oorbel uit de wijn en legde hem in de palm van haar hand.

'Waar heb je die gevonden?'

'Daar.'

Hij wees in het zwembad.

'Naast dat kleine stukje staart.'

'Ik heb het hele zwembad afgezocht,' zei ze. 'Dat ding is in de handdoek blijven haken, toen ik me afdroogde. Het vloog uit mijn oor en was nergens meer te vinden. Ik heb me wild gezocht, want ik ben gek op deze oorbellen. Ik vond het zo erg dat ik er een kwijt was.'

'Een aandenken aan je tante Olga soms?'

'Welnee. Ik heb ze vorig jaar gekocht, toen ik een moeilijk tentamen gehaald had. Een cadeautje voor mezelf. Wanneer heb je dat ding gevonden?'

'Tijdje terug.'

'Dank je wel,' zei ze met een verlegen lachje. 'Ik mag wel blij zijn dat de badmeester hier zo goed oplet.'

'Ja, de badmeester hier is wel geschift, maar hij ziet alles, dat is waar.'

'En met die geschiftheid valt het ook wel mee, geloof ik.'

'Daar zou je nog van staan te kijken.'

'Je bedoelt zeker: dat hij zijn wijn verspilt aan meiden die zijn zwembad komen vervuilen,' zei ze uitdagend.

'Dat is nou het enige wat ik niet bedoel,' zei hij.

Ze lachte, boog zich naar haar tas over en borg de oorbel op. Haar dunne schouderbladen bewogen als in vel gevangen vlinders over haar rug. Daarna dronken ze hun glas leeg en praatten over voorwerpen die verloren geraakt waren en wonderwel teruggevonden of juist voor altijd vermist gebleven. Op haar glas bleef een spoortje lipstick achter.

'Ik wil er eigenlijk nog wel even induiken,' zei ze. 'Ik heb nog nooit gezwommen onder invloed.'

Hij zette zijn glas weg.

'Wacht even,' zei hij. 'Jij kunt heel aardig zwemmen, maar nu wil ik eens zien of je dit ook kunt.'

Hij stond op, trok zijn poloshirt over zijn hoofd, schopte zijn schoenen uit en stapte uit zijn spijkerbroek. Hij was bruin en ook de allerlaatste sporen van galbulten waren verdwenen.

'Let op.'

Hij dook in het water, zwom naar de kant, sloeg zijn armen kruislings voor de borst, rolde zich met het hoofd bij zijn knieën tot een zo zuiver mogelijke bal, zette zich met een voet af tegen de wand en sloeg en schepte zich met zijn ingekorte armpjes door het water. Wentelen, wentelen! Niet zinken, althans zo geleidelijk mogelijk zinken, in een mooie glijdende lijn.

Al vaak had hij zich afgevraagd hoe hij eruit zou zien als wentelteefje, hoe de figuur oogde in het water. Graag had hij het eens op film vastgelegd willen zien, louter en alleen om te verifiëren of de uiterlijke vorm van het nummer vergelijkbaar was met de sensatie van misschien koddige, maar toch virtuoze acrobatiek die het uitvoeren ervan opriep. Misschien zag het er van de buitenkant slechts uit als ongecoördineerd gespartel, als het moeizaam geworstel van iemand die om de een of andere reden zijn ledematen niet kon strekken. Misschien gingen aard en bedoeling van het kunststuk wel helemaal in rommelige drukdoenerij verloren. Nu was er een waarneemster en niet de eerste de beste. In haar ogen zou hij wellicht een flauwe afspiegeling kunnen lezen van hoe het eruitzag. Hij deed ontzettend zijn best en evenaarde haast de snelle wentelingen van het afgelopen weekeinde.

Toen hij hijgend en uitgeput opdook, was hij midden in het zwembad. Niet gek.

Loti stond op de rand.

'Jezus!' zei ze, verontwaardigd haast. 'Laat mij dat ook 's proberen!'

Ze sprong in het water en rolde zich net zo op als hij gedaan had: armen gekruist voor de borst, knieën bij haar neus.

De hond begon weer smartelijk piepend rond het zwembad te lopen.

'Zo? Of zo?'

Hij gaf een paar aanwijzingen en daar rolde ze al naar voren: wild om zich heen slaand naar de bodem zinkend.

Briesend en naar adem happend dook ze weer op.

'Hoe doe je dat nou?'

'Je moet naar boven willen, niet naar voren. En je hele gewicht in je schouders gooien.

Ze probeerde het nog een keer, maar kwam niet verder dan een sierlijke koprol die ze door wilde armbewegingen eerder vertraagde dan versnelde, en nog een derde en vierde keer die hetzelfde resultaat opleverden.

'Ja, het vereist wat oefening,' zei hij bescheiden toen ze zich hijgend aan zijn arm vastgreep en de pieken uit haar gezicht veegde. 'Dit heet "wentelteefje".'

De hond had het nu voluit op een blaffen gezet en Loti schepte met beide handen water en gooide hem nat, waarop hij jankend achter de rozen schoot.

'Dat had ik nu nooit achter jou gezocht,' zei ze toen, 'dat je hier wentelteefje speelde in het zwembad.'

Haar fijne, wit met bruin gestippelde gezicht vol glinsterende druppels was vlakbij en het stippelpatroon leek zich in haar lichtbruine ogen voort te zetten, alsof alle spot die daarin blonk, zich in lichtgevende spikkels concentreerde. Ze had donkerblauwe mascara op die glom in het licht en bij de onderwimpers een beetje uitgelopen was.

'Je bedoelt...' zei hij langzaam, 'van sommige mensen denk je direct: die speelt wentelteefje in het zwembad en van andere...'

'Nee,' zei ze, 'maar je lijkt zo ernstig.'

Hij keek haar aan.

Allerliefste sproetenkoningin, dacht hij, tedere indringster in dit desolaat koninkrijk, je weet niet waar je aan begint. Binnen een paar jaar kan mijn lever geruïneerd zijn. Word ik helemaal geel. Kankergezwellen zaaien zich als paddestoelen uit. Met Interferon houden ze me nog een tijdje op de been. 'Hij mocht slechts drieëndertig jaar worden,' staat er dan in de krant – gesteld dat er iemand is die een annonce plaatst. En als het goed gaat, is het nog verkeerd. Nooit zonder condoom. Je ieder half jaar laten testen. Geen kinderen. Zo gauw je dat hoort, wil je hier nooit meer zwemmen, kleine, brutale groothertogin.

Hij stak zijn hand uit en streek een druppeltje uit haar wenkbrauw.

'Visje,' zei hij.

Dit was meer dan Loti aankon. Ze nam een duik, gleed onder water naar de verste hoek van het bassin, dook daar op en greep de rand erboven. Maar toen draaide ze zich om en lachte breed naar hem, alsof ze eerst op een afstandje moest zijn voordat ze zo kon lachen.

Hij hing midden in het zwembad en bewoog traag benen en handen om zich rechtop te houden. Hoewel zij niet meer dan een meter of zes van hem vandaan was, had hij de sensatie dat het zwembad tijdens haar duik uitgedijd was tot enorme afmetingen en dat zij nu voor het oog wel bedrieglijk dichtbij was, maar in werkelijkheid onbereikbaar ver weg. Het water rondom hem zette uit in eindeloos repeterende kringen en schitteringen, zo ver je zien kon. Het gedempte verkeersgeruis achter de wal werd tot het geluid van de branding aan een stil strand of eerder nog: het suizen van de stilte zelf, zoals iemand die heel ver van de bewoonde wereld geraakt is dat kan horen.

Even had hij het gevoel voor een keuze te staan: verzinken in het water, alles opgeven en loslaten, lichaam en geest prijsgeven... of naar haar toe zwemmen, haar glimlach tegemoet. De verleiding trok aan twee kanten: de stilte, de waarheid en de eenzaamheid, de dood en de eeuwigheid. Of de belofte, de hemel en het vuur, de liefde en de leugen, het leven en het bloed.

Maar wat een onzin: er was geen sprake van een keuze. Hoe zou hij kunnen verdrinken in zijn eigen dolfijnenbassin? Het lukt een geoefend zwemmer niet eens om te verdrinken, al zou hij het wíllen, en al helemaal niet in een zwembad.

Bovendien nam hij veel te scherp waar om te willen verdrinken. Hij zag de zon op haar natte armen glinsteren, hij zag haar fijne beenderstelsel door haar huid heen, alsof hij met röntgenstralen keek, hij zag haar vosseneusje glimmen. Hij zag de hond achter haar, die zich heldhaftig naderbij waagde naar haar hand, die boven de rand van het bassin uitstak. Hij zag hoe het dier begon te kwispelen toen het eenmaal boven haar stond – de vreugde om haar nabijheid toch groter dan de angst voor het water – ook al zag ze hem helemaal niet, het spichtige godinnetje onder de rand, omdat ze alleen oog had voor die vent in het midden van het zwembad.

Dit is me gebleven, dacht hij pathetisch – omdat hij nu eenmaal pathetisch was – en hij strekte zijn armen uit, liet zich langzaam voorovervallen als een kind voor het eerst in het diepe en zwom in keurige schoolslag naar haar toe.

Rascha Peper

Oesters

De twintigjarige studente Olga voelt zich aangetrokken tot kunsthandelaar en -verzamelaar Frank Winter. Hij wordt haar eerste grote liefde, maar hun verhouding wordt gecompliceerd door het leeftijdsverschil: Frank had haar vader kunnen zijn. Ondanks de verlokkingen van het studentenleven in Amsterdam en de stilzwijgende afkeuring van haar ouders blijft Olga geloven in haar relatie met Frank. Totdat haar liefde op de proef wordt gesteld en zij moet kiezen. Heen en weer geslingerd tussen de liefde voor twee minnaars kiest Olga uiteindelijk voor de jeugd en de toekomst. Die beslissing geeft haar leven een volkomen andere wending; jaren later, als zij als diplomatenvrouw in Wenen woont, gaat Olga twijfelen aan de juistheid haar keuze...

Over dit romandebuut (1991) schreef de pers:

'Een zuiver en boeiend verhaal.' *de Volkskrant*

'Een kleine, maar mooie roman.' *Algemeen Dagblad*

'Bovenal legt *Oesters*, zonder enige geforceerdheid maar onontkoombaar, het diepe verdriet bloot over een verloren liefde.' *De Gelderlander*

Rascha Peper

Rico's vleugels

Het rijke, excentrieke echtpaar Eduard en Cecile Rochèl leeft uitsluitend voor zijn schelpencollectie – zo lijkt het althans. Als zij vanuit de roerige Filippijnen naar Nederland komen om de wereldberoemde verzameling veilig aan een museum over te dragen, zijn ze in een afgelegen villa voor het laatst met de schelpen alleen. Het afscheid lijkt een ode aan de oceaanschatten te worden... totdat de veertienjarige brommerfanaat Rico Gabrieli opduikt. Binnen een week weet hij de zwijgzame Eduard Rochèl tot een passie te brengen waaraan deze zich met huid en haar overlevert. Alle schelpen ter wereld verbleken bij de loensende ogen en de smalle heupen van Rico. Rochèls allesverterende verliefdheid heeft dramatische gevolgen...

Over deze veelgeprezen, vaak herdrukte roman uit 1993 schreef de pers:

'*Rico's vleugels* is een psychologische roman in de beste traditie van W.F. Hermans.' *Leeuwarder Courant*

'Peper slaagt erin te raken aan dat geheimzinnige complex van driften dat alles verteert en alles wegmaait wat voor de voeten komt en uiteindelijk zijn vervulling slechts kan vinden in vernietiging, opheffing en dood.' *NRC Handelsblad*

Rascha Peper

Een Spaans hondje

Het enige bouwwerk dat ooit onder architectuur van Victor Clarijs tot stand is gekomen, is een schijn-ruïne in een niet-opengesteld bos. Het is dus maar goed dat hij in het succesvolle zandkastelenbedrijf van zijn broer is gaan werken. Op zekere dag is Victor echter zonder taal of teken verdwenen. En hoewel hij zich soms wat zonderling gedroeg, komt zijn verdwijning voor iedereen volkomen onverwacht. Deze schept een raadsel waarop de achterbljvers ieder op hun eigen manier reageren. *Een Spaans hondje* vertelt een onalledaags, maar meeslepend en ontroerend verhaal. Het is een roman over bouwers, over tijdelijkheid en het verlangen naar eeuwigheid, over liefde en dood, maar het is ook een familiegeschiedenis over drie broers, die volstrekt verschillend zijn en toch op een bijzondere manier met elkaar verbonden.

Rascha Peper

Wie scheep gaat

Wat hebben een oude Haagse kleermaker, een meisje van vijftien, een oceanograaf in New York en een diepzeeduiker met elkaar te maken? Allen missen zij de vrouw wier scheepje twee jaar geleden verging op de Atlantische Oceaan. Haar lichaam is nog steeds niet geborgen.
De achterblijvers leven verder, in beslag genomen door hun herinneringen en ambities; ze nemen beslissingen en worstelen met gevoelens van schuld en wraak. De liefde blijkt een weerbarstige grootheid. En waar bemoeit die obscure insluiper in de huizen van aantrekkelijke dames zich eigenlijk mee?

'Peper is de koningin van de ingehouden hartstocht.' *De Groene Amsterdammer*

'Ondanks zijn omvang is *Wie scheep gaat* een boek dat je in één ruk kunt uitlezen.' *HP/De Tijd*

'*Wie scheep gaat* is een zeer genietbaar, wereldwijs boek (...) er staan prachtige scènes in.' *Leeuwarder Courant*

'Rascha Peper is een meester in het uitrollen van prikkelende verhaallijnen.' *Haagsche Courant*